Stefan Zweig schreibt in seinem Vorwort: »Bis zum 20. Jahrhundert haben wir vom russischen Volk einzig dank der Stimme seiner Adelsdichter, dank Puschkins, dank Tolstojs, Turgenjews und Dostojewskis gewußt. Aber da geschieht auf einmal das Wunderbare ... Mit Maxim Gorki hat endlich auch das Volk das Wort ergriffen. Aus allen Stufen des Elends, aus allen Ständen hat er Gestalten hervorgeholt, jede von unübertrefflicher Lebensechtheit. Er zeigt das russische Volk nicht nur darin, wo es russisch ist, sondern vor allem, wo es Volk ist, ein und dasselbe Volk aller Armen und Gedrückten ... Wir können dank seiner Werke Rußland brüderlich begreifen, nahe und nachbarlich unserer Welt, ohne Fremdheit, ohne Widerstand.« Dieser inzwischen klassisch zu nennende repräsentative Querschnitt durch das erzählerische Schaffen des russischen Dichters enthält die Geschichte »Der Landstreicher«, »Die alte Isergil«, »Malwa«, »Sechsundzwanzig und eine« und »Gewesene Leute«.

Maxim Gorki
Der Landstreicher

und andere Erzählungen

Aus dem Russischen
von Arthur Luther
Mit einer Einführung von
Stefan Zweig
und Illustrationen von
Theodor Eberle

Insel Verlag

insel taschenbuch 2219
Erste Auflage 1998
Insel Verlag Frankfurt am Main und Leipzig

Hinweise zu dieser Ausgabe am Schluß des Bandes
Vertrieb durch den Suhrkamp Taschenbuch Verlag
Umschlag nach Entwürfen von Willy Fleckhaus
Druck: Nomos Verlagsgesellschaft, Baden-Baden
Printed in Germany

1 2 3 4 5 6 – 03 02 01 00 99 98

Inhalt

Einführung

Alexander Puschkin, der Ahnherr der russischen Literatur, stammt aus fürstlichem Blut, Leo Tolstoi aus uraltem gräflichen Geschlecht, Turgenjeff ist Gutsherr, Dostojewski Beamtensohn, aber adelig, adelig sind sie alle. Denn die Literatur, die Kunst, alle Formen geistiger Leistung gehören im neunzehnten Jahrhundert innerhalb des russischen Reiches ebenso dem Adel zu wie alle anderen Privilegien, wie das Land und die Schlösser, die Flüsse und die Erzgruben, die Wälder und Felder und die lebendigen Menschen, wie die leibeigenen Bauern, die sie mit ihrem Schweiße pflügen. Alle Macht, aller Reichtum, alle Repräsentation, alles Wissen und Werten ist einzig hundert Adelsgeschlechtern, zehntausend Menschen inmitten der Millionen, vorbehalten. Sie allein stellen vor den Augen der Welt Rußland dar, seinen Reichtum, seine Rasse, seine Kraft und seinen Geist.

Hundert Geschlechter, zehntausend Menschen. Aber unter dieser dünnen Oberschicht wirkt und werkt eine unendliche, unübersehbare Millionenmasse, ein ungestaltes, riesiges Wesen: das russische Volk. In Millionen Körnern hingestreut über die gigantische Fläche der moskowitischen Erde, schafft es mit Millionen Händen Tag und Nacht am Reichtum des riesigen Landes. Es rodet Wälder, es glättet die Straßen, es keltert den Wein und hebt die Erze aus den Gruben. Es sät und erntet auf der schwarzen und schneeschweren Erde, es schlägt dem Zaren seine Schlachten, es dient und dient und dient seinen Fürsten in hingebungsvoller Arbeit und beharrlicher Fron. Aber eines unterscheidet dieses eine russische Volk von seinen Brudervölkern: es ist noch stumm, es hat keine Sprache. Längst haben die anderen Völker schon Dichter entsandt aus ihrer Mitte, Redner und Gelehrte, sprechende Zungen – diese Millionen aber, sie können ihre Wünsche noch immer nicht ausdrücken in geschriebenem Wort, sie dürfen ihre Gedanken nicht sagen in den Ratschlüssen ihres Landes, sie können sich nicht erklären, jene weite und wilde Seele nicht aussprechen, die in ihnen waltet. Dumpf, ohne Stimme, bei gespanntester Brust, ohne Macht bei ungeheuerlichster Kraft wirkt und werkt dieses ozeanisch weite, geheimnisvolle Wesen Volk auf seiner russischen Erde, Seele ohne Sprache, Dasein ohne selbstgestaltenden Sinn. Immer sprechen für die Schweigenden nur ihre Herren, die Adeligen, die Mächtigen. Bis zum zwanzigsten Jahrhundert haben wir vom russischen Volk einzig dank der Stimme seiner Adelsdichter, dank Puschkins, dank Tolstois, Turgenjeffs und Dostojewskis, gewußt.

Dies aber wird für alle Zeiten der Ruhm und die Ehre der russischen Adelsdichter bleiben, daß sie trotz seines Stummseins, seines erzwungenen Schweigens das russische Volk, seinen Bauern und Arbeiter, den »geringen Menschen«, niemals verachtet haben, sondern daß im Gegenteil, wie aus dem Gefühl einer mystischen Schuld, jeder von ihnen die Größe und seelische Gewalt der erniedrigten Masse leidenschaftlich geehrt hat. Dostojewski, der Visionär, erhebt den Begriff des Volkes zum russischen Heiland, Symbol des ewig wiederkehrenden Christus, und der sich erbittert gegen die Bürgerrevolutionäre und Adelsanarchisten wehrt, beugt vor dem letzten Sträfling, als dem Repräsentanten einer göttlichen Macht, ehrfürchtig das Haupt bis hinab auf die russische Erde. Und noch leidenschaftlicher demütigt sich der andere Adelsdichter, Tolstoi, vor der schweigenden Masse, krampfig erniedrigt er sich, nur um sie, die Bedrückten, zu erheben – »wie wir leben, ist falsch, wie sie leben, ist es richtig« –, er zieht seinen Adelsrock aus und die Muschikbluse an, er müht sich, ihre einfache bildliche Sprache, ihre dumpfe gottgläubige Demut nachzuahmen, unterzugehen, sich auszulösen in dieser ungeheuren, fruchtbaren Kraft. All die großen Dichter Rußlands haben einhellig ihre Ehrfurcht vor der großen Gesamtheit bezeugt, alle haben sie die Wehrlosigkeit, die Sprachlosigkeit der brüderlichen Millionen im Schatten ihres hellen und lichten Lebens als eine ungeheure und mystische Seelenschuld empfunden. Alle haben sie den höchsten Sinn ihrer Sendung in der Aufgabe gesehen, für dieses stumme, ungestalte, sprachlose Wesen Volk zu sprechen und seine Gedanken und Ideen der Welt zu vermitteln.

Aber da geschieht auf einmal das Wunderbare, das Unerwartete und Unverhoffte: mit einmal hebt dieses seit tausend Jahren stumme Wesen selbst zu sprechen an. Es hat sich eine Lippe erschaffen aus seinem eigenen Fleische, einen Sprecher aus seiner eigenen Sprache, einen Menschen aus seiner Mitte, und diesen einen Menschen, den Dichter, seinen Dichter und Zeugen, hat es mit einmal herausgestoßen aus seinem riesigen Leibe, daß er der ganzen Menschheit Botschaft gebe vom russischen Volk, von dem russischen Proletariat, von den Niederen, Bedrückten und Bedrängten. Dieser Mann, dieser Mensch, dieser Bote, dieser Dichter, er ist plötzlich da; seit mehr als dreißig Jahren ist er der Sprecher und Bildner einer ganzen tragischen Generation von Enterbten und Unterdrückten. Seine Eltern nennen ihn Maxim Peschkow, er selbst nennt sich Maxim Gorki, den Bittern; mit diesem seinem selbstgeschaffenen Namen grüßt ihn dankbar die geistige Welt und alles, was sich wahrhaft als Volk fühlt unter den Völkern, weil seine Bitternis heilkräftig geworden ist für ein ganzes Geschlecht, seine Stimme worttragend für eine ganze Nation und seine Erscheinung ein Glück und eine Gnade unserer geistigen Gegenwart. Diesen einen unbekannten Menschen, Maxim Gorki, hat sich das Schicksal aus dem Abhub und der Spreu der Volksfülle genommen, um ihn zum Zeugen zu formen für das Leben der Zurückgestoßenen, zum Darsteller alles Leidens der russischen und der allmenschlichen Armut. Und damit er recht und redlich zeugen könne, hat es ihm jeden Beruf, jede Qual, jede Entbehrung und jede Prüfung mitten ins eigene Dasein hinein zugeteilt, damit er sie schmerzhaft erfahren lerne und erfühlen am eigenen Leibe, ehe er sie gestalte und weiter entfalte im dichterischen Wort. Es hat ihn entsandt in jede proletarische Provinz der Berufe, damit er sie redlich vor dem unsichtbaren Parlament der Menschheit vertrete, es hat ihn lange zum Lehrling und Knecht alles Leidens gemacht, ehe er Herr werden darf des Wortes und Meister der Gestaltung. Alle Wandlungen und Verwandlungen ein und desselben proletarischen Schicksals duldend durchzumachen, ist ihm auferlegt, ehe er sieghaft der Allverwandelnde wird, der Künstler. So hat sein reiches und gewaltiges Werk zu seiner bildnerischen Größe noch die besondere, daß diesem Dichter nichts geschenkt ward vom Leben, sondern alles errungen, alles erkämpft war aus einer mühseligen Existenz und das reine und ruhmvolle Resultat nur mit Bitternis und Erbitterung einer feindseligen Wirklichkeit abgezwungen erscheint.

Welch ein Leben! Welche Tiefe vor diesem Aufstieg! Eine schmutzige, graue Vorstadtgasse in Nishnij Nowgorod hat diesen großen Künstler geboren, Armut schaukelt seine Wiege, Armut stößt ihn aus der Schule, Armut wirft ihn auf die Walze und in die Welt. In zwei Kellerstuben haust die ganze Familie, und um etwas Geld, um ein paar jämmerliche Kopeken einzubringen, muß er, Schulknabe noch, in Kloaken und Müllhaufen herumkriechen, Lumpen und Knochen aus dem stinkigen Qualm heraussammeln, so daß die Klassenkameraden sich weigern, neben dem Mistsammler und Kloakenschliefer, wegen des angeblich schlechten Geruches, zu sitzen. Obwohl wißbegierig, darf er nicht einmal die niedrigste Schule zu Ende absolvieren, muß mit schmaler Kinderbrust schon als Helfer in ein Schuhgeschäft, dann Hausknecht werden bei einem Zeichner, Geschirrwäscher auf einem Wolgadampfer, Lastträger an den Landungsplätzen, Nachtwächter in einer Fischerei, Semmelbäcker, Austräger, Eisenbahner, Landarbeiter, Druckereigehilfe, ein ewig gehetzter Taglöhner, rechtlos, glücklos, heimatlos – Vagabund auf allen Straßen, bald in der Ukraine und am Don, bald in Bessarabien, bald in Tiflis und in der Krim. Nirgends kann er sich halten, nirgends hält man ihn fest, immer peitscht, wie ein böser Wind, das Schicksal ihn wieder auf, wenn er sich kaum unter ein schmutziges Dach geduckt hat, und wieder fegt er winters und sommers mit brennenden Sohlen die Straßen, hungrig, zerlumpt, krank und immer, immer von der Armut gehetzt. Ununterbrochen wechselt er die Berufe, aber es ist, als hätte das

Schicksal mit Absicht diese Verwandlung gewollt, damit er alle Vielfalt des proletarischen Lebens, damit er das russische Land in seiner ganzen Weite, das russische Volk in seiner unübersehbaren Verschiedenheit und Vielfältigkeit einmal so wissend und erfahrungsgemäß bezeugen könne. Auferlegt war ihm – und er hat großartig diese Prüfung getragen –, alle Formen der Armut zu kennen, um einmal der rechte und gemäße Anwalt alles Elends zu werden, auferlegt auch das Schicksal all jener in Rußland, die sich wider die Ungerechtigkeit dieser Weltordnung empörten: in den Gefängnissen zu sitzen, überwacht zu werden von der Polizei, umschnüffelt, umstellt, beargwöhnt und von den Gendarmen wie ein bissiger Wolf gehetzt. Auch die Knute der geistigen Hörigkeit, die Meinungsentrechtung, muß dieser Dichter des russischen Proletariats mitdulden in der auftrotzenden Seele, denn mitzuleiden alle und alle Leiden seiner Klasse und Rasse, ist er berufen. Er muß alle Formen des Entrechtetseins und Verzweifelns erfahren, und jene allerletzte, allerfurchtbarste sogar, diese tiefste und unüberbietbare des Menschen, wenn er das eigene Leben nicht mehr erträgt und es von sich speit wie einen bitteren Auswurf. Auch dieser letzte Abgrund der Verzweiflung ist ihm nicht erspart geblieben: im Dezember 1887 kauft sich Maxim Gorki von seinem letzten Geld einen erbärmlichen Trommelrevolver und schießt sich selbstmörderisch eine Kugel in die Brust. Sie bleibt in der Lunge stecken und hat vierzig Jahre sein Leben bedroht, aber doch – glücklicherweise! – ward er gerettet für jenes ungeheure Werk der Zeugenschaft zugunsten seines Volkes, die er dann einzig eindrucksvoll vor dem Tribunal der Menschheit geleistet hat.

Wann dieser Vagabund, dieser proletarische Taglöhner, dieser Straßenstrolch und Habenichts zum Dichter geworden ist, wird keine Philologie jemals errechnen können. Denn Dichter, dies war Maxim Gorki immer, dank der Augenwachheit und Seelenhelle seiner großartig aufnehmenden Natur. Aber um dies Dichterische auszudrücken, mußte er erst die Sprache erlernen, die Schrift und die Schreibe, und wie mühsam war dies seiner Notdurft! Niemand hat ihm dabei geholfen als sein eigener zäher Wille und die unnachgiebig in ihm drängende, die unerschütterliche Urkraft des Volkes. Als Bäcker und Straßenarbeiter rafft er nachts mit einer großartigen Gier alles an Büchern, Zeitungen, an Gedrucktem wahllos zusammen, was ihm in die Hände kommt. Aber sein wahres Lesebuch ist die Landstraße, sein wahrer Führer der innere Genius, denn Gorki war Dichter längst, ehe er etwas gelesen hat, und Künstler, ehe er orthograpisch schreiben gelernt. Mit vierundzwanzig Jahren veröffentlicht er dann seine erste Novelle, mit dreißig ist er plötzlich entdeckt und schon der bekannteste, vom Volke am meisten geliebte Künstler Rußlands, der Stolz des Proletariats und ein Ruhm der europäischen Welt.

Unbeschreiblich elementar war diese Wirkung gleich bei Gorkis ersten Werken, gleichsam ein Aufzucken, ein Aufschrecken, ein Ruck, ein Riß: ein anderes Rußland als bisher, so fühlte jeder, hatte hier zum erstenmal gesprochen, diese eine Stimme kam aus der riesenhaft eingeengten Brust eines ganzen Volkes. Dostojewski, Tolstoi und Turgenjeff, allerdings, sie hatten längst schon in großartigen Visionen die russische Seele in ihrer Weite und Gewaltsamkeit uns ahnen lassen: hier aber war mit einmal dasselbe anders, gleichsam wirklicher dargestellt, nicht die Seele bloß, sondern der ganze, der nackte russische Mensch selbst, die grausam klare, dokumentarisch wahre russische Wirklichkeit.

Bei jenen wogte noch im geistigen Element, in der gewitterhaften Sphäre des Gewissens das russische Schicksal, dies Leiden an der eigenen Weite, das Zerspanntsein ins Extreme, das tragische Bewußtsein der historischen Weltwende – bei Gorki aber erstand der russische Mensch nicht im Geiste, sondern in Fleisch und Bein, der dunkle anonyme Mensch formte sich zur Masse, er wurde zwingend Realität. Gorki hat im Gegensatz zu Tolstoi und Dostojewski und Gortscharew keine zusammenfassenden symbolischen Gestalten der Weltliteratur, wie etwa die vier Karamasoff, wie den Oblomow, wie Ljewin und Karatejew, niemals – diese Einschränkung vermindert nicht seine Größe – hat Gorki ein einziges Symbol des Russischen, der Russenseele zu formen gesucht, aber er hat dafür Zehntausende von leibhaftigen Figuren einzelner erlebter Menschen mit einer Sinnlichkeit und Sachlichkeit, einer unerhörten Wahrheit und Atemnähe greifbar, faßbar vor uns gestellt; aus dem Volke geboren, hat er selbst ein ganzes Volk mit sich sichtbar gemacht. Aus allen Stufen des Elends, aus allen Ständen hat er Gestalten herangeholt, jede von unübertrefflicher Lebensechtheit, Dutzende, Hunderte, Tausende, eine Armee der Armen und Gekränkten: statt einer Vision, einer umfassenden, gab dieses herrliche Auge in tausend Einzelgestalten jeden Menschen, der ihm im Leben begegnet, wieder dem Lebendigen zurück. Darum gehört dieses erinnerungsmächtige Auge Gorkis zu den wenigen wahrhaften Wundern unserer gegenwärtigen Welt, und ich weiß nicht, was in der Künstlerschaft unserer Zeit sich an Natürlichkeit und Exaktheit seiner Art des Schauens auch nur annähernd vergleichen ließe. Kein Schatten von Mystik trübt dieses Auge, kein Bläschen Lüge sitzt in dieser wunderbaren, kristallenen Linse, die nicht vergrößert und verkleinert, die niemals schief und verstellend sieht oder falsch zusammenfaßt, die nie erhellt oder verdunkelt: dieses Auge sieht nur wahr und sieht nur klar, aber in einer unübertroffenen Wahrheit und einer unübertrefflichen Klarheit. Was einmal vor diese redliche und rechtschaffene Pupille, dieses lauterste und ehrlichste Instrument unserer neueren Kunst getreten ist, das bleibt unentstellt erhalten, denn dieses Auge vergißt nichts und verklärt nichts und verändert nichts, es gibt reinste und redlichste Wirklichkeit. Wenn Maxim Gorki einen Menschen schildert, so darf man beschwören: so war er, genau so, wie er ihn sieht und schildert, genau so, nicht größer und nicht geringer ist er gewesen, hier ist nichts dazugedacht und nichts hinweggenommen, nichts verschönert und nichts verkleinert, hier ist rein und unentstellt die Einmaligkeit eines Menschen gefaßt, durchdrungen und ins Bildnis hinübergezwungen. Es gibt kein Bild Leo Tolstois unter seinen zehntausend Photographien, keinen Bericht unter den Zehntausenden seiner Freunde und Besucher, der so sinnfällig und lebendig und seelenwahr sein Wesen durchleuchtete wie die knappen sechzig Seiten, die ihm Maxim Gorki in seinen »Erinnerungen« gewidmet hat. Und genau so, wie diesen größten aller russischen Menschen, dem er begegnet ist, hat Maxim Gorki mit gleicher Wahrhaftigkeit und Gerechtigkeit den erbärmlichsten Vagabunden, den letzten Zigeuner gezeichnet, den er einmal als Pennbruder auf der Straße getroffen hat. Das Genie des Gorkischen Auges hat nur einen Namen: Wahrhaftigkeit.

Diesem unbestechlichen, herrlich redlichen Blick Maxim Gorkis dankt Europa das wahrhaftigste Bild der gegenwärtigen russischen Welt – und wann hätte Wahrhaftigkeit zwischen den Nationen mehr not getan als in der gegenwärtigen Stunde, und welches Volk unter den Völkern bedarf ihrer so sehr wie das russische in diesem seinem welthistorischen Augenblick? Welches Ereignis, welche Schickung darum, welche Schicksalsschenkung für diese Nation, jetzt in ihrer entscheidenden Minute einen Darsteller aus eigenem Blute zu besitzen, der allen dokumentarisch das eigene Bildnis zeigt, der nicht verschönt, nicht ungläubig verhöhnt, der mit der unbeirrbaren und unverwirrbaren Gerechtigkeit des Künstlers Not und Hoffnung, Gefahr und Größe einer Volksunendlichkeit der ganzen Menschheit sinnlich näherbringt? Tolstoi und Dostojewski, sie hatten in ihrer gewaltsamen, ihrer von außen andringenden, ihrer werbenden und wirren, aber doch noch nationalistischen Liebe das russische Volk zu einer Art Heiland gemacht, so daß trotz aller Bewunderung uns der russische Mensch noch irgendwie anderweltig erschien, fremdartig groß und gefährlich, aber doch fremd, anders geartet, anders gerichtet. Gorki aber zeigt – und dies ist sein unsterbliches Verdienst – das russische Volk nicht nur darin, wo es russisch ist, sondern vor allem, wo es Volk ist, ein und dasselbe Volk aller Armen und Gedrückten, das Volk als Proletariat. Er ist mehr menschlich als national eingestellt, er ist mehr human als politisch, Revolutionär aus mitfühlender Volksliebe und nicht aus mißgestaltetem Haß. Er hat die kommende Revolution nicht wie Dostojewski und Turgenjeff gesehen, als Produkt einiger überreizter und anarchistischer, also russisch überhitzter Intellektueller, als Verwirklichung exakt durchgedachter Theorien, sondern in ihm und ihm allein wird die künftige Geschichte dokumentarisch ablesen können, daß jener Aufstand und Aufstieg in Rußland ein organisch Volksgeschaffenes war. Er hat gezeigt, wie in der Masse, bei den millionenmal Einzelnen die Spannung bis zur Unerträglichkeit gewachsen war: in seinem Roman »Die Mutter«, diesem Meisterwerk seiner Werke, sieht man, wie gerade aus den geringsten Menschen, aus den Bauern, Arbeitern, aus den Ungebildeten und Unbelehrten in zahllosen, namenlosen Opfertaten der Wille sich sammelt und strafft, ehe er dann im ungeheuren Gewitter sich gewaltsam entlädt. Kein einzelner Mensch, immer die Vielzahl, immer die Masse erscheint in seinen Werken als der Träger der Kraft – denn weil selbst aus einer Vielheit gestaltet, aus der Fülle des Volkes, aus der Breite des Schicksals, empfindet dieser einzelne Mann alles Geschehnis als Gemeinsamkeit. Eben wegen dieses Verwachsenseins mit dem Volke wußte Gorki auch immer und unerschütterlich um diese seines Volkes unbesiegbaren Kräfte: er hat ihm vertraut, wie das Volk ihm vertraute. Während die großen Seher Dostojewski und Tolstoi vor der Revolution noch zurückschauern wie vor einer Krankheit, weiß er, daß die unzerbrechliche Gesundheit seiner Nation sie überdauern wird. Gerade weil er die Massen kannte, und gerade weil er das russische Volk wie ein Sohn seine Mutter von nahe und aus dem Blute verstand, hat Gorki niemals die furchtbaren apokalyptischen Angstschauer der großen russischen Dichterpropheten mitgelitten – er wußte sein Volk und jedes Volk stark genug, alle Krisen zu überwinden, alle Gefahren zu durchschreiten. So hat seine Gegenwart den großen Massen in den Zarenjahren mehr Gläubigkeit zu sich selbst gegeben als alle Schreie Dostojewskis nach dem russischen Christus, als alle Bußrufe und Demutspredigten Tolstois. In seiner Gestalt hat das Volk sich selbst Mut gemacht und Zuversicht seines Willens gegeben: Maxim Gorkis unaufhaltsamer Aufstieg aus der Volkstiefe ist ein Symbol geworden für Millionen, und sein Werk bezeugt den Willen eines ganzen Volkes, sich zu erheben und ins Geistige zu gestalten.

Wir aber wollen es bekennen: großartig hat Maxim Gorki diesen Zeugendienst geleistet, ein reiner, redlicher Mensch, ein großer, gestaltender Künstler, nie sich zum Führer erhebend, nie sich zum Richter aufwerfend und zum Propheten drapierend, sondern immer nur beharrlicher Zeuge für das Recht seines Volkes, für seine seelische Vielfalt und seine sittliche Kraft. Wie es einem ehrlichen Zeugen gebührt, hat er die Wahrheit nie verschönert und nie verleugnet, er hat nie geredet, sondern berichtet, nicht proklamiert, sondern gestaltet. Ohne Pessimismus in den dunklen Jahren und ohne Überschwang in jenen des Erfolges, stark in der Stunde der Gefahr und ohne Hochmut im Gelingen, hat er Menschen neben Menschen in sein Werk gerufen, bis sie selbst eine Schar bildeten, ein Volk und Bildnis des ewigen Volkes, dieses Urstoffes aller Gestaltung und aller schöpferischen Kraft. So ist sein großes Epos kein schwankender Mythos von der russischen Seele geworden, sondern unverrückbar wahr, die russische Wirklichkeit selbst. Wir können dank seiner Werke Rußland brüderlich begreifen, nahe und nachbarlich unserer Welt, ohne Fremdheit, ohne Widerstand. Wer das

Werk Gorkis kennt, der kennt das russische Volk von heute und in ihm Not und Entbehrung aller Gedrückten, er weiß aus miterkennender Seele ebenso ihr letztes, seltenstes und leidenschaftliches Gefühl wie ihr tägliches ärmliches Dasein: alle ihre Qualen und Prüfungen in den Jahren des Überganges konnten wir erschütternd wie in keinen andern durch Gorkis Bücher miterleben. Welchem Künstler aber sollen wir dankbar sein, wenn nicht dem, der uns Wahrheit und Klarheit gibt in diesen Zeiten der Verwirrung und der durch die Darstellung des gemeinsam Menschlichen die Nationen erzieht zu ihrer notwendigsten Pflicht: zu Verständnis und damit zur Liebe?

Stefan Zweig

Die alte Isergil

Ich hörte diese Geschichte in Bessarabien, am Meeresstrande, in der Gegend von Akkerman.

Eines Abends, als die Moldawanen, mit denen ich zusammen bei der Weinlese arbeitete, ihr Tagespensum erledigt und sich an den Strand begeben hatten, war ich mit der alten Isergil im dichten Schatten der Weinreben liegen geblieben. Schweigend sahen wir die Silhouetten der Abgehenden in der tiefen nächtlichen Finsternis verschwinden.

Sie gingen singend und lachend davon, die Männer bronzebraun gebrannt, mit üppigen schwarzen Schnauzbärten und dichten, auf die Schultern herabfallenden Locken; die Frauen und Mädchen fröhlich, geschmeidig, mit dunkelblauen Augen, ebenfalls bronzefarben. Ihre seidigen schwarzen Haare hingen lose herab, und der warme leichte Wind spielte mit ihnen, daß die eingeflochtenen Münzen klirrten. Der Wind zog in einer breiten, gleichmäßigen Welle dahin, mitunter aber schien er über etwas Unsichtbares hinwegzuhüpfen, dann gab es einen heftigen Stoß, und die Haare der Weiber flatterten wie phantastische Mähnen um ihre Köpfe. Das machte sie zu seltsamen Märchengestalten. Sie entfernten sich immer mehr von uns, und Nacht und Phantasie schmückten sie immer schöner aus.

Jemand spielte Geige. Ein Mädchen sang mit weicher Altstimme. Irgendwo wurde gelacht.

Die Luft war durchtränkt von dem scharfen Geruch

des Meeres und den fetten Ausdünstungen des Bodens, den gegen Abend ein sehr ausgiebiger Regen getränkt hatte. Auch jetzt noch hingen Wolkenfetzen am Himmel, üppig, sonderbar geformt und gefärbt, hier weich wie Rauchschwaden, silbergrau und aschblau, dort scharfgeschnitten wie Felskanten, mattschwarz oder braun. Dazwischen schimmerte freundlich das dunkle Blau des Himmels durch, geschmückt mit den Goldkörnchen der Sterne. Das alles – Töne und Düfte, Wolken und Menschen – war seltsam schön und wehmutsvoll, war wie die Einleitung eines wundersamen Märchens. Und alles schien in seinem Wachstum zu stokken, abzusterben; das Stimmengewirr erlosch, je weiter es sich entfernte, verwandelte sich in ein wehmütiges Seufzen.

»Warum bist du nicht mit ihnen gegangen?« fragte die alte Isergil und nickte mir zu.

Die Zeit hatte sie ganz krumm gebogen, die einst schwarzen Augen waren trüb und tränten. Ihre heisere Stimme klang seltsam, sie knarrte, als wenn die Alte mit den Knochen redete.

»Ich will nicht«, antwortete ich.

»Uff, ihr Russen kommt als Greise auf die Welt. Immer seid ihr finster wie Dämonen. Unsere Mädchen haben Angst vor dir. Und bist doch noch jung und kräftig.«

Der Mond ging auf. Seine Scheibe war groß, blutigrot, sie schien emporgestiegen aus dem tiefen Schoß dieser Steppe, die zeit ihres Lebens so viel Menschenfleisch verschlungen und Blut getrunken hatte, wovon sie wohl auch so fett und üppig geworden war. Gezackte Blätterschatten legten sich über uns, hüllten mich und die Alte wie in ein Netz ein. Über die Steppe links von uns liefen Wolkenschatten, durchtränkt von dem blauen Mondesglanz; sie waren durchsichtiger und heller geworden.

»Sieh, da kommt Larra!«

Mein Blick folgte der ausgestreckten zitternden Hand der Alten mit den krummen Fingern; ich sah schwebende Schatten; es waren sehr viele, und einer, dunkler und dichter als die anderen, bewegte sich schneller und niedriger, – er wurde von einem Wolkenfetzen geworfen, der tiefer zur Erde herabhing als die anderen und schneller lief als sie.

»Niemand ist da«, sagte ich.

»Du bist blinder als ich alte Frau. Da, sieh, – da läuft er über die Steppe, der Schwarze!«

Ich sah noch einmal hin und sah auch jetzt nichts als einen Schatten.

»Das ist doch nur ein Schatten. Warum nennst du ihn Larra?«

»Weil er es ist. Er ist jetzt wie ein Schatten geworden. Es war Zeit! Er ist viele tausend Jahre alt, die Sonne hat seinen Leib, sein Blut, seine Knochen ausgedörrt, und der Wind hat sie verweht. Das kann Gott dem Menschen antun für seinen Hochmut!«

»Erzähle mir, wie das kam!« bat ich die Alte, denn ich ahnte, daß ich nun eines der schönsten Steppenmärchen hören würde.

Und sie erzählte mir dieses Märchen.

»Viele tausend Jahre sind vergangen, seit dieses geschehen ist. Weit über dem Meer, im Osten, liegt das Land des großen Stromes, und in diesem Lande gibt jedes Blatt am Baume und jeder Grashalm so viel Schatten, wie der Mensch braucht, um sich vor der Sonne zu schützen, die dort grausam heiß brennt.

So fruchtbar ist die Erde in dem Lande.

Es lebte dort ein mächtiger Volksstamm. Die Leute hüteten ihre Herden und bewährten ihre Kraft und ihren Mut auf der Jagd; und wenn sie heimgekehrt waren, zechten sie, sangen Lieder und spielten mit den Mädchen.

Einst bei einem Feldgelage ward eines der Mädchen – es war schwarzhaarig und zart, wie die Nacht – von einem Adler geraubt, der aus dem Himmelsblau herabstieß. Die Pfeile, die die Männer auf ihn abschossen, fielen kläglich auf die Erde zurück. Da zog man aus, das Mädchen zu suchen, aber man fand es nirgends. Und man vergaß sie, wie man alles auf Erden vergißt.«

Die Alte seufzte und verstummte. Ihre knarrende Stimme klang wie das Murren aller vergessenen Jahrhunderte, die durch ihre Brust wie Schatten der Erinnerung zogen. Und das Meer machte die leise Begleitmusik zu der alten Sage, die vielleicht an seiner Küste entstanden war.

»Aber nach zwanzig Jahren kam sie selbst wieder, abgemagert, ausgemergelt, und mit ihr war ein Jüngling, schön und kräftig, wie sie vor zwanzig Jahren gewesen war. Und als man sie fragte, wo sie gewesen sei, erzählte sie, daß der Adler sie in die Berge geschleppt und mit ihr wie mit seinem Weibe gelebt habe. Der Jüngling sei sein Sohn, der Vater aber nicht mehr am Leben; als er gemerkt habe, daß seine Kräfte schwanden, habe er sich ein letztes Mal emporgeschwungen zum Himmel, habe dann die Flügel gesenkt und sich auf die Felszacken fallen lassen, wo er denn auch den Tod gefunden.

Alle blickten mit Staunen auf den Adlerssohn und sahen, daß er nicht besser war als sie, nur seine Augen waren kalt und stolz, wie beim König der Vögel. Sie sprachen mit ihm, und er antwortete, wenn er wollte, oder schwieg, und als die Ältesten des Stammes kamen, redete er mit ihnen wie mit seinesgleichen. Das ärgerte sie; sie nannten ihn einen unbefiederten Pfeil mit ungeschärfter Spitze und wollten mit Ehrfurcht behandelt werden, weil ihnen Tausende von seiner Art und Tausende, die doppelt so alt wären wie er, gehorsam wären. Er aber sah sie mutig an und erwiderte, Männer seiner Art gebe es nicht mehr, und wenn auch alle ihnen Ehrfurcht bezeigten, so wolle er es doch nicht tun. Oh, da wurden sie ganz böse! Und im Zorne sprachen sie:

›Er gehört nicht zu uns! Er mag hingehen, wohin er will!‹

Er lachte und ging hin, wohin er wollte – zu einem schönen Mädchen, das ihn scharf angeblickt hatte. Er ging auf sie zu und umarmte sie. Sie aber war die Tochter eines der Ältesten, die ihn verurteilt hatten. Und obgleich er schön war, stieß sie ihn von sich, denn sie hatte Furcht vor ihrem Vater. Sie stieß ihn von sich und ging weg, er aber schlug sie, und als sie hinfiel, trat er mit seinem Fuß auf ihre Brust, so daß das Blut aus ihrem Munde zum Himmel spritzte. Das Mädchen stöhnte tief auf, wand sich wie eine Schlange und starb.

Alle, die das sahen, wurden von Schrecken gepackt, – es war das erstemal, daß vor ihren Augen ein Weib getötet ward. Und lange schwiegen alle und sahen sie an, wie sie dalag mit geöffneten Augen und blutigem Munde, und ihn, der allein ihnen entgegenstand, neben ihr, stolz, ohne den Kopf zu senken, als hätte er ein gerechtes Strafgericht vollzogen. Als die Leute zu sich kamen, ergriffen sie den Jüngling, banden ihn und ließen ihn liegen, denn sie meinten, ihn sofort zu töten, wäre zu einfach und könnte sie nicht befriedigen.«

Die Nacht schritt weiter fort; seltsame, leise Töne erfüllten sie. In der Steppe pfiffen wehmütig die Zieselmäuse, im Blätterwerk des Weins zitterte das gläserne Zirpen der Grillen, die Blätter seufzten und flüsterten, die volle Mondsichel, erst blutigrot, wurde blaß, da sie sich von der Erde entfernte, und immer freigebiger ließ sie ihren bläulichen Schimmer über die Steppe strömen.

»Und da traten sie zusammen, um eine Strafe zu ersinnen, die des Verbrechens würdig gewesen wäre. Sie wollten ihn von Pferden zerreißen lassen, doch das dünkte ihnen zu wenig; sie wollten jeder einen Pfeil auf ihn abschießen, aber sie lehnten auch dieses ab; man schlug vor, ihn zu verbrennen, aber der Rauch hätte sie seine Qualen nicht deutlich genug sehen lassen; und noch vieles andere wurde vorgeschlagen, – aber nichts fand sich darunter, das allen gepaßt hätte. Seine Mutter lag vor den Männern auf den Knieen und schwieg. Sie fand weder Tränen noch Worte, um Schonung zu bitten.

Lange redeten sie so, und endlich sprach ein Weiser nach langem Sinnen: ›Wir wollen ihn fragen, warum er das getan hat.‹

Sie fragten ihn. Er sprach:

›Bindet mich los, gefesselt rede ich nicht.‹

Als sie die Fesseln gelöst hatten, fragte er verächtlich, als wären sie seine Knechte:

›Was wollt ihr von mir?‹

›Du hast gehört ...‹, begann der Weise.

›Wozu soll ich euch mein Tun erklären?‹

›Damit wir dich verstehen. Höre zu, Hochmütiger! Du mußt ja doch sterben. Lehre uns deine Tat wenigstens begreifen! Wir bleiben ja am Leben, und es ist nützlich, mehr zu wissen, als wir wissen.‹

›Gut, ich will's euch sagen, wenn ich vielleicht auch selbst das Geschehene nicht richtig verstehe. Ich habe sie, glaube ich, getötet, weil sie mich von sich stieß. Ich aber mußte sie besitzen.‹

›Sie gehört aber nicht dir‹, sagte man zu ihm.

›Besitzt ihr denn nur das, was euch gehört? Ich sehe, daß dem Menschen nur seine Zunge, seine Hände, seine Füße gehören. Dennoch besitzt ihr alle Tiere, Weiber, Land und noch vieles andere.‹

Sie sagten ihm darauf, daß der Mensch für alles, was er sich aneigne, zu zahlen habe: mit seinem Geist, seiner Kraft, mitunter auch seinem Leben. Er aber antwortete, daß er sich heil erhalten wolle.

Lange noch redeten sie mit ihm und überzeugten sich endlich, daß er sich für den Ersten auf Erden hielt und außer seiner eigenen Person nichts sah. Es wurde den Männern sogar bange, als sie begriffen, zu welch tiefer Einsamkeit er sich selbst verdammt hatte! Er hatte kein Volk, keine Mutter, kein Weib, kein Vieh, und er wollte auch nichts davon haben.

Als die Leute das erkannt hatten, fingen sie wieder an zu beraten, weil sie ihn doch strafen wollten. Jetzt aber redeten sie nicht mehr lange; der Weise, der an ihrem Wortgefecht nicht teilgenommen hatte, erhob plötzlich die Stimme:

›Halt! Ich weiß eine Strafe. Es ist eine furchtbare Strafe; in tausend Jahren erfindet ihr keine schrecklichere. Seine Strafe liegt in ihm selbst! Laßt ihn laufen, gebt ihm die Freiheit! Das soll seine Strafe sein.‹

Und hier geschah etwas Gewaltiges. Ein Donnerschlag ertönte, obgleich der Himmel wolkenlos war.

Die himmlischen Mächte stimmten der Rede des Weisen bei. Alle neigten sich zur Erde und gingen dann auseinander. Jener Jüngling aber, der nun den Namen Larra erhielt – und das heißt: der Ausgestoßene, der Verworfene –, jener Jüngling lachte laut hinter den Leuten her, die ihn verstoßen hatte, er freute sich, allein und frei zu sein, wie sein Vater. Doch sein Vater war ja kein Mensch gewesen, er aber war ein Mensch! Und nun lebte er, frei wie ein Vogel. Er kam in die Siedlungen, raubte Vieh und Mädchen, alles, was er wollte. Man schoß nach ihm, aber die Pfeile konnten seinen Körper nicht verletzen, den das höchste Strafgericht in einen unsichtbaren Panzer gehüllt hatte. Er war gewandt, raublustig, stark und grausam und trat nie einem Menschen von Angesicht zu Angesicht gegenüber. Man sah ihn nur von ferne. Und so kreiste er lange einsam um die Menschen herum, viele Jahrzehnte lang. Einmal kam er nahe zu den Menschen heran, und als sie sich auf ihn stürzten, rührte er sich nicht von der Stelle und gab durch nichts zu verstehen, daß er sich verteidigen wolle. Da erriet einer von den Leuten seine Absicht und rief mit lauter Stimme:

›Rührt ihn nicht an, er will sterben!‹

Und alle stockten, denn sie wollten das Schicksal dessen, der ihnen Böses getan hatte, nicht erleichtern, indem sie ihn töteten. Sie standen da und lachten über ihn. Er aber zitterte, da er dieses Lachen hörte, und tastete immer auf seiner Brust herum, als suchte er etwas. Und plötzlich stürzte er sich, einen mächtigen Stein schwingend, auf die Leute. Sie aber wichen seinen Schlägen aus und berührten ihn nicht, und als er ermattet mit einem jämmerlichen Aufschrei zu Boden sank, da traten sie zur Seite und beobachteten ihn von ferne.

Er richtete sich auf, griff nach einem Messer, das einer im Kampfgedränge hatte fallen lassen, und stieß es sich in die Brust. Allein das Messer zerbrach, als hätte er es auf einen Stein gestoßen. Und wieder warf er sich nieder und schlug lange mit dem Kopf gegen die Erde. Aber die Erde wich ihm aus und bildete Gruben an den Stellen, die sein Haupt berührte.

›Er kann nicht sterben‹, sagten die Leute erfreut.

Und sie ließen ihn allein. Er lag auf dem Rücken und sah hoch am Himmel schwarzen Punkten gleich die gewaltigen Adler schweben. In seinen Augen war so viel Jammer, daß man damit alle Menschen der Welt hätte vergiften können. Und von da ab blieb er allein und frei und wartet auf seinen Tod. Und er irrt überall umher und findet keine Ruhe. Siehst du, er ist schon zum Schatten geworden, und so wird er ewig bleiben. Er versteht weder die Reden der Leute noch ihre Taten, – nichts. Und immer sucht er, sucht und irrt umher. Er kann nicht mehr leben, aber auch der Tod lächelt ihm nicht. Es ist kein Platz für ihn unter den Menschen. So ward der Mensch für seinen Hochmut bestraft.«

Die Alte seufzte und verstummte. Ihr Kopf sank auf die Brust herab und schwankte etliche Male seltsam hin und her.

Ich sah sie an. Die Alte kämpfte mit dem Schlaf, schien mir.

Und sie tat mir mit einemmal furchtbar leid. Den Schluß der Geschichte hatte sie in feierlich drohendem Ton erzählt, und doch glaubte ich eine bange, sklavische Note mit herauszuhören.

Am Strande wurde gesungen. Es klang sehr merkwürdig. Eine Altstimme fing an – sie sang zwei oder drei Noten, dann fiel eine zweite Stimme ein, die das Lied von vorn begann. Die erste aber blieb ihr immer die paar Töne voraus. Dann schloß sich eine dritte, vierte, fünfte in der gleichen Weise an. Und dann wurde dasselbe Lied noch einmal, und zwar wieder von Anfang an von einem Chor von Männerstimmen gesungen. Jede Frauenstimme klang ganz für sich, alle schienen sie verschiedenfarbige Bäche zu sein, die von einer Höhe über stufiges Gelände hüpfend und plätschernd herabströmten und endlich in der breiten, gleichmäßig dahinfließenden Welle der Männerstimmen mündeten, in ihr untertauchten, sich wieder emporrangen, sie übertönten und wieder eine nach der anderen sich emporschwangen, rein und stark, hoch empor.

Das Rauschen des Meeres wurde vom Gesang völlig übertönt.

»Hast du irgendwo schon so singen gehört?« fragte Isergil, den Kopf hebend und mit dem zahnlosen Munde lächelnd.

»Nein, ich habe nie dergleichen gehört.«

»Und wirst du auch nirgends hören. Wir singen gern. Nur schöne Menschen können gut singen, schöne Menschen, die das Leben lieb haben. Wir haben das Leben lieb. Sieh doch, sind die Leute, die dort singen, nicht todmüde nach des Tages Arbeit? Von Sonnenaufgang bis Sonnenuntergang haben sie gearbeitet, nun geht der Mond auf, und sie singen. Leute, die nicht zu leben verstehen, würden sich schlafen legen. Die aber das Leben lieb haben, die singen.«

»Aber wer an seine Gesundheit denkt...«, fing ich an.

»Gesundheit, – was heißt Gesundheit? Wenn du Geld hättest, würdest du es nicht ausgeben? Die Gesundheit ist auch eine Art Geld. Weißt du, was ich machte, als ich jung war? Ich webte Teppiche von Sonnenaufgang bis Sonnenuntergang und stand kaum einen Augenblick vom Webstuhl auf. Ich war so lebhaft wie ein Sonnenstrahl und mußte unbeweglich dasitzen wie ein Stein. Und ich saß manchmal so lange, daß alle meine Knochen zu knacken anfingen. Kaum aber war die Nacht da, so lief ich zu ihm, den ich lieb hatte, und wir küßten uns. Und so trieb ich's drei Monate, solang diese Liebe währte. Jede Nacht in dieser Zeit war ich bei ihm. Und sieh, wie alt ich dabei geworden bin, Blut und Kraft haben ausgereicht! Und wie viel habe ich geliebt, wie viele Küsse gegeben und bekommen!«

Ich sah ihr ins Gesicht. Die schwarzen Augen waren immer noch trübe, die Erinnerung hatte sie nicht beleben können. Das Mondlicht fiel auf ihre trockenen, aufgesprungenen Lippen, das spitze Kinn mit den grauen Härchen und die runzlige Nase, die gebogen war wie ein Eulenschnabel. An Stelle der Wangen hatte sie nur schwarze Gruben, und in einer von ihnen lag eine Strähne aschgrauen Haares, die sich unter dem roten Lappen, der um den Kopf geschlungen war, hervorgestohlen hatte. Die Haut auf dem Gesicht, dem Hals und den Armen war durchfurcht von Runzeln, und bei jeder Bewegung der Alten mußte man fürchten, daß dieses brüchige Leder sich auflösen, in Stücke zerfallen und ein nacktes Skelett mit trüben schwarzen Augen zutage treten werde.

Sie fing wieder an, mit ihrer knarrenden Stimme zu erzählen:

»Ich lebte mit meiner Mutter in der Nähe von Falmi, hart am Ufer des Byrlat. Ich war fünfzehn Jahre alt, als er vor unserem Hofe erschien. Er war sehr groß, geschmeidig, schwarzhaarig, lustig. Er saß im Boot und rief mit heller Stimme zu unseren Fenstern herauf:

›Heda, habt ihr nicht Wein und was zu essen für mich?‹

Ich schaute aus dem Fenster durch die Zweige der Eschen, und was sah ich? Der Fluß war ganz blau vom Mondlicht, und er, in weißem Hemd, mit breitem Gürtel, dessen Enden an der Seite tief herabhingen, stand mit einem Fuß im Boot, mit dem anderen am Ufer. Er schaukelte hin und her und sang. Als er mich erblickte, sagte er:

›So ein schönes Mädchen wohnt hier! Und ich habe nichts davon gewußt!‹ Gerade, als wenn er alle schönen Mädchen schon kannte! Ich brachte ihm Wein und gekochtes Schweinefleisch. Und vier Tage danach hatte ich mich ihm schon ganz gegeben ... Wir ließen uns ganze Nächte lang im Boot treiben. Er kam herausgerudert und pfiff leise wie eine Zieselmaus; dann sprang ich wie ein Fisch aus dem Fenster in den Fluß. Und dann ruderten wir los ... Er war ein Fischer vom Pruth, und als meine Mutter alles erfahren und mich verprügelt hatte, redete er mir immer zu, ich sollte mit ihm in die Dobrudscha gehen und noch weiter in die Donausümpfe. Aber damals gefiel er mir schon nicht mehr – er konnte nur singen und küssen, nichts weiter. Mir war das schon langweilig geworden. Damals trieben sich die Huzulen in ganzen Banden in der Gegend herum, und alle hatten sie ihre Liebsten dort. Die hatten ein lustiges Leben! Da wartet eine auf ihren Jungen aus den Karpathen, wartet und denkt, er säße schon im Gefängnis oder wäre bei einer Prügelei ums Leben gekommen – und plötzlich steht er vor ihr, allein oder auch mit zwei Genossen, wie vom Himmel gefallen! Schöne Geschenke bringt er mit, – die zu erbeuten, war ja eine Kleinigkeit! Und er zecht bei ihr und rühmt sich ihrer vor seinen Gefährten. Und das gefällt ihr. Ich bat nun eine Freundin, die einen Huzulen hatte, sie mir zu zeigen. Wie sie hieß? Das habe ich vergessen. Ich vergesse jetzt alles. Es ist so lange her, und nach und nach vergißt man alles. Sie machte mich mit einem Burschen bekannt. Hübsch war er! Rothaarig, ganz rot – Schnurrbart und Locken! Ein Feuerkopf! Und er war so traurig, manchmal sehr zärtlich, aber manchmal konnte er wie ein wildes Tier um sich schlagen und brüllen. Einmal schlug er mich ins Gesicht. Da sprang ich ihm wie eine Katze an die Brust und bohrte meine Zähne in seine Backe. Seitdem hatte er eine Narbe auf der Backe, und er hatte es gern, wenn ich sie küßte.«

»Und wo war der Fischer geblieben?« fragte ich.

»Der Fischer ...? Der ... der war auch da ... Er hatte sich ihnen angeschlossen, den Huzulen. Erst redete er mir immer zu, drohte mich zu ertränken, dann aber ließ er es gut sein, ging zu den Huzulen und fand eine andere. Sie wurden beide zusammen gehängt, der Fischer und der rothaarige Huzule. Ich habe zugesehen. Das war in der Dobrudscha. Der Fischer war ganz bleich und weinte, der Huzule aber schmauchte seine Pfeife. Die Pfeife im Munde, die Hände in den Hosentaschen, ein Schnurrbartende liegt auf der Schuler, das andere hängt auf die Brust. So ging er zum Galgen. Als er mich erblickte, nahm er die Pfeife aus dem Munde und rief mir zu: ›Leb wohl!‹ Ich habe ein ganzes Jahr um ihn getrauert. Ach ja! Das passierte ihnen, als sie schon wieder zurück in die Karpathen wollten. Sie besuchten noch zu guter Letzt einen Rumänen, und da wurden sie erwischt. Nur diese beiden, ein paar andere wurden getötet, die übrigen entwischten. Sie haben's aber dem Rumänen später heimgezahlt. Haben seinen Hof niedergebrannt und die Mühle und das Getreide. Er mußte betteln gehen.«

»Das hast du gemacht?« fragte ich aufs Geratewohl.

»Die Huzulen hatten viele Freunde, ich war nicht allein. Wer ihr bester Freund war, der hat ihnen diese Gedächtnisfeier veranstaltet.«

Der Gesang am Strande war bereits verstummt, nur noch das Rauschen der Meereswellen begleitete die Rede der Alten. Das nachdenkliche, unruhige Rauschen paßte gut zu der Geschichte eines unruhigen Lebens. Die Nacht wurde immer milder, und immer weiter breitete sich der blaue Glanz des Mondes aus, und immer leiser wurde das unbestimmte Geräusch, das vom geheimen Leben der unsichtbaren Nachtgeschöpfe zeugte. Es wurde vom Rauschen der Wellen übertönt, denn der Wind wehte jetzt stärker.

»Dann habe ich noch einen Türken geliebt! Ich war in seinem Harem in Skutari. Eine ganze Woche war ich dort, es war nicht so übel. Nur langweilig. Weiber, Weiber, lauter Weiber. Er hatte ihrer acht. Den ganzen Tag aßen sie, schliefen oder schwatzten dummes Zeug. Oder zankten sich, gackerten wie Hennen. Er war nicht mehr jung, dieser Türke. Fast ganz grau und so würdevoll, ein reicher Mann. Redete wie ein Fürst. Schwarze Augen. Ehrliche Augen – sie sahen einem geradewegs in die Seele hinein. Er betete sehr gern. Ich sah ihn in Bukarest. Er ging über den Markt, wie ein König, und blickte so würdevoll, so stolz. Ich lächelte ihm zu. Noch am selben Abend ergriffen sie mich auf der Straße und brachten mich zu ihm. Er handelte mit Sandelholz und Palmenöl und war nach Bukarest gekommen, um etwas einzukaufen. ›Kommst du mit?‹ fragte er. ›Gewiß doch!‹ ›Recht so!‹ Und ich reiste mit ihm ab. Er war ein reicher Mann, dieser Türke. Und einen Sohn hatte er, einen schwarzhaarigen, schlanken Jungen. Er war wohl sechzehn Jahre alt. Mit ihm lief ich davon. Nach Bulgarien, nach Lom-Palanke. Dort stieß mir eine Bulgarin ihr Messer in die Brust, weil ich ihr den Bräutigam oder den Mann abspenstig gemacht haben sollte, – ich weiß es nicht mehr. Ich lag lange im Kloster krank. In einem Nonnenkloster natürlich. Mich pflegte ein junges Mädchen, eine Polin. Und aus einem anderen Kloster – bei Arzer-Palanke, glaube ich – kam ihr Bruder zu ihr, der war auch Mönch. So ein kleiner Kerl ... wand sich vor mir wie ein Wurm ... Als ich gesund geworden war, ging ich mit ihm nach Polen.«

»Erlaub mal! Und der kleine Türke?«

»Der Junge? Der war gestorben. Vor Heimweh oder vor Liebe verdorrte er wie ein junges Bäumchen, das zuviel Sonne hat ... Er vertrocknete richtig. Ich weiß noch wie er dalag, ganz durchsichtig und bläulich, wie ein Eiszäpfchen, aber immer noch brannte die Liebe in ihm. Und immer bat er, ich solle mich zu ihm niederbeugen und ihn küssen. Ich hatte ihn lieb und küßte ihn viel. Dann ging es ihm ganz schlecht; er konnte sich kaum noch rühren. Er bat so jämmerlich, wie ein Bettler um ein Almosen, ich sollte mich neben ihn legen und ihn erwärmen. Ich legte mich zu ihm. Kaum lag ich bei ihm, da fing er mit einemmal zu glühen an. Einmal erwachte ich, und da war er schon ganz kalt ... tot ... Ich weinte um ihn. Wer kann es wissen? Vielleicht habe ich ihn getötet. Ich war damals doch schon doppelt so alt als er. Und war so voll Saft und Kraft. Und er? Ein Knabe!«

Sie seufzte und – zum erstenmal sah ich es bei ihr – schlug dreimal ein Kreuz, die verdorrten Lippen flüsterten leise.

»Nun? Du gingst also nach Polen«, mahnte ich.

»Ja, mit jenem kleinen Polacken. Er war ein lächerlicher und gemeiner Kerl. Wenn er ein Weib nötig hatte, dann umschmeichelte er mich wie ein Kater, und von seinen Lippen floß es wie heißer Honig. Und wenn er mich nicht brauchte, dann schlug er mich mit rohen Worten wie mit einer Peitsche. Einmal gingen wir an einem Fluß entlang, und da sagte er mir ein stolzes und kränkendes Wort. Oh, oh! Da wurde ich aber böse! Ich kochte wie Pech! Ich nahm ihn auf meine Arme – er war ja so klein – und hob ihn in die Höhe wie ein Kind. Und dabei preßte ich ihm die Hüften so zusammen, daß er ganz blau wurde. Dann holte ich aus und warf ihn ins Wasser. Er schrie. Das klang sehr komisch. Ich sah von oben zu, wie er im Wasser zappelte und spritzte. Endlich ging ich weg. Und habe ihn nicht mehr gesehen. Darin habe ich Glück gehabt: ich bin später nie mehr den Männern begegnet, die ich einmal liebte. Das sind keine guten Begegnungen, es ist, als kämen die Toten wieder.«

Die Alte verstummte mit einem Seufzer. Ich versuchte mir die Männer vorzustellen, die sie zum Leben erweckt hatte. Da der brandhaarige, schnurrbärtige Huzule, der, ruhig sein Pfeifchen schmauchend, in den Tod geht. Er hat gewiß kalte blaue Augen, die alle Dinge streng betrachten. Neben ihm der schwarzbärtige Fischer vom Pruth; er weint, weil er nicht sterben will; in seinem von der Todeswehmut gebleichten Gesicht sind die fröhlichen Augen trüb geworden, und der tränenbenetzte Schnurrbart hängt traurig zu beiden Seiten des

verzerrten Mundes herab. Und da der alte, würdevolle Türke, gewiß ein Fanatiker und Despot, und neben ihm der Sohn, eine bleiche, gebrechliche Blume des Ostens, vergiftet von den heißen Küssen. Weiter der eitle Pole, galant und grausam, beredt und hungrig. Sie alle sind nur blasse Schatten, doch jene, die sie küßten, sitzt neben mir, noch lebend, aber ausgedörrt von der Zeit, ohne Fleisch, ohne Blut, mit einem Herzen ohne Wünsche, Augen ohne Feuer, – auch nicht viel mehr als ein Schatten. Sie erzählte weiter:

»In Polen wurde mir das Leben schwer. Die Leute dort sind kaltherzig und verlogen. Ich kannte auch ihre Schlangensprache nicht. Sie zischten alle so. Warum zischen sie? Gott hat ihnen diese Schlangensprache gegeben, weil sie Lügner sind. Ich kam dahin, ohne zu wissen, in was für ein Land ich geraten war. Ich sah sie, wie sie sich zum Aufruhr gegen euch Russen bereiteten. Ich kam in die Stadt Bochnia. Da kaufte mich ein Jude, nicht für sich, sondern um mit mir zu handeln. Ich fügte mich ihm. Um leben zu können, muß man etwas verstehen. Ich verstand nichts und mußte daher mit meinem eigenen Leibe zahlen. Aber ich dachte damals: wenn ich mir etwas Geld verschafft habe, um an den Byrlat heimkehren zu können, dann zerreiße ich alle Ketten, mögen sie noch so stark sein. So lebte ich dort. Reiche Herren besuchten mich und zechten bei mir. Das kam ihnen teuer zu stehen. Sie schlugen sich meinetwegen, ruinierten sich. Einer warb lange Zeit um mich und dachte sich endlich dieses aus: er kam zu mir, und hinter ihm ging sein Diener mit einem Sack. Der Herr nahm den Sack in die Hand und stülpte ihn mir über den Kopf. Goldmünzen schlugen gegen meinen Schädel, und es machte mir Spaß, ihr Klirren zu hören, wenn sie auf den Boden fielen. Und dennoch warf ich den polnischen Herrn hinaus. Er hatte ein so dickes, fleischiges Gesicht, und sein Bauch war wie ein großes Kissen. Er schaute drein wie ein sattes Schwein. Ja, ich warf ihn hinaus, obgleich er mir sagte, er habe alle seine Güter und Häuser und Pferde verkauft, um mich mit Gold zu überschütten. Ich liebte damals einen vornehmen Herrn mit vielen Narben im Gesicht. Sein ganzes Gesicht war kreuz und quer von den Säbeln der Türken zerhackt, gegen die er vor kurzem mit den Griechen gekämpft hatte. Das war ein Mann! Was gingen ihn, den Polen, die Griechen an! Aber er ging zu ihnen und kämpfte mit ihnen gegen seine Feinde. Er war voller Wundmale, ein Auge hatten sie ihm ausgeschlagen, und an der linken Hand waren zwei Finger weg. Was gingen ihn, den Polen, die Griechen an? Das war's: er wollte ein Held sein! Und wenn ein Mensch ein Held sein will, dann vollbringt er auch Heldentaten und findet überall Gelegenheit dazu. Im Leben, weißt du, gibt es viel Gelegenheiten zu Heldentaten. Und wer sie nicht findet, der ist einfach ein Faulpelz oder Feigling, oder er versteht nichts vom Leben, denn wenn die Menschen das Leben verständen, so würde jeder eine Spur hinterlassen wollen. Und dann würde das Leben die Menschen nicht restlos verschlingen. Oh, dieser Zerhackte war ein braver Mann! Er war bereit, bis ans Ende der Welt zu gehen, um etwas zu vollbringen! Gewiß haben eure Leute ihn beim Aufruhr erschlagen. Warum seid ihr gegen die Ungarn ausgezogen? Na, na, schweig schon lieber!«

Und nachdem sie mir Schweigen geboten hatte, verstummte die Alte plötzlich selbst und versank in Gedanken.

»Ich kannte auch einen Ungarn. Er verließ mich eines

Tages, es war im Winter, und erst im Frühling, als der Schnee geschmolzen war, fand man ihn im Felde mit einer Kugel im Kopf. Jawohl! Siehst du – die Liebe rafft die Leute hin wie die Pest; wollte man nachzählen, es wären nicht weniger … Wovon sprach ich? Richtig, von Polen … Ja, dort spielte ich mein letztes Spiel. Ich lernte einen Schlachtschitzen kennen. Das war ein hübscher Kerl! Ich war schon alt, ach, wie alt! Ob schon vierzig? Könnte wohl sein! Und er war stolz und von uns Weibern verwöhnt. Er hat mich viel gekostet, ja. Er wollte mich so ohne weiteres nehmen, ich gab mich ihm aber nicht. Ich bin nie Sklavin gewesen, niemals. Mit dem Juden war ich schon fertig, ich hatte ihm viel Geld gegeben. Ich lebte damals schon in Krakau. Ich hatte alles, Pferde, Gold, Dienstboten. Er kam zu mir, der stolze Dämon, und wollte immer, daß ich ihm in die Arme falle. Wir wetteten schließlich … Ich weiß, daß ich dadurch sogar häßlich wurde. Das zog sich lange hin. Ich erreichte, was ich wollte: er bettelte auf den Knien um meine Liebe. Aber kaum hatte er mich gehabt, da ließ er mich sitzen. Da begriff ich, daß ich alt geworden war. Ach, das kam mir hart an! Sehr hart! Ich liebte ihn doch, diesen Teufel, und er, er lachte, wenn er mir begegnete. Er war ein gemeiner Kerl! Und er verspottete mich auch vor den andern Leuten, das wußte ich. Oh, das tat mir weh! Aber er war doch da, in meiner Nähe, ich konnte mich an seinem Anblick freuen. Und als er in den Krieg gegen die Russen zog, da wurde mir das Herz sehr schwer. Ich wollte mich bezwingen, aber ich vermochte es nicht. Und ich beschloß, mit ihm zu ziehen. Er befand sich in der Nähe von Warschau, in einem Walde.

Aber als ich hinkam, erfuhr ich, daß eure Leute sie

schon geschlagen hatten und daß er gefangen war in einem Dorf in der Nachbarschaft.

Also, dachte ich, sehe ich ihn nicht mehr wieder. Und ich wollte ihn doch so gerne wiedersehen. Ich versuchte zu ihm zu gelangen. Verkleidete mich als lahme Bettlerin, verband mir das Gesicht und ging in das Dorf, wo sie ihn gefangen hielten. Überall Kosaken und Soldaten ... Der Aufenthalt dort hat mich viel gekostet. Ich erfuhr, wo die Polen saßen, und sah, daß es nicht leicht sein würde, dorthin zu kommen. Aber ich mußte zu ihm. Da schlich ich nachts zu dem Platze, wo sie sich befanden. Ich kroch zwischen Gemüsebeeten am Boden und erblickte plötzlich einen Wachtposten mitten im Wege. Und dabei hörte ich schon die Polen singen und laut sprechen. Sie sangen ein Lied von der Mutter Gottes. Und jener sang auch mit, mein Arkadek. Es tat mir weh, als ich daran dachte, daß man früher mir so nachgeschlichen war ... Und nun war ich soweit, daß ich wie eine Schlange auf der Erde zu einem Menschen schlich, vielleicht gar dem Tode entgegen. Und der Wachtposten horchte schon auf, beugte sich vor ... Was sollte ich tun? Ich stand auf und ging gerade auf ihn zu. Ein Messer hatte ich nicht, hatte nichts als meine Hände und meine Zunge. Es tat mir nun leid, daß ich kein Messer mitgenommen hatte. Ich flüsterte: ›Halt, warte!‹ Der Soldat aber hatte schon das Bajonett an meinem Halse. Ich flüsterte: ›Stoß nicht zu, warte, höre mich an, wenn du ein Herz im Leibe hast. Ich kann dir nichts geben, aber ich bitte dich ...‹ Er senkte das Gewehr und sagte ebenfalls flüsternd: ›Scher dich weg, Frauenzimmer, was willst du hier?‹ Ich sagte ihm, mein Sohn wäre hier gefangen. ›Verstehst du, Soldat, mein Sohn! Du hast doch auch Eltern! Sieh mich an, ich habe einen Sohn, so einen wie du, und er sitzt da gefangen! Laß mich ihn nur noch einmal sehen, vielleicht muß er bald sterben; vielleicht wirst du morgen getötet. Wird deine Mutter um dich weinen? Und wird dir das Sterben nicht schwerfallen, wenn du sie nicht noch einmal sehen darfst, deine Mutter? So ist's auch meinem Jungen zumute! Habe Mitleid mit ihm und dir selbst und mit mir, der Mutter!‹

Ach, wie lange habe ich auf ihn eingeredet! Es regnete, und wir wurden ganz naß. Der Wind heulte und pfiff und stieß mich bald vor die Brust, bald in den Rücken. Ich stand vor diesem steinernen Soldaten und wackelte hin und her. Und er sagte immer nur ›Nein!‹ Und jedesmal, wenn ich dieses kalte Wort hörte, flammte der Wunsch, jenen, den Arkadek, zu sehen, in mir nur heißer auf. Ich redete und maß den Soldaten mit den Blicken: er war klein, hager und hustete fortwährend. Da fiel ich vor ihm nieder, umfaßte seine Knie, flehte und bettelte mit glühenden Worten – und warf ihn schließlich um. Er fiel in den Schmutz, ich drehte ihn schnell mit dem Gesicht nach unten und drückte sein Gesicht in die Pfütze, damit er nicht schreien könne. Er schrie auch nicht, sondern zappelte nur und versuchte, mich von seinem Rücken abzuschütteln. Ich stieß aber mit beiden Händen seinen Kopf immer tiefer in den Schlamm. Da erstickte er. Nun stürzte ich zu der Scheune, in der die Polen saßen. ›Arkadek!‹ flüsterte ich durch einen Ritz in der Wand. Sie sind findig, diese Polen: als sie meine Stimme vernahmen, hörten sie auf zu singen. Nun sahen mich seine Augen durch die Ritze an. ›Kannst du zu mir herauskommen?‹ – ›Ja, der Bretterboden ist schadhaft‹, sagte er. ›So komm!‹ Und da kamen ihrer viere unter dem Speicher hervorgekrochen: mein

Arkadek und drei andere. ›Wo sind die Posten?‹ fragte Arkadek. ›Da liegt er!‹ Und sie gingen leise, leise, tief zur Erde gebeugt. Es regnete, der Wind heulte. Wir verließen das Dorf und gingen lange schweigend durch den Wald. Wir gingen sehr schnell. Arkadek hielt meine Hand, und seine Hand war heiß und zitterte. Oh! Mir war so wohl mit ihm, solange er schwieg. Es waren die letzten Augenblicke, die letzten schönen Augenblicke meines gierigen Lebens. Nun aber kamen wir auf eine Wiese und blieben stehen. Alle vier dankten mir. Ach, wie lange und wie viel haben sie zu mir geredet! Ich hörte zu und sah immer auf meinen Herrn. Was würde er mit mir machen? Da umarmte er mich und sagte so feierlich ... Ich weiß nicht mehr, was er sagte, aber es war so, daß er mich jetzt zum Dank für seine Befreiung liebhaben werde. Er kniete vor mir nieder, lächelte und sagte: ›Meine Königin!‹ So ein lügnerischer Hund war das! Da gab ich ihm einen Fußtritt und hätte ihn auch noch ins Gesicht geschlagen, aber er fuhr zurück und sprang auf. Grimmig und bleich stand er vor mir. Und die drei andern machten auch finstere Gesichter. Alle schwiegen. Ich sah sie an. Und – das weiß ich noch gut – es kam ein Gefühl der Öde und der Müdigkeit über mich! Ich sagte zu ihnen: ›Geht!‹ Und da fragten sie, die Hunde: ›Du gehst jetzt zurück und meldest, wohin wir gegangen sind?‹ So gemein waren sie. Sie gingen dann aber doch weg. Und ich ging auch. Am andern Tag nahmen eure Leute mich fest, ließen mich aber bald wieder laufen. Da sah ich, daß es für mich Zeit war, ein Nest zu bauen, daß es aus war mit dem Kuckucksdasein. Schwerfällig war ich geworden, die Flügel schlaff, die Federn grau. Genug, genug! Ich reiste nach Galizien und von da in die Dobrudscha. Und hier lebe ich nun schon dreißig Jahre. Ich hatte einen Mann, einen Moldawanen. Er starb vor einem Jahr. Und ich lebe noch! Ich lebe ganz allein ... Nein, nicht allein, – mit denen da!«

Die Alte zeigte nach dem Meere. Dort war alles still. Hin und wieder nur tauchte ein kurzer trügerischer Laut auf und erstarb sofort wieder.

»Sie haben mich gern. Ich erzähle ihnen allerlei. Sie sind alle noch jung. Und ich fühle mich wohl unter ihnen. Ich sehe sie an und denke: so eine bin ich auch einmal gewesen! Nur hatten damals, zu meiner Zeit, die Menschen mehr Kraft und Feuer, und daher lebte sich's fröhlicher und besser. Ja!«

Sie schwieg wieder. Ein wehmütiges Gefühl überkam mich. Die Alte döste vor sich hin, ihr Kopf wackelte, sie flüsterte leise ... Vielleicht betete sie.

Vom Meere stieg eine Wolke auf, schwarz, schwer, mit derben Umrissen. Sie sah aus wie ein Bergrücken. Langsam kroch sie nach der Steppe zu. Von ihrem oberen Rande lösten sich Fetzen, liefen ihr voraus und löschten einen Stern nach dem andern aus. Das Meer rauschte. Hinter uns, im Weinberg, küßte man sich, flüsterte, seufzte. Draußen in der Steppe heulte ein Hund. In der Luft lag ein seltsamer Geruch, der die Nasenlöcher kitzelte und die Nerven reizte. Von den Wolken fielen Schatten auf die Erde, liefen am Boden entlang, verschwanden, erschienen wieder. An Stelle des Mondes war nur noch ein trüber, opalfarbener Fleck zu sehen; hin und wieder wurde auch er von einem grauen Wolkenfetzen völlig verschlungen. Und weit in der Steppe, die nun schwarz und schauerlich war, – zu lauern, etwas zu verbergen schien, – flammten kleine blaue Lichtchen auf. Bald hier, bald dort blitzten sie auf und erloschen wieder, wie wenn ein paar Menschen, die sich weit über die Steppe verteilt hatten, irgend etwas auf dem Boden suchten und dazu Streichhölzer anzündeten, die der Wind gleich wieder ausblies. Es waren sehr seltsame blaue Feuerzungen, die ganz märchenhaft wirkten.

»Siehst du die Funken?« fragte Isergil.

»Die blauen dort?« sagte ich, auf die Steppe zeigend.

»Die blauen? Ja, die meine ich. Also fliegen sie doch herum. Na, na. Ich sehe sie nicht mehr. Ich kann jetzt vieles nicht mehr sehen.«

»Wo kommen diese Funken her?« fragte ich die Alte.

Ich hatte schon früher etwas über die Entstehung dieser Funken gehört; ich wollte aber wissen, was die alte Isergil erzählen würde.

»Die Funken kommen von dem brennenden Herzen des Danko. Es hat einmal ein Herz gegeben, das in Flammen aufging. Und daher kommen diese Funken. Ich will es dir erzählen. Es ist auch ein altes Märchen. Alt, alles alt! Da siehst du, wie reich die alte Zeit war! Jetzt gibt's dergleichen nicht mehr – keine Taten, keine Menschen, keine Märchen, wie in der alten Zeit. Warum? Na, sag's doch! Du kannst es nicht sagen. Was weißt du denn? Was wißt ihr jungen Leute? Hähähä! Ihr solltet die alte Zeit scharf ins Auge fassen, da würdet ihr alle Rätsel lösen. Aber ihr seht nicht hin und versteht daher nicht zu leben. Sehe ich das Leben etwa nicht? Alles sehe ich, wenn meine Augen auch schwach geworden sind. Und ich sehe, daß die Menschen nicht leben, sondern sich immer nur anpassen, immer nur bereiten, und darüber geht das ganze Leben hin. Und wenn sie sich selbst bestohlen haben, indem sie die Zeit verschwenden, dann jammern sie über ihr Schicksal. Was heißt denn Schicksal? Jeder ist sein eigenes Schicksal! Ich sehe vielerlei Menschen heutzutage, aber keinen Starken. Wo sind die Starken geblieben? Und auch schöne Menschen gibt es immer weniger.«

Die Alte versank in Gedanken darüber, wo die Starken und Schönen geblieben sein mochten, und starrte in die Steppe hinaus, als ob diese ihr Antwort geben könnte. Ich war auf ihre Erzählung gespannt und fürchtete, sie durch eine neue Frage wieder abzulenken.

Und nun fing sie an zu erzählen:

Es lebte mal in alten Zeiten eine Schar von Leuten auf Erden. Undurchdringliche Wälder umgaben ihre Zeltsiedlung von drei Seiten, die vierte Seite aber grenzte an die unendliche Steppe. Es waren fröhliche, starke und kühne Leute. Und dann kam eine trübe Zeit: irgendwoher kamen neue Horden und vertrieben die alten tief in den Wald hinein. Dort war es sumpfig und finster, denn der Wald war sehr alt, und seine Zweige hatten sich so eng ineinander verflochten, daß man den Himmel nicht mehr sehen konnte und die Sonnenstrahlen sich nur mühsam einen Weg durch das dichte Blätterwerk zu den Sümpfen bahnen konnten. Wenn aber die Strahlen auf das Wasser der Sümpfe fielen, dann stiegen böse Dünste auf, und die Menschen starben daran, einer nach dem anderen. Da weinten die Frauen und die Kinder bitterlich, und die Väter wurden nachdenklich und traurig. Sie mußten wieder heraus aus dem Walde, und dazu gab es zwei Wege: der eine führte zurück, wo die starken, bösen Feinde drohten, der andere vorwärts, wo die Riesenbäume standen, die mächtigen Äste eng ineinander verschlingend und die knorrigen Wurzeln tief in den zähen Schlamm der Sümpfe versenkend. Diese steinernen Bäume standen stumm und starr da, tags in graue Dämmerung gehüllt und abends, wenn die Feuer angezündet wurden, die Menschen noch enger umkreisend. Und immer, tags und nachts, war um diese Menschen ein Ring tiefer Finsternis, es war, als wollte er sie zusammenpressen; sie aber waren an die Freiheit der Steppe gewöhnt. Noch schauerlicher war es, wenn der Wind gegen die Wipfel der Bäume schlug und der ganze Wald dumpf dröhnte, als drohe er und singe den Menschen ein Grablied. Es waren immerhin starke Menschen, und sie hätten sich wohl in den Kampf auf Leben und Tod mit jenen wagen können, von denen sie einmal besiegt worden waren, sie durften aber nicht im Kampfe fallen, denn sie hatten ihre Weisheitslehren, und wenn sie fielen, so mußten auch diese Lehren mit ihnen aus der Welt verschwinden. Und so saßen sie da und sannen die langen Nächte hindurch, beim dumpfen Rauschen des Waldes, im giftigen Dunst des Sumpfes. Sie saßen da, und die Schatten von den Lagerfeuern hüpften um sie herum in lautlosem Tanz, und allen dünkte es, als tanzten da nicht Schatten, sondern die triumphierenden Dämonen des Waldes und des Sumpfes. Die Männer saßen da und grübelten. Doch nichts, weder die Arbeit noch die Weiber, machen Körper und Seelen der Menschen so schwach, wie trübe Gedanken. Und die Männer ermatteten vom Denken. Die Furcht zog bei ihnen ein und fesselte ihre kräftigen Arme. Aus den Klagen der Weiber über den Leichen der vom Sumpfhauche Vergifteten und über das Schicksal der von der Furcht gefesselten Lebenden ward das Entsetzen geboren, und Worte der Feigheit vernahm man im Walde, anfangs nur schüchtern und leise, dann aber lauter und lauter. Schon wollten sie zum Feinde gehen und ihm ihre Freiheit zum Geschenk bringen; und keiner mehr fürchtete die Sklaverei, so groß war die Angst vor dem Tode!«

Die Alte mußte die Geschichte von Dankos brennendem Herzen schon oft erzählt haben. Sie sprach in singendem Tone, und ihre knarrende dumpfe Stimme malte anschaulich den rauschenden Wald, in dem die unglücklichen, gehetzten Menschen an dem Gifthauch des Sumpfes sterben mußten.

»Danko hieß einer von jenen Männern. Er war jung und schön. Die Schönen sind immer mutig. Und er sprach zu seinen Genossen: ›Das bloße Denken hat noch keinen Stein aus dem Wege geräumt. Wer nichts tut, der bringt es auch zu nichts. Warum vergeuden wir unsere Kräfte mit Denken und Klagen? Auf, laßt uns durch den Wald gehen, bis wir an sein Ende kommen. Denn ein Ende muß er haben, wie alles in der Welt! Vorwärts! Holla!‹

Die Leute sahen ihn an und erkannten, daß er ihnen allen überlegen war, denn aus seinen Augen leuchtete Kraft und lebendiges Feuer.

›Führe uns!‹ sagten sie zu ihm.

Und er führte sie.«

Die Alte stockte und sah in die Steppe hinaus, wo die Finsternis immer dichter wurde. Die Funken von Dankos brennendem Herzen zuckten ganz weit noch auf und schienen blaue, luftige Blumen zu sein, die nur für einen Augenblick aufblühen.

»Danko führte sie. Einmütig folgten ihm alle, denn sie glaubten an ihn. Es war ein schwerer Weg. Es war finster, und bei jedem Schritt riß der Sumpf seinen gierigen fauligen Rachen auf und verschlang die Leute. Und die Bäume versperrten ihnen den Weg, wie gewaltige Mauern. Ihre Äste waren ineinander verflochten; wie Schlangen wanden sich die Wurzeln am Boden, und jeder Schritt kostete den Menschen unendlich viel Schweiß und Blut. Lange gingen sie. Immer dichter wurde der Wald und immer geringer die Kräfte. Und da erhob sich ein Murren gegen Danko; es sei nicht recht, daß er, so jung noch und unerfahren, sie ins Unglück führe. Er aber ging voran und war munter und sicher.

Doch einmal brach ein Gewitter über dem Walde aus, die Bäume flüsterten dumpf und drohend. Und es wurde im Walde so dunkel, als hätten sich in ihm alle Nächte versammelt, die es auf der Welt gegeben hat, seit sie erschaffen wurde. Die kleinen Menschen gingen unter den gewaltigen Bäumen, beim schauerlichen Donnergrollen, sie gingen, und die Riesenbäume schwankten, knarrten und sangen wilde Lieder, die Blitze flogen über den Wipfeln und erhellten den Wald für Augenblicke mit blauen kalten Flammen und verschwanden ebenso schnell, wie sie aufgezuckt waren, die Herzen der Menschen mit Angst erfüllend. Und die von den kalten Blitzesflammen beleuchteten Bäume schienen lebendig zu sein und lange knochige Arme um die aus der Haft der Finsternis fliehenden Menschen zu schlingen, sie in ein dichtes Netz zu wickeln, gewaltsam festzuhalten. Und aus dem Dunkel der Zweige blickte auf die Wandernden etwas Unheimliches, Dunkles, Kaltes herab. Es war ein schwerer Weg, und die ermüdeten Menschen verzagten. Sie schämten sich aber, ihre Feigheit einzugestehen, und stürzten sich in Zorn und Wut auf Danko, den Mann, der an ihrer Spitze ging. Und sie warfen ihm vor, daß er sie nicht zu regieren verstehe! So war es!

Sie blieben stehen und hielten unter dem triumphierenden Rauschen des Waldes, in der zitternden Finsternis, ermattet und erbost, Gericht über Danko.

›Du bist ein elender, arger Mensch‹, sagten sie zu ihm. ›Du hast uns geführt und uns unserer Kräfte beraubt. Das soll dir übel bekommen.‹

›Ihr sagtet: führe uns – und ich führte euch!‹ rief Danko und trat vor sie hin. ›Ich hatte den Mut, die Führung zu übernehmen, und darum führte ich euch. Und ihr? Was habt ihr getan, um euch bei Kräften zu erhalten? Ihr seid nur gegangen und habt es nicht verstanden, mit euren Kräften zu sparen für einen noch weiteren Weg! Ihr seid nur gegangen, gegangen wie eine Hammelherde!‹

Diese Worte brachten sie in noch größere Wut.

›Du mußt sterben, du mußt sterben!‹ brüllten sie.

Der Wald aber rauschte und rauschte, und die Blitze rissen die Finsternis in Fetzen. Danko betrachtete die Leute, um derentwillen er die Mühe auf sich genommen hatte, und er sah, daß sie wie Tiere waren. Viele Menschen standen um ihn herum, aber kein edler Zug war in ihren Gesichtern, und keine Schonung konnte er von ihnen erwarten. Da kochte der Ingrimm auch in seinem Herzen auf, aber das Mitleid mit den Menschen löschte ihn aus. Er liebte die Menschen und dachte, daß sie ohne ihn vielleicht zugrunde gehen würden. Und da flammte in seinem Herzen der Wunsch auf, sie zu retten, sie auf einen leichten Weg zu führen, und die Strahlen jenes mächtigen Feuers blitzten aus seinen Augen. Sie aber sahen das und dachten, er wär in Zorn geraten, deshalb brannten seine Augen so hell, und sie spitzten die Ohren wie Wölfe in der Erwartung, daß er mit ihnen kämpfen werde, und drängten sich dichter um ihn, damit es ihnen leichter sei, ihn zu ergreifen und zu töten. Doch er hatte ihre Absicht schon erraten, und sein Herz brannte noch heißer, denn diese Absicht machte ihm Schmerzen. Der Wald aber sang sein finsterstes Lied, und der Donner rollte, und der Regen strömte hernieder.

›Was tu ich für die Menschen?‹ schrie Danko lauter als der Donner. Und plötzlich riß er sich mit den Händen die Brust auf und zog das Herz heraus und hob es hoch über seinen Kopf empor.

Es loderte so hell wie die Sonne, ja, noch heller als die Sonne, und der ganze Wald verstummte, erleuchtet von dieser Fackel der großen Liebe für die Menschen, und die Finsternis floh vor dem Licht und stürzte dort, tief im Walde, zitternd in den fauligen Schlund des Sumpfes. Die Menschen aber standen da wie versteinert vor Staunen. ›Kommt!‹ rief Danko und stürmte vorwärts, das brennende Herz hoch emporhaltend und den Weg erhellend.

Wie verzaubert eilten sie ihm nach. Und wieder rauschte der Wald und schüttelte seine Wipfel, aber das Rauschen ward übertönt von dem Stampfen der laufenden Menschen. Alle liefen schnell und kühn, fortgerissen von dem wundersamen Schauspiel des brennenden Herzens. Auch jetzt kamen viele um, aber sie starben ohne Klagen und Tränen. Danko aber schritt immer voran, und sein Herz loderte.

Und plötzlich tat sich der Wald vor ihnen auf und blieb hinter ihnen zurück, dicht und stumm, und Danko und all die Menschen tauchten mit einmal in ein Meer von Sonnenlicht und reiner Luft, die der Regen gesäubert hatte. Das Gewitter war hinter ihnen, über dem Walde, hier aber strahlte die Sonne, atmete die Steppe, glitzerte das Gras von den Regendiamanten und schimmerte der Fluß goldig. Es war Abend, und im Sonnenuntergangslicht schien der Fluß rot wie das Blut, das in heißen Strömen aus der zerrissenen Brust Dankos rann.

Noch einen Blick warf der kühne Danko auf die weite Steppe vor ihm, einen frohen Blick warf er auf das freie Land und lachte stolz. Und dann fiel er hin und war tot.

Die Menschen aber, froher Hoffnung voll, bemerkten sein Hinscheiden gar nicht und sahen nicht, daß neben der Leiche Dankos noch sein kühnes Herz blutete. Nur ein vorsichtiger Mann bemerkte das, und weil er irgend etwas fürchtete, trat er mit dem Fuß auf das stolze Herz. Und es löste sich in Funken auf und erlosch.

Daher kommen sie, die blauen Funken in der Steppe, die vor jedem Gewitter aufleuchten.«

Nun, da die Alte ihre schöne Geschichte beendet hatte, war es in der Steppe unheimlich still, als wäre auch sie überwältigt von der Kraft des mutigen Danko, der für die Menschen sein Herz verbrannte und starb, ohne von ihnen Lohn zu verlangen. Die Alte döste vor sich hin. Ich sah sie an und dachte: Wieviel Geschichten und Erlebnisse sind noch in ihrem Gedächtnis lebendig? Und ich dachte an das große brennende Herz Dankos und an die Phantasie des Menschen, die so viele schöne und kraftvolle Legenden erfinden konnte.

Ein heftiger Windstoß schlug die Fetzen zurück, die die dürre Brust der alten Isergil verhüllten. Die Alte schlief schon ganz fest. Ich deckte ihren greisen Leib zu und streckte mich neben ihr auf der Erde aus. In der Steppe war es still und dunkel. Am Himmel krochen immer noch Wolken, bedächtig, langweilig ... Das Meer rauschte dumpf und traurig.

Malwa

Das Meer lachte.

Unter dem leichten Hauch des glühenden Windes zuckte es zusammen und bedeckte sich mit einer Menge kleiner Wirbel, die in blendendem Glitzern das Sonnenlicht zurückwarfen. Ein vieltausendfaches silbernes Lächeln sandte es zum blauen Himmel empor, und in dem weiten Raum zwischen Meer und Himmel schwebte das fröhliche, laute Plätschern der Wellen, die eine nach der anderen auf den flachen Strand der sandigen Landzunge rollten. Das Rauschen und der Glanz der tausendfach widergespiegelten Sonne schmolzen harmonisch zu einer ununterbrochenen, von lebendiger Freude erfüllten Bewegung zusammen. Die Sonne war glücklich, daß sie scheinen durfte, das Meer – daß es ihren jubelnden Glanz spiegelte.

Der Wind streichelte zärtlich die gewaltige Atlasbrust des Meeres, die Sonne wärmte es mit ihren glühenden Strahlen, und das Meer seufzte in süßer Ermattung unter der zarten Gewalt dieser Liebkosungen und erfüllte die heiße Luft mit dem salzigen Aroma seiner Ausdünstungen. Die hellgrünen Wellen liefen auf den gelben Sand und bedeckten ihn mit weißen Schaumflocken, die sich mit leisem Tönen auf dem heißen Boden auflösten und ihn mit Feuchtigkeit durchsetzten.

Die schmale lange Landzunge glich einem riesigen Turme, der von der Küste ins Meer gefallen war. Seine scharfe Spitze bohrte sich in die grenzenlose Wüste des mit der Sonne spielenden Wassers, der Sockel verlor sich in der Ferne, wo sich hinter trübem glühendem Dunst das Land verbarg. Von dort herüber brachte der Wind einen schweren Geruch, der hier, mitten im öden, reinen Meer, unter dem blauen klaren Himmelsdache, unverständlich und verletzend wirkte.

In den Sand der mit Fischschuppen besäten Landzunge waren Holzpfähle gesteckt; Netze hingen an ihnen und warfen dünne Schatten, die wie Spinngewebe aussahen. Mehrere große Boote und ein kleines lagen nebeneinander auf dem Sande, und wenn die Wellen auf den Strand liefen, schienen sie sie zu sich locken zu wollen. Bootshaken, Ruder, zu großen Knäueln geballte Stricke, Körbe und Fässer lagen unordentlich am Strande umher, und mitten drin stand eine aus Weidenzweigen, Baststricken und Matten zusammengesetzte Hütte. Vor dem Eingang reckten zwei auf einen knorrigen Stock gespießte Filzstiefel die Sohlen zum Himmel empor, und über dem ganzen Chaos erhob sich ein langer Pfahl, an dessen oberem Ende ein roter Lappen im Winde flatterte.

Im Schatten eines der Boote lag Wasilij Legostew, der auf der Landzunge, einem vorgeschobenen Posten des Fischereibetriebs des Kaufmanns Grebenstschikow, Wächter war. Er lag auf dem Bauch, stützte den Kopf auf die Hände und starrte über das Meer hinweg nach einem kaum sichtbaren Küstenstreifen. Von dort aus bewegte sich auf dem Wasser ein winziger schwarzer Punkt, und es machte dem Wasilij Vergnügen, zu sehen, wie er immer größer wurde und immer näher herankam.

Er mußte die Augen zukneifen, um sich gegen das grelle Spiel der Sonnenstrahlen auf dem Wasser zu schützen, aber er lächelte zufrieden: Malwa war auf dem Wege zu ihm. Sie wird kommen, sie wird lachen, so daß ihre Brust verführerisch wogen wird, sie wird ihn umfassen mit ihren kräftigen, aber weichen Armen, wird ihn küssen und mit ihrer lauten Stimme, vor der die Möwen erschrocken auffliegen, Neuigkeiten von drüben, von der Küste, erzählen. Sie werden sich eine prächtige Fischsuppe kochen, Schnaps trinken, schwatzend und tändelnd im Sande liegen, dann, wenn es dunkel geworden, Tee machen, die Kanne leertrinken und süße Kringel dazu essen und endlich schlafen gehen ... So ist es jeden Sonntag, jeden Feiertag. Frühmorgens wird er sie über das noch schlummernde Meer in der kühlen Dämmerung ans Land rudern. Spaßig ist sie um diese Zeit, spaßig und lieb wie eine satte Katze. Vielleicht rutscht sie von der Bank auf den Boden des Kahns herunter, rollt sich zusammen wie ein Garnknäuel und schläft ein. Sie macht das oft so ...

Heute sind sogar die Möwen von der Hitze ermattet. Sie sitzen in langer Kette auf dem Sande, reißen die Schnäbel auf und lassen die Flügel hängen, oder sie schaukeln träge auf den Wellen, ohne zu schreien, ohne ihre übliche raublüsterne Erregtheit.

Unter den heißen Liebkosungen der Sonne reckt sich das Meer so wollüstig, und die Luft ist erfüllt von berauschender Mattigkeit.

Wasilij glaubte zu bemerken, daß Malwa nicht allein im Boot war. Hatte sich Serioschka wieder an sie gehängt? Wasilij drehte sich schwerfällig im Sande um, setzte sich aufrecht hin, hielt die Hand schützend über die Augen und blickte mit unruhigem Herzen hinaus, um festzustellen, wer noch im Boot war. Malwa saß am Steuer, doch der Ruderer war nicht Serioschka; der

Mann im Boot ruderte kräftig, aber ungeschickt; wäre es Serioschka, so brauchte Malwa nicht zu steuern.

»Heda!« rief Wasilij ungeduldig.

Die Möwen auf dem Sande zuckten zusammen und wurden unruhig.

»Heda!« klang vom Boot Malwas helle Stimme herüber.

»Wen bringst du mit?«

Die Antwort war ein lautes Lachen.

»Teufelsweib!« flüsterte Wasilij leise und spuckte aus.

Er hätte nur zu gerne gewußt, wer denn da käme, und starrte, während er sich eine Zigarette drehte, unverwandt auf den Rücken und den Nacken des Ruderers, die mit großer Geschwindigkeit näher kamen. Das helle Plätschern der Wellen unter den kräftigen Ruderschlägen erfüllte die Luft, und der Sand knirschte unter den bloßen Füßen des Wächters, der vergebens gegen seine ungeduldige Neugier kämpfte.

»Wen bringst du mit?« rief er noch einmal, als er das ihm so vertraute Lächeln auf dem schönen, vollen Gesicht Malwas zu erkennen vermochte.

»Warte nur, wirst es schon sehen!« rief sie lachend zurück. Der Ruderer wandte sein Gesicht dem Ufer zu und sah Wasilij ebenfalls lachend an.

Der Wächter zog die Brauen zusammen und versuchte sich darauf zu besinnen, wer dieser ihm anscheinend bekannte Bursche sein könnte.

»Kräftiger ausholen!« kommandierte Malwa.

Der Befehl wurde so prompt erfüllt, daß das Boot fast bis zur Hälfte von der Welle auf den Sand gerissen wurde; dann neigte es sich zur Seite und blieb stecken. Die Welle aber rollte lachend nach dem Meere zurück. Der

Ruderer sprang aus dem Boot, ging auf Wasilij zu und sagte: »Guten Tag, Vater!«

»Jakow!« rief Wasilij mehr erstaunt als erfreut.

Sie umarmten sich und küßten sich dreimal auf Mund und Wangen. Und nun blickte Wasilij nicht mehr verwundert, sondern freudig-verlegen drein.

»Na ja, ich gucke schon die ganze Zeit ... Es kam mir schon so vor ... Das Herz pupperte mir richtig ... Ach du ... Wo kommst du denn her? Sieh mal an! Und ich gucke mir die Augen aus – ist es wieder der Serioschka? Nein, Serioschka ist es nicht! Und nun bist du es!«

Wasilij strich mit der einen Hand seinen Bart, die andere schwenkte er in der Luft. Er wollte Malwa ansehen, aber die lächelnden Augen des Sohnes waren gerade auf sein Gesicht gerichtet, und ihr Glanz machte ihn verlegen. Das Gefühl der Befriedigung, einen so kräftigen und schönen Sohn zu besitzen, kämpfte mit der durch die Gegenwart der Geliebten hervorgerufenen Verlegenheit. Er stand dem Sohn gegenüber, trat von einem Fuß auf den anderen und überschüttete Jakow mit Fragen, ohne die Antworten abzuwarten. In seinem Kopf ging alles durcheinander, und ganz übel wurde ihm, als er Malwas spöttische Worte vernahm:

»Hab dich doch nicht so ... vor Freude! Führ ihn in die Hütte und gib ihm was zu essen!«

Er wandte sich nach ihr um. Auf ihren Lippen spielte ein Lächeln, wie er es an ihr noch nicht kannte, und die ganze Person hatte gleichsam etwas Neues, Fremdes an sich, obgleich sie doch so rund, weich und frisch war wie immer. Sie blickte Vater und Sohn abwechselnd mit ihren grünlichen Augen an und knackte Melonenkerne mit ihren weißen, kleinen Zähnen. Jakow musterte die beiden ebenfalls lächelnd, und ein paar für

Wasilij höchst unangenehme Sekunden vergingen in allgemeinem Schweigen.

»Ich mache gleich alles fertig!« sagte Wasilij plötzlich in großer Hast und ging auf das Zelt zu. »Geht aus der Sonne, ihr beiden, ich will Wasser holen ... wir kochen Fischsuppe! Du sollst eine Suppe vorgesetzt kriegen, Jakow, da wirst du schauen! Macht's euch nur bequem, ich bin gleich wieder da ...«

Er ergriff einen vor der Hütte stehenden Kessel, ging damit nach den Netzen hin und verschwand in ihrem grauen Gewirre. Malwa und Jakow gingen auf die Hütte zu.

»Na, mein braver Junge, da hab ich dich nun zum Vater gebracht«, sagte Malwa und blickte Jakows stämmige Gestalt prüfend von der Seite an.

Er wandte sein Gesicht mit dem krausen dunkelblonden Bart nach ihr hin und sagte mit blitzenden Augen:

»Ja, da wären wir. Schön ist es hier. Das Meer ...«

»Das Meer ist groß ... Nun, wie findest du den Vater? Ist er sehr alt geworden?«

»Nein, es geht an. Ich hatte gedacht, er wäre schon ganz grau, aber er hat ja nur sehr wenig graue Haare. Und ... so kräftig sieht er aus ...«

»Wie lange, sagst du, habt ihr euch nicht gesehen?«

»Fünf Jahre werden es wohl sein. Als er aus dem Dorf wegging, war ich sechzehn Jahre alt.«

Sie traten in die Hütte. Es war dumpf drinnen, die Bastmatten rochen nach Salzfischen. Jakow setzte sich auf einen dicken Holzklotz, Malwa auf einen Haufen Säcke. Zwischen ihnen stand ein in der Mitte durchgesägtes Faß, dessen Boden dem Wasilij als Tisch diente. Nachdem sie Platz genommen hatten, sahen sie sich lange schweigend an.

»Du willst also hier arbeiten?« fragte Malwa endlich.

»Ja ... ich weiß nicht recht. Finde ich hier etwas, dann gerne ...«

»Bei uns findet sich schon was«, sagte Malwa überzeugt.

Ihre grünen, geheimnisvoll zwinkernden Augen betasteten ihn immer noch.

Er aber sah sie nicht an und wischte sich mit dem Ärmel seines Hemdes den Schweiß aus dem Gesicht.

Plötzlich lachte sie auf.

»Die Mutter hat dir wohl viele Grüße und Aufträge an den Vater mitgegeben?«

Jakow warf ihr einen schnellen Blick zu, verzog das Gesicht und erwiderte kurz:

»Gewiß ... Wieso?«

»Ach, gar nichts«, lachte sie.

Ihr Lachen gefiel Jakow nicht. Er hatte etwas Herausforderndes. Der Bursche wandte sich von dem Weibe ab und dachte an die Aufträge der Mutter. Sie hatte ihn bis zur Dorfgrenze begleitet, hatte sich auf den niedrigen Zaun gestützt und zu reden angefangen, hastig, sich überstürzend, mit den tränenlosen Augen heftig zwinkernd.

»Sage ihm, Jascha ... Um Christi willen, sage ihm ... Vater, sollst du ihm sagen, die Mutter ist ganz allein ... Fünf Jahre sind vergangen, und sie ist immer noch allein! Sie wird alt! ... Sage ihm das, liebster Jakow, um Gottes willen. Bald ist die Mutter eine ganz alte Frau ... und immer allein, immer allein ... Um Christi willen sag es ihm ...«

Und dann fing sie stumm zu schluchzen an und verbarg ihr Gesicht unter ihrer Schürze.

Damals empfand Jakow kein Mitleid mit ihr, nun

aber tat sie ihm leid ... Und als sein Blick wieder auf Malwa fiel, zog er die Brauen finster zusammen und schien nicht abgeneigt, ihr ein kräftiges Schimpfwort zuzurufen.

»Da bin ich schon!« ertönte plötzlich Wasilijs Stimme. Er trat in die Hütte, einen zuckenden und zappelnden Fisch in der einen Hand, ein Messer in der anderen.

Er hatte seine Verlegenheit bereits überwunden, hatte sie tief in seinem Innern verborgen und sah jetzt die beiden ruhig und zufrieden an. Nur in seinen Bewegungen zeigte sich eine ihm sonst gar nicht eigene geschäftige Unruhe.

»Nun mach ich gleich ein Feuer an ... Und dann komme ich zu euch ... und dann schwatzen wir! Ja! Ach, Jakow! Was für ein Prachtkerl bist du geworden!«

Und er ging wieder aus der Hütte hinaus.

Malwa knackte ihre Melonenkerne immer wieder und betrachtete Jakow ganz ungeniert, während er es vermied, sie anzusehen, obgleich er es sehr gern getan hätte und bei sich dachte:

»Hier haben sie wohl ein gutes, sattes Leben. Sie ist so glatt und rund, und der Vater auch ...«

Und dann sagte er laut, weil das Schweigen ihm anfing peinlich zu werden.

»Ich habe meinen Rucksack im Boot gelassen. Ich will ihn holen!«

Ohne Hast stand er auf und ging hinaus. An seiner Stelle erschien sofort der Vater, bückte sich zu Malwa nieder und sagte schnell und ärgerlich:

»Weswegen hast du ihn mitgebracht? Was soll ich ihm über dich sagen? Was bist du mir?«

»Ich habe ihn mitgebracht und damit gut!« sagte Malwa kurz.

»Ach, du unvernünftiges Frauenzimmer! Immer dummes Zeug im Kopf. Was soll das? Was fang ich nun an? Soll ich ihm so gerade ins Gesicht sagen ...? Ich hab doch eine Frau daheim! Seine Mutter ... Das hättest du dir wohl überlegen können!«

»Was hab ich zu überlegen? Hab ich etwa Angst vor ihm? Oder vor dir?« fragte sie und kniff verächtlich die grünen Augen zusammen. »Wie du dich vorhin gewunden hast! Es war zum Totlachen!«

»Du kannst lachen! Aber was fange ich an?«

»Daran hättest du früher denken sollen!«

»Wußte ich denn, daß er so mit einemmal aus dem Meer auftauchen wird?«

Sie hörten den Sand unter Jakows Füßen knirschen und brachen ihr Gespräch ab. Jakow kam mit seinem leichten Rucksack, warf ihn in eine Ecke und schielte mit bösen Blicken nach dem Weibe hin.

Sie knackte eifrig ihre Melonenkerne, Wasilij setzte sich auf einen Holzklotz, rieb sich die Kniee mit den Händen und sagte mit verlegenem Lächeln:

»So bist du nun also hergekommen ... Wie ist dir das so eingefallen?«

»Na, so ganz von selber. Wir hatten dir doch geschrieben ...«

»Wann? Ich habe keine Briefe bekommen.«

»Nicht? Wir haben aber geschrieben.«

»Der Brief ist wohl verloren gegangen«, sagte Wasilij betrübt. »Das muß doch wirklich mit dem Teufel zugehen ... nicht? Ein so wichtiger Brief geht verloren!«

»Du weißt also nichts von unseren Angelegenheiten?« fragte Jakow und sah den Vater mißtrauisch an.

»Woher denn? Ich habe doch keinen Brief bekommen!«

Nun erzählte Jakow, daß ihr Pferd gefallen sei, daß sie alle Getreidevorräte schon im Februar verbraucht hätten, daß er nirgends Arbeit hätte finden können. Das Heu hätte auch nicht gelangt, die Kuh wäre fast verhungert. Mit Mühe und Not hätten sie sich bis zum April durchgeschlagen, dann aber hätten sie beschlossen: Jakow sollte, wenn er sein Feld bestellt habe, zum Vater fahren und dort drei Monate arbeiten. Das alles hatten sie ihm geschrieben, dann hatten sie drei Schafe verkauft, Korn und Heu gekauft, und nun war Jakow da.

»So steht es also!« rief Wasilij. »Ja, so-o-o ... Wie habt ihr denn aber ... Ich habe euch doch Geld geschickt ...«

»Was hat man von dem bißchen Geld? Wir haben das Haus ausgebessert. Maria hat geheiratet. Einen Pflug habe ich gekauft. Es sind doch schon fünf Jahre ... Die Zeit vergeht.«

»Ja, ja. Es hat also nicht gelangt? So, so ... Aber meine Fischsuppe kocht über!« Er stand auf und ging hinaus.

Nun hockte Wasilij vor dem Feuer, über dem der übersprudelnde Kessel hing und den Schaum in die Flammen schleuderte, und überlegte. Der Bericht des Sohnes hatte ihn nicht sonderlich gerührt, wohl aber ein unbehagliches Gefühl gegen seine Frau und Jakow geweckt. So viel Geld hatte er ihnen in den fünf Jahren geschickt, und sie waren doch nicht ausgekommen. Wäre Malwa nicht dabei gewesen, so hätte er dem Jakow schon allerlei gesagt. Auf eigene Faust, ohne Erlaubnis des Vaters das Dorf zu verlassen – dazu war er gescheit genug, aber mit der Wirtschaft konnte er nicht fertig werden! Und diese Wirtschaft, an die Wasilij bei seinem bisherigen angenehmen und leichten Leben nur sehr selten gedacht hatte, erschien ihm nun wie ein bodenloser Abgrund, in den er fünf Jahre lang sein Geld geworfen hatte, wie etwas völlig Überflüssiges, nicht zu seinem Leben Gehörendes. Er seufzte und rührte mit dem Löffel im Kessel herum.

Im hellen Sonnenlicht sah die kleine gelbliche Flamme unter dem Kessel so jämmerlich, so bleich aus. Blaue, durchsichtige Rauchstreifen zogen sich vom Feuer zum Meere, den Wellenspritzern entgegen. Wasilij verfolgte sie mit den Blicken und dachte an seinen Sohn, an Malwa und daran, daß er nun, wenn der Junge hier bliebe, kein so gutes Leben mehr, vor allem weniger Freiheit haben werde. Gewiß hatte Jakow schon erraten, wie es um Malwa stand ...

Sie aber saß in der Hütte und verwirrte den Burschen mit ihren herausfordernden Blicken, in denen unausgesetzt ein Lächeln spielte.

»Hast wohl eine Braut im Dorf zurückgelassen?« sagte sie plötzlich und sah ihm ins Gesicht.

»Vielleicht«, erwiderte er unwillig.

»Ist sie hübsch?« fragte sie nachlässig.

Jakow schwieg.

»Warum antwortest du nicht? Ist sie hübscher als ich? Ja oder nein?«

Er sah ihr ins Gesicht, obgleich er es gar nicht wollte. Sie hatte sonnengebräunte, runde Wangen, saftige Lippen, die, durch ein herausforderndes Lächeln halb geöffnet, leise zuckten. Die rosa Kattunjacke schmiegte sich glatt um ihren Leib und ließ die runden Schultern und die hohe stramme Brust deutlich sehen. Was ihm aber nicht gefiel, waren ihre listig zwinkernden, grünen, lachenden Augen.

»Warum redest du so?« sagte er seufzend. Es klang wie eine Bitte, obgleich er streng und ernst mit ihr reden wollte.

»Wie soll ich denn reden?« lachte sie.

»Du lachst auch so ... Warum?«

»Über dich lach ich!«

»Was willst du von mir?« fragte er verlegen und gekränkt und schlug wieder die Augen vor ihrem Blick nieder.

Sie antwortete nicht.

Jakow erriet, was sie seinem Vater war, und das hinderte ihn, frei mit ihr zu sprechen. Die Sache selbst überraschte ihn nicht weiter: er hatte oft genug gehört, daß die Leute draußen es recht toll treiben, und er begriff, daß ein so kräftiger Mann wie sein Vater es so lange Zeit ohne Frau nicht hätte aushalten können. Er empfand aber doch eine gewisse Verlegenheit sowohl dem Weibe als auch seinem Vater gegenüber. Und dann mußte er an seine Mutter denken, die arme, abgehetzte, mürrische Frau, die dort im Dorf von früh bis spät so hart arbeitete.

»Fertig ist die Suppe!« verkündete Wasilij und trat in die Hütte. »Hol mal die Löffel, Malwa!«

Jakow sah den Vater an und dachte:

»Sie kommt wohl oft zu ihm, wenn sie weiß, wo die Löffel liegen.«

Malwa holte die Löffel, sagte, sie müsse ans Meer gehen, um sie zu waschen, und sie hätte auch Schnaps unten im Boot.

Vater und Sohn blickten ihr nach. Als sie dann allein geblieben waren, schwiegen sie eine Zeitlang.

»Wo hast du sie getroffen?« fragte Wasilij.

»Ich erkundigte mich im Kontor nach dir, und sie war auch da. Sie meinte: Statt auf dem Lande hinzulaufen, fährst du besser mit dem Boot hinüber. Ich will auch zu ihm. Und so sind wir gekommen.«

»Tja ... Und ich hab mir so manches Mal gedacht: Wie mag wohl mein Jakow jetzt aussehen?«

Der Sohn sah den Vater gutmütig lachend an, und dieses Lachen gab Wasilij neuen Mut.

»Na, wie findest du das Frauenzimmerchen denn?«

»Nicht übel«, sagte Jakow und zwinkerte mit den Augen.

»Da kann man nichts machen, mein Lieber«, rief Wasilij und fuchtelte mit den Armen in der Luft. »Ich hab's wohl versucht, – aber es geht nicht! Man kann nichts gegen die Gewohnheit ... Ich bin ein verheirateter Mann. Und dann flickt sie mir auch meine Sachen und so ... Und überhaupt ... Ach was! Den Weibern entgehst du ebensowenig wie dem Tod!« beschloß er sein aufrichtiges Bekenntnis.

»Was geht's mich an?« sagte Jakow. »Das ist deine Sache, ich bin nicht zum Richter über dich gesetzt.«

Im stillen aber dachte er:

»So eine ... wird dir wohl die Hosen flicken!«

»Ich bin ja auch erst fünfundvierzig ... Kosten tut sie mir nicht viel, sie ist ja nicht meine Frau«, sagte Wasilij.

»Natürlich«, stimmte Jakow bei und dachte: »Sie hat wohl oft genug die Hände in deiner Tasche!«

Malwa kam mit einer Flasche Schnaps und einem Bündel, und die drei setzten sich zum Essen. Sie aßen schweigend, saugten die Gräten schmatzend ab und spuckten sie auf den Sand vor der Tür aus. Jakow aß viel und gierig; das schien Malwa zu gefallen; sie lächelte freundlich, wenn sie sah, wie seine braunen Wangen sich aufbliesen und die dicken, feuchten Lippen sich bewegten. Wasilij aß ohne Appetit, gab sich aber den Anschein, als wäre er sehr mit dem Essen beschäftigt; er tat das, um ungestört, ohne daß der Sohn und Malwa etwas merkten, über sein Verhältnis zu ihnen nachdenken zu können.

In die heitere, zärtliche Musik der Wellen tönte das triumphierende Räubergeschrei der Möwen hinein. Die Hitze wurde weniger drückend; hin und wieder drang in die Hütte schon ein kühlerer Lufthauch, durchtränkt von dem belebenden Duft des Meeres.

Nach der wohlschmeckenden Fischsuppe und etlichen Portionen Schnaps bekam Jakow ganz kleine, schläfrige Augen. Er lächelte blöde vor sich hin, stieß auf, gähnte und sah Malwa so an, daß Wasilij es für gut hielt, ihm zu sagen:

»Du solltest dich etwas hinlegen, mein Junge, bis zum Tee. Wir wecken dich dann.«

»Das könnte ich wohl«, stimmte Jakow bei und fiel auf die Säcke zurück. »Und wo wollt ihr hin? Hähähä!« Von seinem Lachen peinlich berührt, ging Wasilij schnell hinaus, Malwa aber kniff die Lippen zusammen, runzelte die Brauen und sagte zu Jakow:

»Wohin wir gehen, hat dich gar nicht zu kümmern! Was bildest du dir ein? Du bist vor unserm Gott noch ein Bählamm! Ja, das bist du, mein Junge!«

»Ich? Schon recht!« rief Jakow ihr nach. »Warte du nur! Hähähä! Ich will dir's schon zeigen! Jawohl! So eine ... Mamsell!«

Er brummte noch etwas und schlief dann ein, ein trunkenes, sattes Lächeln auf dem geröteten Gesicht.

Wasilij stieß drei Bootshaken in den Sand, band ihre Spitzen zusammen, warf eine Bastmatte drüber, und nachdem er so sehr einfach ein schattiges Plätzchen geschaffen hatte, streckte er sich lang aus, legte die Arme unter den Kopf und starrte zum Himmel hinauf: Als Malwa herankam und sich auf den Sand neben ihm hinsetzte, wandte er sein Gesicht ihr zu. Seine gekränkte, unzufriedene Miene fiel ihr auf.

»Na, Alter«, fragte sie lachend, »freust dich nicht über den Sohn?«

»Ja, grade! Er lacht mich doch aus. Und weswegen? Alles deinetwegen«, brummte Wasilij.

»Wie? Meinetwegen?» spielte sie listig die Erstaunte.

»Na, gewiß doch!«

»Ach, du armer Kerl! Was fangen wir nun an? Soll ich nicht mehr zu dir kommen? Ja? Na schön, dann komm ich eben nicht!«

»Hexe du!« sagte Wasilij vorwurfsvoll. »So seid ihr alle! Er lacht mich aus, du auch ... und seid mir doch die Allernächsten! Und was habt ihr zu lachen? Teufel seid ihr!« Er wandte sich ab und verstummte.

Malwa hatte beide Arme um ihre Kniee gelegt, ihr Oberkörper schaukelte leise hin und her, die grünen Augen blickten auf das fröhlich glitzernde Meer, und auf ihren Lippen spielte jenes sieghafte Lächeln, das jede der Macht ihrer Schönheit bewußte Frau in tausend Abarten kennt.

Ein Segelboot glitt über die Wellen wie ein großer, schwerfälliger Vogel mit grauen Flügeln. Es war weit von der Küste entfernt und zog noch weiter hinaus, dorthin, wo Meer und Himmel in eins verschmolzen, in eine blaue Unendlichkeit, deren feierliche Stille etwas unwiderstehlich Verlockendes hatte.

»Warum sagst du kein Wort?« frage Wasilij.

»Ich denke nach«, erwiderte Malwa.

»Worüber?«

»So ...« Ihre Augenbrauen zuckten. Nach kurzem Schweigen fügte sie hinzu: »Dein Sohn ist ein Prachtkerl.«

»Was geht es dich an?« rief Wasilij eifersüchtig.

»Es ist nun mal so ...«

»Du! ... Nimm dich in acht!« Er maß sie mit einem strengen argwöhnischen Blick. »Mach mir keine Dummheiten! Ich bin zwar ein sanfter Mensch, aber reizen darfst du mich nicht ... Jawohl!«

Er biß die Zähne zusammen und ballte die Fäuste, während er fortfuhr:

»Du hast heute, gleich wie du gekommen warst, ein Spiel angefangen. Ich verstehe es noch nicht recht. Aber sieh dich vor! Wenn ich's erfaßt habe, dann geht es dir schlimm! Du lächelst so ... und überhaupt ... Ich weiß auch mit euresgleichen umzugehen ... wenn's drauf ankommt!«

»Mach mir doch keine Angst, Wasja!« sagte sie gleichgültig, und ohne ihn anzusehen.

»Schon gut! Aber laß deine Späße!«

»Du willst mich wohl einschüchtern?«

»Ich kann auch zuschlagen, wenn du Dummheiten machst!« drohte Wasilij erbittert.

»Schlagen willst du mich?« Sie wandte sich nach ihm hin und betrachtete neugierig sein erregtes Gesicht.

»Bist du etwa eine Gräfin? Ich schlage zu ...«

»Du meinst wohl, ich wäre deine Frau?« fragte Malwa scharf und ruhig und fuhr dann fort, ohne eine Antwort abzuwarten:

»Weil du gewohnt bist, deine Frau um nichts und wieder nichts zu prügeln, glaubst du, du könntest es mit mir ebenso machen? Das bilde dir nicht ein. Ich bin ein freier Mensch. Ich bin mein eigener Herr und fürchte mich vor keinem. Du aber hast Angst vor deinem eigenen Sohn! Wie hast du vorhin gekatzbuckelt – Schmach und Schande! Und mir willst du drohen!«

Sie warf verächtlich den Kopf zurück und verstummte. Ihre kalten abweisenden Worte schlugen Wasilijs Grimm nieder. Noch nie hatte er sie so schön gesehen, ganz verwundert starrte er sie an.

»Da krächzest du nun ...«, sagte er wütend und entzückt zugleich.

»Und ich will dir noch was sagen. Du hast vor dem Serioschka geprahlt, ich könnte ohne dich, wie ohne Brot, nicht leben. Das ist dummes Geschwätz. Vielleicht lieb ich gar nicht dich und komme gar nicht zu dir, sondern liebe nur die Stelle hier ...« Sie machte eine weit ausladende Handbewegung. »Vielleicht gefällt mir's, daß es hier so einsam ist, Meer und Himmel und gar kein Menschenpack. Und daß du hier bist, kümmert mich nicht allzusehr. Man muß eben Eintrittsgeld zahlen. Wäre Serioschka hier, so würde ich zu ihm kommen; wird dein Sohn hier wohnen, gehe ich zu ihm. Am besten aber wär's, wenn keiner da wäre. Ihr hängt mir allesamt zum Halse heraus! ... Wenn ich aber, schön wie ich bin, mal einen haben will, ich finde ohne weiteres den Mann, der mir paßt. Der wird anders aussehen als du!«

»So–o–o?« zischte Wasilij ingrimmig und packte sie plötzlich an der Gurgel. »So–o meinst du's?«

Er schüttelte sie aus aller Kraft, aber sie widersetzte sich nicht, obgleich ihr Gesicht immer röter wurde und das Blut ihr in die Augen stieg. Sie hatte nur ihre beiden Hände auf seine Hand gelegt, die ihre Kehle zusammenpreßte, und sah ihm unverwandt in die Augen.

»Also das steckt in dir?« ächzte Wasilij in steigender Wut. »Und hast geschwiegen, du Luder ... hast mich umarmt ... geliebkost ... Ich will dich schon lehren ...«

Er drückte sie zu Boden und versetzte ihr mit Behagen einen und noch einen schweren Schlag auf den Hals mit der krampfhaft zusammengeballten, muskulösen Faust. Es tat ihm ordentlich wohl, wenn die Faust, weit ausholend, ihren vollen, elastischen Hals traf.

»Da ... da ... da ... Nun, du Schlange?« fragte er triumphierend und schleuderte sie weit von sich.

Ohne einen Laut von sich zu geben, schweigend, ruhig, fiel sie auf den Rücken, zerzaust, feuerrot und dennoch schön. Ihre grünen Augen blickten ihn durch die Wimpern an und brannten in kaltem, grimmigem Haß. Er aber, pustend vor Erregung und mit dem angenehmen Gefühl, seinem Ärger Luft gemacht zu haben, sah diese Blicke nicht, und als er sie dann mit verächtlicher Siegermiene betrachtete, da lächelte sie wieder ganz leise.

Erst zuckten die vollen Lippen kaum merklich, dann flammten die Augen auf, auf den Wangen zeigten sich Grübchen, und sie fing an zu lachen. Wasilij sah sie erstaunt an – so laut und zufrieden lachte sie, als hätte sie gar keine Schläge bekommen.

»Was soll das ... Teufel!« schrie er erregt und riß sie derb am Arm.

»Waska! Du hast mich geschlagen?« fragte sie flüsternd.

»Ja, ich ... Wer denn sonst?« Er starrte sie verständnislos an und wußte nicht, was er jetzt tun sollte. Ihr noch ein paar Schläge verabfolgen? Aber seine Wut war schon verraucht, und er konnte die Hand nicht mehr gegen sie erheben.

»Du liebst mich also?« fragte sie wieder, und bei ihrem Flüstern wurde ihm ganz heiß.

»Schon recht ... du Teufel!« sagte er finster. »Du hättest noch mehr abkriegen sollen!«

»Waska! Und ich hatte gedacht, du liebtest mich gar nicht mehr. Ich dachte: Nun ist sein Sohn zu ihm gekommen. Nun jagt er mich weg dem Sohn zuliebe.«

Und immer noch dieses seltsame, überlaute Lachen.

»Dummes Luder!« sagte Wasilij und mußte unwillkürlich mitlachen. »Mein Sohn ... was hat der mir vorzuschreiben?« Er schämte sich vor ihr, und sie tat ihm auch leid. Aber dann mußte er an ihre Reden denken, und er sagte wieder in strengem Ton:

»Mein Sohn hat hier nichts zu sagen. Und wenn ich dich geschlagen habe, so bist du selber schuld. Warum hast du mich gereizt?«

»Ich tat das doch mit Absicht. Ich wollte dich prüfen ...« Und mit einem beruhigenden Lächeln drückte sie ihre Schulter an seinen Leib.

Er schielte nach der Hütte hin und umarmte sie.

»Ach du! ... Geprüft! Was hattest du zu prüfen? Nun hast du's!«

»Macht nichts!« sagte Malwa siegesgewiß und kniff die Augen zusammen. »Ich bin nicht böse ... Du hast mich doch aus Liebe geschlagen? Ich werde es dir schon vergelten.«

Sie sah ihn scharf an, zuckte zusammen und wiederholte mit gedämpfter Stimme: »Oh, und wie will ich es dir vergelten!«

Wasilij glaubte aus diesen Worten das Versprechen angenehmer Dinge herauszuhören, es wurde ihm ganz warm ums Herz, und mit zufriedenem Lächeln fragte er:

»Wie willst du es mir denn vergelten? He?«

»Du wirst schon sehen«, sagte Malwa gelassen. Es klang sehr ruhig, aber ihre Lippen zitterten.

»Ach, du mein süßer Schatz!« rief Wasilij und preßte

sie fest zusammen, wir nur Verliebte tun. »Weißt du, nachdem ich dich geschlagen habe, bist du mir noch viel lieber geworden! Wahrhaftig! Wie eine Verwandte … oder wie?«

Möwen schwebten über ihnen. Der zärtliche Wind vom Meere trieb die Schaumwellen fast bis zu ihren Füßen, und das Meer lachte und lachte immer noch …

»Ach, so geht es uns in der Welt!« seufzte Wasilij erleichtert und liebkoste sinnend das Weib, das sich an ihn gepreßt hatte. »Wie das nur so eingerichtet ist in der Welt: alles, was man Sünde nennt, ist so süß! Du verstehst nichts davon … aber ich denke manchmal über das Leben nach – und dann wird mir richtig bange! Besonders nachts … wenn ich nicht schlafen kann … Vor mir das Meer, über mir der Himmel, rundherum alles so dunkel, so unheimlich … und ich ganz allein. Und dann komme ich mir selber so klein vor, so winzig klein, und es ist, als wankte die Erde unter mir, und niemand lebte mehr auf der Welt, niemand als nur ich allein. Wenn du wenigstens da wärest, dann wären wir doch zwei …«

Malwa lag mit geschlossenen Augen auf seinen Knieen und schwieg. Das derbe, aber gutmütige, von Sonne und Wind tief gebräunte Gesicht Wasilijs beugte sich über sie, und sein langer ausgeblichener Bart kitzelte ihren Hals. Das Weib rührte sich nicht, nur ihre Brust hob sich hoch und gleichmäßig. Wasilijs Augen irrten bald in der Weite des Meeres umher, bald blieben sie an dieser Brust haften, die ihm so nah war. Und er sprach ihr davon, wie öde es sei, allein zu leben, wie qualvoll die schlaflosen, von dunkeln Gedanken über das Leben erfüllten Nächte seien … Dann küßte er sie auf den Mund, ohne Hast und so laut schmatzend, als äße er einen heißen Brei mit viel Butter.

Wohl drei Stunden verbrachten sie so. Als die Sonne dann zum Meere niedersank, sagte Wasilij mit müder Stimme: »Na, ich will jetzt Tee machen ... Der Gast wird wohl bald aufwachen.«

Wie eine Katze, die sich lange gesonnt hat, schob sich Malwa träge zur Seite. Wasilij erhob sich unlustig und ging nach der Hütte hin. Das Weib sah ihm mit halbgeöffneten Augen nach und seufzte auf, wie ein Mensch seufzt, wenn er eine ermüdende Last abgeworfen hat.

Es verging noch eine Stunde, und dann saßen alle drei um das Feuer vor dem brodelnden Teekessel, tranken Tee und schwatzten.

Schon schmückte die Sonne das Meer mit bunten Abendfarben, und die grünen Wellen glänzten unter der Zaubergewalt ihrer Strahlen in flammendem Purpur und zartem Rosa.

Wasilij nahm ab und zu einen Schluck Tee aus seiner weißen Tontasse, fragte den Sohn nach der Heimat aus und erzählte selbst allerlei aus seinem früheren Leben dort. Malwa mischte sich nicht in das Gespräch, das sich nur langsam entwickelte, hörte aber aufmerksam zu.

»Sie leben also weiter, die Bäuerlein?«

»Müssen wohl«, erwiderte Jakow.

»Wieviel braucht denn unsereins? Ein Häuschen und ein Stück Brot ... und feiertags ein Glas Schnaps ... Tja ... Aber nicht mal das gibt's da. Wäre ich denn fortgegangen, wenn ich daheim hätte auskommen können? Im Dorf bin ich mein eigener Herr, bin gerade so gut wie die andern alle. Hier aber bin ich Knecht.«

»Dafür gibt es hier mehr zu essen, und die Arbeit ist leichter.«

»Das sag du nicht! Manchmal tun einem alle Knochen weh, als wäre man zerquetscht. Und dann arbeitet man hier für fremde Leute und dort für sich selbst.«

»Du verdienst aber mehr«, widersprach Jakow bedächtig.

Innerlich stimmte Wasilij dem Sohne durchaus bei: im Dorf lebte und arbeitete sich's viel schwerer als hier, gewiß! Er wollte aber nicht, daß Jakow das wisse. Und er sagte schroff: »Hast du den Lohn gezählt, den man hier kriegt? Im Dorf, mein Lieber ...«

»Ist's wie in einer Grube, dunkel und eng«, lachte Malwa.

»Und erst das Frauenleben – nichts wie Tränen!«

»Die Weiber haben's überall gleich ... und die Welt ist auch überall dieselbe, überall scheint dieselbe Sonne«, sagte Wasilij, sie finster ansehend.

»Da flunkerst du aber!« rief sie aus, lebhafter werdend. »Im Dorf muß ich heiraten, ob ich will oder nicht. Und eine verheiratete Frau ist eine ewige Sklavin: mähen muß sie und spinnen, das Vieh versorgen, die Kinder gebären. Was bleibt denn für sie selber übrig? Prügel und Schimpfwörter vom Mann!«

»Es gibt nicht immer Prügel«, unterbrach Wasilij sie.

»Und hier gehöre ich keinem an«, redete sie weiter, ohne auf ihn zu hören. »Ich bin frei ... wie eine Möwe! Wohin ich will, dahin flieg ich; niemand kann mir den Weg versperren. Niemand rührt mich an!«

»Und wenn er dich doch anrührt?« fragte Wasilij lächelnd und mahnend.

»Ich ... zahl's schon heim«, sagte sie leise, und ihre glühenden Augen erloschen.

Wasilij lachte herablassend.

»Ach, du ... Forsch bist du und doch schwach! Weibergeschwätz ist's, was du vorbringst! Im Dorf ist das

Weib ein Mensch, den man nötig hat fürs Leben... und hier ... sind sie nur zum Zeitvertreib da ...« Und nach kurzem Schweigen fügte er hinzu: »Und zum Sündigen.«

Als ihr Wortwechsel abbrach, sagte Jakow mit seufzend nachdenklicher Miene: »Dieses Meer nimmt doch gar kein Ende!«

Alle drei blickten schweigend auf die weite Einöde vor ihnen.

»Wenn das alles Land wäre!« rief Jakow, den Arm ausstreckend. »Und gute schwarze Erde! Und wenn man die dann aufpflügen könnte!«

»Ja so!« lachte Wasilij gutmütig und sah dem Sohn zustimmend in das von der Stärke des Wunsches sogar gerötete Gesicht. Es tat ihm wohl, aus den Worten des Sohnes die Liebe zur Scholle herauszuhören, und er dachte, daß diese Liebe den Jungen vielleicht bald von den Verlockungen des freien Arbeiterlebens auf das Land zurückrufen werde. Und dann würde er mit Malwa wieder allein bleiben, und alles würde sein wie bisher.

»Das hast du gut gesagt, Jakow! So muß ein Bauersmann reden. Der Bauer holt seine Kraft aus der Erde. Solange er fest auf ihr steht, ist er stark; reißt er sich los von ihr, ist er verloren. Ein Bauer ohne Land ist wie ein Baum ohne Wurzel: verarbeiten läßt er sich wohl, aber lange leben kann er nicht – er verfault! Und von seiner Waldschönheit bleibt nicht viel übrig: da steht er kahl, ohne Rinde, glattgehobelt, unscheinbar! Das hast du sehr gut gesagt, Jakow.«

Und das Meer nahm die Sonne in seinen Schoß auf und begrüßte sie mit der freundlichen Musik seiner plätschernden Wellen, die von den letzten Strahlen in wunderbare, unbeschreiblich reiche Farbtöne getaucht waren. Der göttliche Urquell des Lichtes, das Leben schafft, nahm Abschied vom Meere mit der beredten Harmonie seiner Farben, um irgendwo, weit entfernt von den drei Menschen, die ihm nachschauten, die schlummernde Erde mit dem freudigen Glanz der Morgenstrahlen zu wecken.

»Mir schmilzt das Herz richtig, wenn ich die Sonne so untergehen sehe... wahrhaftig, bei Gott!« sagte Wasilij zu Malwa.

Sie schwieg. Jakows blaue Augen lächelten, während sie über die Weite des Meeres irrten. Lange schauten die drei sinnend dorthin, wo die letzten Minuten des Tages erloschen. Vor ihnen glimmten die Kohlen unter dem Teekessel. Hinter ihnen breitete schon die Nacht ihre Schatten über den Himmel. Der gelbe Sand färbte sich dunkel, die Möwen waren verschwunden, alles ringsum wurde still, so träumerisch zärtlich... Und sogar die unermüdlichen Wellen plätscherten, wenn sie auf den Sand der Landzunge aufliefen, nicht mehr so lustig und so laut wie am Tage.

»Was sitze ich denn noch da?« sagte Malwa. »Ich muß gehen.«

Wasilij krümmte sich zusammen und blickte auf seinen Sohn.

»Hast du so große Eile?« brummte er unzufrieden. »Warte noch! Wenn der Mond aufgeht...«

»Was soll mir der Mond? Ich hab auch so keine Angst. Es ist nicht das erstemal, daß ich nachts von hier weggehe!« Jakow sah seinen Vater an und kniff die Augen zusammen, um den Spott, der in ihnen aufblitzte, zu verbergen; dann sah er Malwa an, sie erwiderte den Blick – und er wurde verlegen.

»Na schön ... Geh nur«, erklärte Wasilij unzufrieden und gelangweilt.

Sie stand auf, nahm Abschied und ging langsam am Strand entlang; die Wellen, die bis dicht an ihre Füße herangerollt kamen, schienen sie necken zu wollen. Am Himmel flammten zitternde Sterne auf – seine goldenen Blumen. Die bunte Jacke Malwas erblaßte in der Dämmerung, je weiter sie sich von Wasilij und seinem Sohn entfernte, die sie mit ihren Blicken begleiteten.

»Liebster, stille meine Lust,
Drück mich fest an deine Brust ...«

sang Malwa mit hoher schriller Stimme.

Es kam Wasilij so vor, als wäre sie stehen geblieben und wartete. Er spuckte erbittert aus und dachte: »Das macht sie absichtlich ... um mich zu necken, das Teufelsweib!«

»Hör doch! Sie singt!« lachte Jakow.

Die beiden sahen sie nur noch als grauen Fleck in der Dämmerung.

»Meine Brüste, rund und weich,
Sind zwei weißen Schwänen gleich!«

erklang ihre Stimme über dem Meere.

»Hör doch bloß!« rief Jakow, und sein ganzer Körper reckte sich in der Richtung, woher die lockenden Worte kamen.

»Bist also dort mit der Wirtschaft nicht fertig geworden?« ertönte die strenge tiefe Stimme Wasilijs.

Jakow sah ihn befremdet an und nahm seine alte Stellung ein.

Von dem Rauschen der Wellen übertönt, drangen nur einzelne abgerissene Worte des Liedes zu ihren Ohren:

»Ach … ich schlafe nicht allein
Diese Nacht … ich kann nicht … nein …«

»Es ist heiß!« rief Wasilij wehmütig und wühlte im Sande.

»Schon Nacht und immer noch so heiß! Eine verfluchte Gegend.«

»Der Sand … hält die Hitze vom Tage«, sagte Jakow stockend und mit abgewandtem Gesicht.

»Was sagst du? Spottest wohl?« fragte der Vater schroff.

»Ich?« sagte Jakow unschuldig. »Worüber denn?«

»Nun eben! Hast doch gar keinen Grund.«

Und sie schwiegen wieder.

Und über das Rauschen der Wellen hinweg drangen Laute zu ihnen, die halb wie Seufzer, halb wie leise, zärtlich lockende Rufe klangen.

Zwei Wochen waren vergangen, wieder war es Sonntag, und wieder lag Wasilij Legostew auf dem Sande vor seiner Hütte, sah ins Meer hinaus und wartete auf Malwa. Und das öde Meer lachte, spielte mit den Sonnenstrahlen, und Legionen von Wellen tauchten auf, liefen auf den Sand, warfen ihre Schaummähnen ab und rollten ins Meer zurück, um sich in ihm aufzulösen. Alles war genauso wie vor vierzehn Tagen, nur daß Wasilij, der seine Geliebte sonst mit ruhiger Sicherheit erwartet hatte, jetzt vor Ungeduld zitterte. Am vorigen Sonntag war sie ausgeblieben – heute mußte sie kommen. Er zweifelte nicht an ihrem Kommen, er wollte sie aber recht bald sehen. Jakow würde ihn heute nicht stören: vorgestern war er mit den andern Arbeitern dagewesen, um sich ein Netz zu holen, und hatte gesagt, er wolle am Sonntag früh nach der Stadt, sich Hemden zu kaufen. Er hatte sich als Fischer einstellen lassen, bekam fünfzehn Rubel monatlich, war schon einige Male hinausgefahren und schaute jetzt frisch und fröhlich drein. Wie alle Arbeiter roch er nach gesalzenen Fischen, und wie alle war er schmutzig und zerlumpt. Wasilij seufzte, als er an seinen Sohn dachte.

»Wenn er hier nur nicht aus dem Gleis kommt ... verwöhnt wird. Dann wird er am Ende gar nicht mehr ins Dorf zurück wollen. Und ich muß wohl noch selbst ...«

Nur Möwen waren auf dem Meere zu sehen. Dort, wo es nur durch den schmalen Streifen der sandigen Küste vom Himmel getrennt war, zeigten sich mitunter kleine, schwarze Punkte auf dem Streifen, bewegten sich hin und her und verschwanden wieder. Das Boot aber kam nicht, obgleich die Sonnenstrahlen schon fast senkrecht in das Meer fielen. Um diese Zeit war Malwa sonst schon da.

Zwei Möwen fielen in der Luft übereinander her und kämpften so erbittert, daß die Federn nach allen Seiten flogen. Ihr wütendes Geschrei zerfetzte das heitere Lied der Wellen, ihren so gleichmäßigen, so harmonisch mit der feierlichen Stille des strahlenden Himmels verschmolzenen Gesang, daß man hätte glauben können, er wäre durch das frohe Spiel der Sonnenstrahlen auf der weiten Wasserfläche hervorgerufen. Die Möwen stürzten ins Meer hinab und zausten sich dort weiter, wild schreiend vor Schmerz und Wut, flogen wieder auf, einander verfolgend, und ihre Genossinnen, eine ganze große Schar, taten als sähen sie nichts von dem erbitterten Kampf, und haschten gierig nach Fischen, schlugen Purzelbäume im grünlichen, durchsichtigen, glitzernden Wasser.

Aber das Meer blieb leer. Der bekannte schwarze Punkt weit draußen an der Küste zeigte sich nicht ...

»Du kommst nicht?« sagte Wasilij laut. »Nun, dann eben nicht! Ich brauche dich nicht. Was dachtest du denn?«

Und er spuckte verächtlich in der Richtung nach der Küste. Das Meer lachte.

Wasilij stand auf und ging in die Hütte, um sein Mittagessen zu bereiten, aber er fühlte gar keinen Hunger, kehrte auf seinen alten Platz zurück und streckte sich wieder aus.

»Wenn der Serioschka wenigstens käme!« brummte er und zwang sich, an Serioschka zu denken. »Das ist ein giftiger Bursche. Über alles lacht er, allen zeigt er die Faust. Ein kräftiger Kerl, kann lesen und schreiben, ist weit herumgekommen ... aber ein Saufaus. Mit ihm hat man seinen Spaß ... Die Weiber sind alle hinter ihm her; er ist zwar erst seit kurzem hier, aber sie lassen ihm keine Ruhe. Nur Malwa hält sich abseits ... Und nun kommt sie nicht. So ein verdammtes Frauenzimmer! Vielleicht ist sie böse, weil ich sie geschlagen habe? Ist ihr das denn noch nie passiert? Hat wohl oft genug Prügel gekriegt ... von anderen. Und ich will's ihr auch noch zeigen!«

So, bald an den Sohn, bald an Serioschka, am meisten aber an Malwa denkend, wälzte Wasilij sich auf dem Sande und wartete. Die unruhige Stimmung ging allmählich, ohne daß er es selbst merkte, in finsteren Argwohn über, aber er wollte ihn nicht weiter verfolgen. Und so verbrachte er, sich selbst über seine Gefühle täuschend, die ganze Zeit bis zum Abend, stand zwischendurch einmal auf, ging auf dem Sande hin und her, legte sich wieder hin. Das Meer war schon ganz dunkel, aber er sah immer noch hinaus, ob das Boot nicht kommen wolle.

Aber Malwa kam an diesem Tage nicht.

Als er sich schlafen legte, schimpfte Wasilij trübselig auf seinen Dienst, der ihm nicht gestattete, sich an die Küste zu begeben; von seiner Lagerstätte fuhr er etliche Male auf – er glaubte im Halbschlaf, weit draußen die Wellen plätschern zu hören. Dann legte er die Hand als Schirm über die Augen und starrte ins dunkle trübe Meer hinaus. Drüben an der Küste, bei den Fischern, brannten zwei Feuer, aber auf dem Wasser war niemand.

»Schon gut, du Hexe!« drohte Wasilij ... Und dann fiel er in schweren Schlaf.

Drüben aber hatte sich an diesem Tage folgendes begeben.

Jakow war früh am Morgen aufgestanden, als die Sonne noch nicht so heiß brannte und vom Meer frische Kühle wehte. Er ging aus der Baracke zum Meer, um sich zu waschen, und als er an den Strand gekommen war, erblickte er Malwa. Sie saß am hintern Ende einer großen Barkasse, die hier angelegt hatte, ließ die nackten Beine über Bord hängen und kämmte ihr nasses Haar.

Jakow blieb stehen und musterte sie mit neugierigen Blicken.

Ihre Kattunjacke, die vorne nicht zugeknöpft war,

war von der einen Schulter herabgerutscht, und diese Schulter war so weiß, so appetitlich.

Die Wellen schlugen gegen das Hinterteil des Bootes, und Malwa wurde bald über dem Meer emporgehoben, bald sank sie so tief herab, daß ihre nackten Füße fast ins Wasser tauchten.

»Hast wohl gebadet?« rief Jakow ihr zu.

Sie wandte sich nach ihm um, warf einen flüchtigen Blick auf ihre Beine und sagte, während sie wieder mit dem Kamm durch ihr Haar fuhr:

»Ja, ich habe gebadet ... Was bist du denn so früh auf?«

»Du bist ja noch früher aufgestanden.«

»Soll ich etwa ein Beispiel für dich sein?«

Jakow schwieg.

»Wenn du nach meiner Weise leben willst, wird's dir nicht leicht sein, den Kopf auf den Schultern zu behalten!« sagte sie.

»Oho! So schrecklich bist du?« lachte Jakow und kauerte sich hin, um sich zu waschen.

Er schöpfte das Wasser mit der hohlen Hand, spritzte es sich ins Gesicht und stöhnte vor Behagen ob der feuchten Kühle. Dann wischte er sich mit dem Hemdzipfel ab und fragte Malwa: »Warum willst du mir Angst machen?«

»Und warum mußt du mich so anglotzen?«

Jakow konnte sich nicht erinnern, daß er sie mehr angesehen hätte als die anderen Weiber in der Fischerei, jetzt aber sagte er plötzlich: »Wenn du aber ... so schön rund bist!«

»Von deinen Streichen sollte dein Vater mal hören! Er würde dir den Buckel schön rund schlagen!«

Sie sah ihm schlau und herausfordernd ins Gesicht.

Jakow lachte und kletterte ins Boot. Er begriff wieder nicht, von was für Streichen sie redete, aber wenn sie so sprach, dann mußte er sie wohl öfter scharf angesehen haben. Und er empfand das sehr angenehm und wurde ganz lustig.

»Was geht das meinen Vater an?« sagte er, während er am Bootrand entlang auf sie zuging. »Hat er dich etwa gekauft?«

Er setzte sich neben sie und starrte auf ihre nackte Schulter, die halb entblößte Brust, die ganz frische, kräftige, nach dem Meer duftende Gestalt.

»Schau mal an ... So ein Weißfisch bist du!« rief er entzückt aus, nachdem er sie eingehend gemustert hatte.

»Nicht für dich gefangen!« sagte sie kurz, ohne ihn anzusehen und ohne ihre Kleidung in Ordnung zu bringen.

Jakow seufzte.

Vor ihnen dehnte sich das unendliche Meer in den Strahlen der Morgensonne. Kleine, spielende Wellen, erzeugt von dem sanften Hauche des Windes, schlugen leise gegen das Boot. Weit draußen, wie eine Narbe auf der seidigen Brust, zog sich die Landzunge hin. Dort bohrte sich in den weichen Hintergrund des Himmels als dünner Strich die Stange, und man konnte an ihrem Ende den Lappen im Winde flattern sehen.

»Ja, mein Junge«, fing Malwa an, ohne Jakow anzusehen. »Ich schmecke gut, aber ich bin nichts für dich. Und gekauft hat mich niemand, auch dein Vater hat mir nichts zu befehlen. Ich lebe für mich selber, wie es mir paßt. Laß du mich aber ungeschoren, denn ich will nicht zwischen dir und Wasilij stehen. Ich mag nichts von Zank und Streit wissen. Verstanden?«

»Wie komm ich denn dazu?« sagte Jakow erstaunt. »Ich rühre dich ja nicht an!«

»Das solltest du nur wagen!« sagte Malwa.

Sie sagte das in so verächtlichem Tone, daß Jakow sich sowohl als Mann als wie als Mensch tief gekränkt fühlte. Seine wilde, ja böse Kampflust kam über ihn, seine Augen flammten auf.

»Oho! Ich sollte es nicht wagen?« rief er und rückte näher heran.

»Du wagst es nicht!«

»So–o–? Und wenn ich dich anpacke?«

»Versuch's doch!«

»Was machst du dann?«

»Ich geb dir eins in den Nacken, daß du ins Wasser purzelst.«

»Versuch's mal!«

»Versuch du es doch!«

Er sah sie mit glühenden Augen an und umfaßte sie plötzlich von der Seite mit seinen kräftigen Tatzen, ihr Brust und Rücken fest zusammenpressend. Von der Berührung ihres heißen straffen Körpers flammte er auf; seine Kehle war wie zusammengeschnürt.

»Nun, da! ... Schlag mich doch! Nun?«

»Laß mich los, Jaschka!« sagte sie ruhig und versuchte, sich aus seinen zitternden Armen zu befreien.

»Du wolltest mir doch eins in den Nacken geben?«

»Laß mich los! Hörst du? Es nimmt ein schlimmes Ende!«

»Du machst mich nicht mehr bange! Ach du ... Himbeere!«

Er preßte sich an sie und saugte sich mit seinen dicken Lippen an ihrer roten Wange fest.

Sie lachte herausfordernd, packte Jakow fest bei den

Händen und gab sich plötzlich mit einer gewaltigen Bewegung des ganzen Körpers einen Ruck nach vorn. Ineinander verschlungen, eine schwere Masse, stürzten sie ins Wasser und verschwanden unter Schaum und Wellenspritzern. Dann tauchte Jakows nasser Kopf mit erschrockenem Gesicht aus dem bewegten Wasser auf, und dicht neben ihm, einer Möwe gleich, Malwa. Jakow teilte die Wellen mit verzweifelten Armbewegungen, heulte und brummte, Malwa aber schwamm laut lachend um ihn herum, spritzte ihm das Salzwasser ins Gesicht, tauchte unter, um den Griffen seiner Riesentatzen zu entgehen.

»Teufel!« schrie Jakow prustend. »Ich ertrinke! Hör auf! ... Bei Gott, ich ertrinke! Das Wasser ... ist bitter ... Ach du ... Ich ertri–i–inke!«

Sie hatte ihn aber schon verlassen und schwamm mit nach Männerart weit ausgreifenden Schlägen dem Strande zu. Dort kletterte sie flink auf die Barkasse, stellte sich am Steuer hin und sah lachend auf Jakow herab, der hastig auf sie zuschwamm. Die nassen Kleider klebten an ihrem Körper und ließen ihre straffen Formen von den Knieen bis zu den Schultern deutlich sehen, und als Jakow das Boot erreicht und sich mit der Hand an die Bordkante geklammert hatte, da starrte er mit gierigen Augen auf dieses nasse, fast nackte Weib, das fröhlich über ihn lachte.

»Na, komm raus, du Seehund!« sagte sie lachend, kniete nieder und streckte ihm eine Hand hin, während sie sich mit der andern auf die Bordkante stützte.

Jakow faßte die Hand und rief lebhaft: »Nun paß aber auf! Jetzt bade ich dich!«

Bis an die Schultern im Wasser stehend, suchte er sie herüberzuzerren. Die Wellen liefen über seinen Kopf hinweg, zerschlugen sich am Boot und bespritzten Malwa. Sie kniff die Augen zusammen, lachte unbändig, kreischte mit einemmal laut auf und sprang ins Wasser, den Burschen mit dem Schwergewicht ihres Körpers mitreißend.

Und wieder spielten sie, wie zwei große Fische, im grünlichen Wasser, bespritzten einander, kreischten, fauchten, knurrten, tauchten unter.

Die Sonne sah lachend auf sie herab, und die Fensterscheiben der Häuser am Ufer lachten auch, indem sie das Sonnenlicht widerspiegelten. Die Wellen rauschten, zerteilt von den kräftigen Armen der beiden, und die Möwen, aufgeschreckt durch die Balgerei der Menschen, schwebten mit schrillem Gekreisch über ihren Köpfen, die unter dem Anprall der Wellen oft ganz verschwanden.

Endlich, nachdem sie tüchtig müde geworden waren und recht viel Wasser geschluckt hatten, kletterten sie ans Land und setzten sich in die Sonne, um auszuruhen.

»Püh!« Jakow runzelte die Stirn und spuckte aus. »Ist das ein scheußliches Wasser. Daher gibt es auch so viel davon!«

»Scheußliches gibt es immer sehr viel auf der Welt ... zum Beispiel Bauernjungen. Herrgott, wieviel gibt es von dem Pack!« lachte Malwa und drückte das Wasser aus ihrem Haar. Sie hatte dunkles, nicht sehr langes, aber dichtes, krauses Haar.

»Darum hast du dir auch einen Alten ausgesucht«, lachte Jakow giftig und gab ihr einen leichten Rippenstoß.

»Mancher Alte ist besser als ein Junger.«

»Wenn der Vater gut ist, muß der Sohn noch besser sein.«

»Hör doch einer an! Wo hast du das Prahlen gelernt?«

»Die Mädchen im Dorf haben mir oft genug gesagt, ich sei kein so übler Bursche.«

»Verstehen die Mädel denn was? Frag mich mal!«

»Was bist du denn? Bist du kein Mädel?«

Sie sah ihn scharf an, er lachte frech. Da wurde sie mit einem Male ernst und sagte heftig:

»Ich war's ... hab aber mal ein Kind gehabt.«

»Ja, so was kommt vor«, sagte Jakow und fing laut zu lachen an.

»Dummkopf!« fiel Malwa ihm schroff in die Rede und wandte ihm den Rücken zu.

Jakow wurde verlegen und verstummte, die Lippen zusammenbeißend.

Fast eine halbe Stunde schwiegen beide. Dabei drehten sie sich so der Sonne zu, daß ihre Kleider schneller trocknen mußten.

In den Baracken, langen, scheunenartigen, schmutzigen Gebäuden mit nur nach einer Seite abgeschrägten Dächern erwachten die Arbeiter. Von weitem – die Baracken lagen etwa fünfhundert Schritt vom Wasser entfernt – sahen sie alle gleich aus: abgelumpt, zottig, barfüßig. Der heisere Ton ihrer Stimmen drang bis an den Strand, einer trommelte auf den Boden eines leeren Fasses, es klang wie eine große Pauke. Zwei Frauenzimmer zankten sich kreischend, ein Hund bellte.

»Sie wachen auf«, sagte Jakow. »Und ich wollte doch heute ganz früh nach der Stadt. Und nun hab ich mit dir die Zeit vertrödelt.«

»Mit mir geht's allemal schief«, sagte sie halb im Scherz, halb ernst.

»Warum willst du mir immer Angst machen?« Jakow lächelte verwundert.

»Na, du wirst schon sehen, wenn der Vater dich ...«

Die Erwähnung des Vaters brachte ihn plötzlich in Harnisch.

»Was ist mit dem Vater? He?« rief er grob. »Der Vater! Ich bin auch kein kleiner Junge. Was hat der zu sagen? Hier geht es anders zu. Ich bin auch nicht blind, kann auch sehen. Er ist selber kein Heiliger. Er legt sich keinen Zwang an. Aber mir soll auch keiner zu nahe kommen!«

Sie sah ihm spöttisch ins Gesicht und fragte neugierig:

»Dir soll man nicht zu nahe kommen? Und was willst du selbst tun?«

»Ich?« Er blies die Backen auf und warf sich in die Brust, als wollte er eine schwere Last heben. »Ich? Ich kann vieles! Ich hab mir genug frische Luft um die Nase wehen lassen, der Staub aus dem Dorf ist längst weggeblasen!«

»Das ist fix gegangen!« lachte Malwa.

»Was denkst du? Wenn ich's drauf ankommen lasse, kann ich dich dem Vater schon wegnehmen!«

»Du? Warum nicht gar?«

»Glaubst du, ich habe Angst?«

»Na, na, na!«

»Hör, du!« sagte Jakow erregt und heftig, »necke mich nicht! Ich ... Nimm dich in acht!«

»Was denn?« fragte sie ruhig.

»Nichts.«

Jetzt hatte er sich von ihr abgewandt. Er verstummte. Seine Haltung zeigte Mut und Selbstsicherheit.

»So kühn bist du? Hast du beim Verwalter das schwarze Hündchen gesehen? Der Köter ist grad so einer wie du! Von weitem bellt er, tut, als wenn er einen beißen wollte, – aber kommt man näher, dann kneift er den Schwanz ein und läuft davon!«

»Schon gut, schon gut!« rief Jakow in steigendem Zorn. »Warte du nur! Du wirst schon sehen, was ich für einer bin, du wirst schon sehen!«

Sie aber lachte ihm ins Gesicht.

Langsamen Schrittes mit schaukelndem Oberkörper kam ein großer, sehniger, bronzebrauner Mann auf sie zu. Sein zerzaustes, flammend rotes Haar legte sich wie eine Kappe um seinen Schädel. Das rote Hemd war hinten fast bis zum Kragen aufgerissen, und damit die Ärmel nicht herunterrutschten, hatte er sie bis an die Schultern aufgekrempelt. Seine Hose war eine Musterkarte von Löchern jeder Art, die Füße waren bloß. In dem dicht mit Sommersprossen besäten Gesicht glänzten zwei freche, große blaue Augen, und die breite Stupsnase gab seiner ganzen Erscheinung das Gepräge ungehemmter Frechheit. Als er das Paar erreicht hatte, blieb er stehen; sein aus den unzähligen Löchern des leichten Gewandes hervorguckender Leib glänzte in der Sonne; er zog laut mit der Nase, sah die beiden fragend an und schnitt eine lächerliche Grimasse.

»Gestern hat Serioschka ein bissel gesoffen, und heut hat er in der Tasche nichts als die leere Flasche ... Pumpt mir einen Zwanziger! Ihr kriegt ihn ganz gewiß nicht zurück.«

Jakow lachte gutmütig über das witzige Geschwätz, und Malwa lächelte leise beim Anblick der zerlumpten Figur.

»Gebt mir's, ihr Teufel! Ich traue euch für den Zwanziger – wollt ihr?«

»Ach, du Spaßvogel! Bist du denn ein Pope?« lachte Jakow.

»Schafskopf! Ich war in Uglitsch Hausknecht beim Popen. Gib mir den Zwanziger!«

»Ich will mich nicht trauen lassen!« lehnte Jakow ab.

»Du kannst ihn mir trotzdem geben! Ich will's deinem Vater nicht erzählen, daß du hinter seiner Holden her bist«, bestand Serioschka auf seiner Forderung und leckte seine trockenen, gesprungenen Lippen.

»Er glaubt wohl alles, was du ihm vorflunkerst?«

»Wenn ich erst flunkere, glaubt er es schon!« erklärte Serioschka, »und Haue kriegst du von ihm – o je!«

»Ich habe keine Angst!« lachte Jakow.

»Dann kriegst du Haue von mir«, sagte Serioschka ruhig und kniff die Augen zusammen.

Jakow wollte den Zwanziger nicht weggeben, aber man hatte ihn schon vor Serioschka gewarnt und ihm geraten, lieber auf alle seine Forderungen einzugehen. Viel würde er nicht verlangen; wenn man ihn aber abweise, dann könne er einem bei der Arbeit irgendeinen bösen Streich spielen, oder man würde um nichts und wieder nichts von ihm verprügelt.

Dieser Lehren eingedenk, griff Jakow seufzend in seine Tasche.

»So ist's recht!« ermunterte ihn Serioschka und setzte sich neben ihn auf den Sand. »Hör immer auf mich, dann wirst du gescheit. Und du«, wandte er sich an Malwa, »wann wirst du mich denn heiraten? Beeil dich! Lange kann ich nicht warten.«

»Du bist mir zu abgelumpt. Flick erst deine Löcher, dann reden wir weiter«, antwortete Malwa.

Serioschka musterte kritisch die Löcher in seinen Kleidern und schüttelte den Kopf.

»Gib mir lieber einen von deinen Röcken!«

»Ja, grade!« lachte Malwa.

»Wirklich! Gib mir einen – hast doch wohl einen ganz alten?«

»So kauf dir doch eine Hose«, riet Malwa.

»Lieber versauf ich das Geld.«

»Lieber!« lachte Jakow. Er hielt jetzt vier Fünfkopekenstücke in der Hand.

»Was denkst du denn? Der Pope sagte mir immer, der Mensch solle nicht für sein Fell, sondern für seine Seele sorgen. Und meine Seele verlangt nach Schnaps und nicht nach einer Hose! Also her mit dem Gelde! Nun kann ich wieder saufen ... Aber deinem Alten sag ich's doch.«

»Sag's nur!« Jakow machte eine abwehrende Handbewegung und zwinkerte Malwa flott zu, indem er sie zugleich an die Schulter stieß.

Serioschka sah das, spuckte aus und sagte:

»Die Keile von mir beziehst du auch noch. Sobald ich etwas freie Zeit habe, wirst du verdroschen!«

»Wofür denn?« fragte Jakow erregt.

»Das weiß ich schon ... Also heiratest du mich bald?« wandte Serioschka sich wieder an Malwa.

»Erzähl du mir mal, was wir dann machen und wie wir zusammen leben werden, – dann will ich's mir überlegen«, sagte sie ernst.

Serioschka sah auf das Meer hinaus, kniff die Augen zusammen, leckte die Lippen und erklärte:

»Gar nichts werden wir tun. Bummeln werden wir.«

»Und wo nehmen wir was zu essen her?«

»Ach was?« sagte Serioschka mit einer verächtlichen Bewegung. »Du redest wie meine Mutter. Was und wie! Ein langweiliges Volk seid ihr Weiber! Woher soll ich wissen, was und wie? Ich gehe jetzt saufen!«

Er stand auf und entfernte sich, begleitet von einem

seltsamen Lächeln Malwas und einem mißgünstigen Blick des Burschen.

»So ein Kommandeur!« sagte Jakow, als Serioschka schon ziemlich weit weg war. »Bei uns im Dorf hätte man so ein Großmaul schnell zahm gemacht. Hätte ihn tüchtig verwichst und damit gut. Aber hier haben sie Angst.«

Malwa sah ihn an und brummte durch die Zähne:

»Ach, du Ferkel! Weißt du, was er wert ist?«

»Was soll ich wissen? Von dem Kraut kostet das Bündel einen Fünfer, und auch nur, wenn in dem Bündel hundert Stengel sind.«

»Da weißt du viel!« spottete Malwa. »So viel bist du wert. Aber er ... er ist überall gewesen, ist um die ganze Erde gekommen und fürchtet sich vor niemand.«

»Vor wem fürchte ich mich denn?« frage Jakow tapfer.

Sie antwortete nicht. Nachdenklich verfolgte sie mit den Blicken das Spiel der Wellen, die das Ufer umspülten und die schwere Barkasse schaukelten. Der Mast schwankte hin und her, das Heck hob sich und fiel klatschend zurück. Dieses laute Klatschen hatte etwas Aufreizendes: es war, als wollte die Barkasse sich von dem Strand losreißen und in das weite, freie Meer hinausziehen, als ärgerte sie sich über das Tau, von dem sie festgehalten wurde.

»Nun, warum gehst du nicht?« wandte sich Malwa an Jakow.

»Wohin denn?« erwiderte er.

»Du wolltest doch in die Stadt.«

»Ich gehe nicht hin.«

»Nun, dann zum Vater.«

»Und du?«

»Was soll ich?«

»Kommst du mit?«

»Nein.«

»Dann mag ich auch nicht.«

»Willst du mir etwa den ganzen Tag auf dem Halse sitzen?« fragte Malwa ruhig.

»Hab dich gar nicht so nötig«, antwortete Jakow gekränkt, stand auf und ließ sie allein.

Aber er irrte sich, wenn er behauptete, er brauche sie nicht. Ohne sie begann er sich zu langweilen. Ein seltsames Gefühl war nach dem Gespräch mit ihr in ihm erwacht – ein unklarer Protest gegen den Vater, eine dumpfe Mißstimmung. Gestern hatte er noch nichts dergleichen empfunden, auch heute vor der Begegnung mit Malwa nicht. Nun aber war es ihm, als stünde der Vater ihm irgendwie im Wege, obgleich er weit draußen war, jenseits des Meeres, auf diesem, dem Auge kaum sichtbaren Sandstreifen ... Dann schien es ihm wieder, als fürchtete Malwa seinen Vater. Wenn diese Furcht nicht wäre, würde es zwischen ihnen ganz anders sein. Und nun langweilte er sich ohne sie, obwohl er am Morgen überhaupt nicht an sie gedacht hatte. Und er schlenderte in den Fischereianlagen umher, betrachtete die Leute, die ihm entgegenkamen, mit trüben Blicken und warf ihnen ab und zu ein paar träge Worte zu. Da saß im Schatten einer Baracke auf einem Faß der Serioschka, klimperte auf der Balalaika und sang, lächerliche Fratzen schneidend:

»Hochgeehrter Herr Polyp,
Sein Sie doch recht nett und lieb,
Führen Sie mich zur Wache weg,
Denn sonst fall ich in den Dreck!«

Um ihn herum standen noch etwa zwanzig ebenso zerlumpte Kerle, und alle rochen sie, wie alles hier, nach Salzfischen und Salpeter. Vier häßliche, schmutzige Weiber saßen dicht daneben auf dem Sande und tranken Tee aus einer großen Blechkanne. Ein Arbeiter hatte sich trotz der frühen Stunde schon einen Rausch angetrunken und machte auf dem Sande vergebliche Bemühungen, auf die Beine zu kommen, er fiel immer wieder hin. Irgendwo weinte und winselte ein Frauenzimmer, von ferne drangen die Töne einer verstimmten Harmonika herüber, und überall glitzerten Fischschuppen.

Gegen Mittag fand Jakow ein schattiges Plätzchen zwischen leeren Fässern, legte sich dort nieder und schlief bis zum Abend. Als er dann aufgewacht war, bummelte er wieder in den Anlagen umher, ohne ein bestimmtes Ziel, nur von einem dunkeln Drange getrieben. Nachdem er so zwei Stunden umhergegangen war, fand er Malwa weitab von der Fischerei unter einer Gruppe junger Weiden. Sie lag auf der Seite, hielt ein zerfetztes Buch in der Hand, sah ihm entgegen und lächelte.

»Hier bist du also«, sagte er und setzte sich neben sie.

»Suchst du mich schon lange?« fragte sie selbstsicher.

»Habe ich dich denn gesucht?« rief Jakow und begriff nun plötzlich, daß dies wirklich der Fall gewesen war. Ohne sich dessen bewußt zu werden, hatte er sie die ganze Zeit gesucht. Und er schüttelte verwundert den Kopf.

»Kannst du lesen?« fragte sie.

»Ja, aber schlecht. Hab's wieder verlernt.«

»Ich kann's auch nicht gut ... Bist du zur Schule gegangen?«

»Ja.«

»Und ich hab's von allein gelernt.«

»Wirklich?«

»Jawohl. Ich war in Astrachan Köchin bei einem Advokaten; sein Sohn hat mich Lesen gelehrt.«

»Also hast du es doch nicht von allein gelernt«, sagte Jakow.

Sie sah ihn wieder an und fragte: »Hast du manchmal Lust, ein Buch zu lesen?«

»Ich? Nein. Was soll ich damit?«

»Aber ich lese gern ... Da hab ich mir von der Verwaltersfrau ein Buch ausgebeten, und das lese ich nun.«

»Was steht denn da drin?«

»Die Geschichte von Alexius dem Gottesmann.«

Und mit nachdenklicher Miene erzählte sie ihm, wie dieser Jüngling, ein Sohn reicher vornehmer Eltern, die Seinen und sein Glück verließ, wie er dann zu ihnen zurückkehrte, schmutzig und zerlumpt, wie er bei ihnen auf dem Hofe mit den Hunden lebte und bis zu seinem Tode nicht verriet, wer er war. Und dann fragte sie leise:

»Warum machte er das so?«

»Wer kann das wissen?« erwiderte Jakow gleichgültig.

Große, von Wind und Wellen herangetriebene Sandhügel umgaben sie. Von ferne kam ein dumpfes, dunkles Geräusch – die Arbeiter der Fischerei lärmten so. Die Sonne sank, auf dem Sande lag der rosige Widerschein ihrer Strahlen. Die jämmerlichen Weidenbüsche mit ihrem ärmlichen Blätterwerk zitterten ganz leise unter dem sanften Seewind. Malwa schwieg; sie schien auf etwas zu horchen.

»Warum bist du denn heute nicht hinausgefahren ... nach der Landzunge?«

»Was geht's dich an?«

Jakow riß ein Weidenblatt ab und kaute daran, zugleich das Weib mit gierigen Augen betrachtend. Er überlegte, wie er ihr sagen sollte, was er auf dem Herzen hatte.

»Wenn ich so allein bin und alles so still ist ... dann möchte ich immer weinen ... oder singen. Ich kenne aber keine hübschen Lieder, und zu weinen schäme ich mich.«

Jakow lauschte ihrer sanften, zärtlichen Stimme, aber was sie sagte, rührte ihn nicht weiter, es steigerte nur sein Verlangen.

»Hör einmal!« fing er mit dumpfer Stimme an und rückte näher, sah sie aber nicht an. »Hör einmal, was ich dir sagen möchte. Ich bin ein junger Kerl ...«

»Und ein dummer, ein sehr dummer«, erwiderte Malwa überzeugt und schüttelte den Kopf.

»Und wenn schon«, rief Jakow ärgerlich. »Braucht's da viel Verstand? Ich bin dumm – und damit gut! Ich möchte dir aber eins sagen – willst du mit mir ...«

»Genug! Ich will nicht!«

»Was?«

»Nichts!«

»Sei nicht albern!« Er faßte sie vorsichtig an der Schulter. »Überleg doch einmal ...«

»Pack dich weg, Jakow!« sagte sie schroff und stieß seine Hand zurück. »Pack dich!«

Er stand auf und blickte sich um.

»Na, wenn du so bist, dann pfeif ich drauf! Euresgleichen gibt es hier genug ... Meinst wohl, du seist besser als die andern?«

»Milchbart«, sagte sie ruhig, stand auf und schüttelte den Sand von den Kleidern.

Und sie gingen nebeneinander nach der Fischerei zu. Sie gingen langsam, weil sie durch den tiefen Sand stapfen mußten.

Jakow redete ihr bald mit derben Worten zu, seinem Wunsch zu willfahren, bald suchte er ihr verächtlich zu beweisen, daß sie hier nicht die einzige sei und nicht besser als die anderen Weiber; sie aber lachte ruhig und kalt und erwiderte ihm mit bissigen Worten.

Plötzlich, als sie schon dicht bei den Baracken waren, blieb er stehen und packte sie an der Schulter.

»Du willst mich mit Absicht reizen, he? Wozu das? Sieh dich vor! Ich könnte ...«

»Laß mich los, sag ich dir!« Sie entzog sich seinem Griff und ging weiter. Da tauchte hinter einer Baracke Serioschka auf, schüttelte seinen zottigen roten Kopf und rief drohend: »Spazieren gegangen? Schon gut!«

»Schert euch allesamt zum Teufel!« schrie Malwa wütend.

Jakow blieb vor Serioschka stehen und sah ihn finster an. Sie waren etwa zehn Schritte voneinander entfernt.

Serioschka starrte Jakow ebenfalls an. So standen sie wohl eine Minute lang da wie zwei Hammel, die mit den Köpfen gegeneinander fahren wollten, und gingen dann schweigend nach verschiedenen Seiten.

Das Meer war still und rot vom Sonnenuntergang, die Fischerei hallte von dumpfem Lärm wider, aus dem sich eine betrunkene Frauenstimme deutlich hervorhob. Sie brüllte hysterisch sinnlose Worte:

»... Ta–agarta, matagarta,
Meine Matanitschka!
Bist besoffen, bist verdroschen,
Und zerza–za–za–za–zaust!«

Und diese häßlichen Worte krochen wie Kellerasseln durch die ganze, nach Salpeter und faulenden Fischen riechende Anlage und beleidigten die weiche, in der Luft schwebende Musik der Wellen.

Im zarten Glanz der Morgenröte schlummerte die Weite des Meeres und spiegelte die perlmutterfarbenen Wolken. Auf der Landzunge waren schlaftrunkene Fischer damit beschäftigt, ihre Netze auf die Barkasse zu schaffen.

Die gewohnte Arbeit wurde schweigend und schnell gemacht. Die graue Masse des Netzes kroch auf dem Sande nach dem Boot hin und legte sich auf dessen Boden.

Serioschka, wie immer barhäuptig und halbnackt, stand am Heck und trieb die Fischer mit heiserer, verkaterter Stimme an. Der Wind spielte mit den Fetzen seines Hemdes und den roten Haarbüscheln.

»Wasilij! Wo sind die grünen Ruder?« schrie jemand. Wasilij, düster wie ein Oktobertag, legte die Netze auf der Barkasse zusammen, und Serioschka starrte auf seinen gekrümmten Rücken und leckte die Lippen – ein Zeichen dafür, daß er nach einem Schnaps verlangte, um nüchtern zu werden.

»Hast du Schnaps?« fragte er.

»Ja«, sagte Wasilij dumpf.

»Dann fahre ich nicht mit. Ich bleibe am trockenen Ende.«

»Fertig!« wurde von der Landzunge gerufen.

»Abfahren!« kommandierte Serioschka und verließ das Boot. »Segelt los! Ich bleibe hier. Macht einen weiten Bogen, damit das Netz sich nicht verwickelt. Und werft es gleichmäßig ins Wasser, macht keine Schlingen! Los!«

Die Barkasse wurde ins Wasser gestoßen, die Fischer stiegen von den Bordseiten hinein, griffen nach den Rudern und schwenkten sie hoch, bereit, sie ins Wasser zu tauchen.

»Eins!«

Die Ruder senkten sich mit einem Schlage nieder, die Barkasse bewegte sich vorwärts, hinaus in die endlose Weite der schimmernden Flut.

»Zwei!« kommandierte der Steuermann, und wie die Beine einer Riesenschildkröte hoben die Ruder sich alle zugleich in die Höhe. »Eins! Zwei!«

Am Ufer beim trockenen Ende des Netzes blieben fünf Mann: Serioschka, Wasilij und noch drei. Einer von diesen drei setzte sich auf den Sand und sagte:

»Man könnte wohl noch ein bißchen schlafen.«

Die beiden anderen folgten seinem Beispiel, und auf dem Sand lagen zusammengekrümmt drei Leiber in schmutzigen Lumpen.

»Warum bist du am Sonntag nicht gekommen?« fragte Wasilij den Serioschka auf dem Weg zur Hütte.

»Ich konnte nicht.«

»Warst wohl besoffen?«

»Nein. Ich hab auf deinen Sohn aufgepaßt, und auf seine ... Stiefmutter«, berichtete Serioschka seelenruhig.

»Hast du nichts Besseres zu tun?« sagte Wasilij mit schiefem Lächeln. »Sind sie etwa kleine Kinder?«

»Schlimmer. Der eine ein Dummkopf, die andere verdreht.«

»Malwa verdreht?« fragte Wasilij, und seine Augen blitzten zornig auf.

»Jawohl!«

»Seit wann denn?«

»Sie war's immer. Ihre Seele ist in einen falschen Körper geraten, mein lieber Wasja. Kannst du das verstehen?«

»Ich hab's schon verstanden. Sie hat eine gemeine Seele.«

Serioschka sah ihn schief an und prustete verächtlich.

»Gemein! Ach, du ... stumpfschnäuziger Erdwühler! Den Teufel versteht ihr vom Leben. Wenn das Weibstück nur fette Zitzen hat ... Nach dem Charakter fragt ihr nicht. Und doch kommt es beim Menschen nur auf den Charakter an. Ohne Charakter ist ein Weib wie ein Stück Brot ohne Salz. Kann dir eine Balalaika ohne Saiten Spaß machen? Du Hund!«

»Du mußt aber tüchtig gesoffen haben, wenn du heute so dummes Zeug redest«, brummte Wasilij.

Er hätte gerne gefragt, wann und wo Serioschka gestern Jakow mit Malwa gesehen hatte, aber er schämte sich.

Und als sie in die Hütte gekommen waren, schenkte er dem Serioschka ein ganzes Teeglas Schnaps ein, in der Hoffnung, daß Serioschka nach einer solchen Portion sofort betrunken werden und ihm, ohne erst gefragt zu werden, alles von den beiden erzählen würde.

Allein Serioschka leerte das Glas, krächzte und setzte sich dann mit strahlendem Gesicht vor dem Eingang zur Hütte nieder. Er reckte sich behaglich und gähnte.

»Wenn man das trinkt, ist es, als hätte man Feuer geschluckt«, sagte er.

»Du kannst aber auch saufen!« rief Wasilij, ganz verblüfft über die Geschwindigkeit, mit der Serioschka den Schnaps verschlungen hatte.

»Das kann ich schon«, sagte Serioschka und nickte mit dem roten Kopfe. Dann wischte er mit der flachen Hand den nassen Schnurrbart ab und äußerte in belehrendem, aber doch flottem Tone:

»Ja, das kann ich! Ich mache alles geschwind und geradezu. Ohne Umschweife – immer aufs Ziel los! Wohin es geht, das ist ganz gleich. Von der Erde kann man immer nur auf die Erde springen.«

»Du wolltest nach dem Kaukasus?« fragte Wasilij, langsam auf sein Ziel lossteuernd.

»Da geh ich noch hin, wenn es mir paßt. Wenn ich etwas richtig will, dann heißt es bei mir: eins, zwei, drei – fertig! Entweder ich schaff's, oder ich schlage mir ein Loch in den Schädel! Sehr einfach!«

»Freilich ist das einfach. Du lebst, als wenn du keinen Kopf hättest.«

Serioschka sah Wasilij spöttisch an. »Du bist wohl der Kluge? Wie oft bist du im Gemeindehaus geprügelt worden?«

Wasilij sah ihn an und schwieg.

»Anscheinend recht oft. Es ist doch sehr richtig, daß unsere Obrigkeit den Leuten die Vernunft von hinten hineintreibt ... Ach du! Was machst du denn mit deinem Kopf? Wo willst du hin mit ihm? Und was kannst du dir ausdenken? Siehst du wohl! Und ich geh ohne Kopf immer gradaus und weiter nichts! Und komme doch noch weiter als du!«

»Das kann schon sein«, sagte Wasilij. »Vielleicht kommst du sogar nach Sibirien.«

»Damit willst du mir wohl Angst machen?«

Serioschka lachte laut und herzhaft.

Allen Erwartungen Wasilijs zum Trotz wurde er nicht berauscht, und das ärgerte Wasilij. Ihm noch ein

Glas vorsetzen mochte er nicht, aber nüchtern würde Serioschka sicher nichts sagen. Doch da kam der andere ihm selbst entgegen.

»Warum fragst du mich denn nicht nach Malwa?«

»Was soll ich denn?« sagte Wasilij gleichgültig, zuckte aber dabei zusammen, als ahnte er etwas.

»Sie ist doch am Sonntag nicht hier gewesen. Frag mich aus, was sie diese Tage über getrieben hat. Bist wohl eifersüchtig, alter Teufel?«

»Weiber gibt's genug«, meinte Wasilij mit einer verächtlichen Geste.

»Gibt's genug!« äffte Serioschka ihn nach. »Ach, ihr Bauernpack aus dem Dorf Eselshausen! Ob Honig oder Teer im Topf ist – ihr backt euch Kuchen draus!«

»Was lobst du sie denn so? Willst wohl bei mir um sie werben? Da bin ich dir längst zuvorgekommen«, höhnte Wasilij.

Serioschka sah ihn an, schwieg eine Weile und fing dann mit großem Nachdruck an, indem er die Hand auf Wasilijs Schulter legte:

»Das weiß ich. Ich weiß, daß sie mit dir lebt. Ich habe dich nicht gehindert – ich wollte es nicht, und es war auch nicht nötig. Aber jetzt läuft dieser Jaschka, dein Sohn, ihr nach – verdrisch ihn, bitte, daß ihm alle Knochen knacken! Hörst du? Sonst mach ich es. Du bist ein braver Kerl, wenn auch dumm wie ein Holzklotz. Ich habe dich nie gestört, das darfst du nicht vergessen ...«

»So, so! Und jetzt bist du auch hinter ihr her?« fragte Wasilij mit heiserer Stimme.

»Auch! Wenn ich wüßte, daß ich es auch bin, dann stieß' ich euch alle beiseite, bis ich den Weg frei hätte, und die Sache wäre gemacht! Aber wo soll ich mit ihr hin?«

»Was mischst du dich denn überhaupt hinein?« fragte Wasilij argwöhnisch.

Serioschka schien durch diese einfache Frage verblüfft. Er sah Wasilij mit weit aufgerissenen Augen an und lachte.

»Warum ich mich einmische? Ja, das mag der Teufel wissen. Sie ist eben so ein Frauenzimmer ... wie Pfeffer. Sie gefällt mir. Vielleicht tut sie mir auch leid. Ich weiß nicht.«

Wasilij sah ihn mißtrauisch an, aber er fühlte, daß Serioschka aufrichtig, aus vollem Herzen lachte und ebenso aufrichtig redete und daß er keine Ansprüche auf Malwa erhob. Trotzdem sagte er:

»Wäre sie ein unberührtes reines Mädel, da könnte sie einem wohl noch leid tun. Aber so ... das ist doch recht wunderlich ...«

Serioschka schwieg und sah aufs Meer hinaus, wo die Barkasse, einen großen Bogen ziehend, ihre Spitze wieder der Küste zuwandte. Sein sommersprossiges Gesicht blickte ehrlich und gutmütig drein. Wasilij wurde ganz weich bei dem Anblick.

»Du hast schon recht. Sie ist ein feines Frauenzimmer. Nur ein bißchen wetterwendisch ... Jaschka! ... Ja, dem will ich's heimzahlen! So ein frecher Hund!«

»Mir gefällt er nicht«, sagte Serioschka.

»Also er steigt ihr nach!« fragte Wasilij mit zusammengebissenen Zähnen und strich sich den Bart.

»Und noch dazu wie! Du wirst es noch erleben, wie er sich zwischen euch drängt!« erwiderte Serioschka überzeugt.

»Ich will ihm das Handwerk schon legen!«

Draußen über dem Meere stieg wie ein rosa Fächer die Morgenröte auf. Schon guckte ein schmaler Sonnenstreifen aus dem vergoldeten Wasser hervor. Durch den Lärm der Wellen klang von der Barkasse her ein schwacher Ruf:

»Zie–ie–ie–hen!«

»Aufstehen, Jungens! Ans Netz!« kommandierte Serioschka und sprang auf.

Und schon waren alle fünf dabei, ihr Netzende aus dem Wasser zu ziehen. Ein langes Tau, elastisch wie eine Saite, spannte sich vom Wasser nach dem Strande hin, und die Fischer zerrten ächzend aus Leibeskräften.

Das andere Ende des Netzes aber wurde von der Barkasse ans Ufer gebracht. Das Boot glitt über die Wellen, und der Mast durchschnitt, hin und her schwankend, die Luft.

Prächtig strahlend stieg die Sonne über dem Meer auf.

»Wenn du Jakow siehst, sag ihm, daß er morgen zu mir kommen soll«, bat Wasilij den Serioschka.

»Schon gut.«

Die Barkasse legte an, die Fischer sprangen auf den Sand und zogen weiter an ihrem Ende des Netzes. Die beiden Gruppen kamen einander immer näher, und die auf dem Wasser hüpfenden Flotten bildeten einen regelrechten Halbkreis.

Am späten Abend desselben Tages, als die Arbeiter zu Nacht gegessen hatten, saß Malwa müde und nachdenklich auf einem mit dem Kiel nach oben liegenden defekten Boot und schaute auf das schon in Dämmerung gehüllte Meer hinaus. Weit drüben schimmerte Licht, und Malwa wußte, daß es das von Wasilij angezündete Feuer war. Das einsame, wie in der dunkeln

Weite des Meeres verirrte Feuer flammte bald grell auf, bald erlosch es, als hätte es keine Kraft mehr. Es tat Malwa weh, immer nach diesem in der Einöde verlorenen, zu dem unermüdlichen, niemandem verständlichen Rauschen der Wellen leise zitternden roten Pünktchen zu starren.

»Was sitzest du hier?« ertönte Serioschs Stimme hinter ihrem Rücken.

»Was geht's dich an?« fragte sie gleichgültig, ohne ihn anzusehen.

»Möcht's gerne wissen.«

Er betrachtete sie schweigend, drehte sich eine Zigarette, steckte sie an und setzte sich rittlings auf das Boot. Dann, weil er merkte, daß sie keine Lust hatte, mit ihm zu reden, sagte er freundlich: »Du bist ein wunderliches Frauenzimmer – einmal läufst du allen davon, und dann wieder wirfst du dich ihnen fast an den Hals.«

»Ich werf mich wohl dir an den Hals?« fragte sie kühl.

»Nicht mir, aber dem Jaschka.«

»Und du bist neidisch?«

»Hm ... Wollen wir doch mal ganz offen reden!« schlug Serioschka vor und klopfte sie auf die Schulter. Sie saß seitwärts zu ihm, so daß er ihr Gesicht nicht sehen konnte, als sie ihm kurz antwortete:

»Rede nur!«

»Hast du den Wasilij sitzen lassen?«

»Ich weiß nicht«, entgegnete sie nach kurzem Schweigen.

»Was kümmert es dich?«

»Na so ... aus Langerweile.«

»Ich bin bös auf ihn.«

»Weswegen?«

»Er hat mich geschlagen.«

»Nanu?! Wasilij? So ein Kerl... Und du hast dich prügeln lassen? Oh, oh!«

Serioschka war ganz verblüfft. Er suchte von der Seite in ihr Gesicht zu sehen und schmatzte ironisch mit den Lippen.

»Hätt ich's nicht gewollt, hätt ich ihn nicht herangelassen«, erwiderte sie heftig.

»Und da hast du ...«

»Ich wollt es eben so haben.«

»So sehr liebst du den alten Kater?« fragte Serioschka spöttisch und blies ihr den Rauch seiner Zigarette ins Gesicht. »Das sind mir Sachen! Ich hatte nicht gedacht, daß du so eine bist ...«

»Ich kann euch allesamt nicht leiden«, äußerte sie wieder gleichgültig und wehrte mit den Händen den Rauch ab.

»Du flunkerst wohl?«

»Warum sollte ich flunkern?« fragte sie, und aus dem Ton ihrer Stimme begriff Serioschka, daß sie in der Tat keinen Grund hatte, die Unwahrheit zu sagen.

»Wenn du ihn aber nicht leiden kannst, warum läßt du dich von ihm prügeln?« fragte er ernst.

»Was weiß ich? Willst du mich nicht endlich in Ruhe lassen?«

»Sonderbar!« sagte Serioschka kopfschüttelnd.

Und dann schwiegen sie beide lange.

Die Nacht kam. Die Schatten der langsam am Himmel entlang wandernden Wolken legten sich über das Meer. Die Wellen tönten. Das Licht auf der Landzunge war erloschen, Malwa aber blickte noch immer hinaus. Und Serioschka betrachtete Malwa.

»Hör mal«, fing er wieder an. »Weißt du eigentlich, was du willst?«

»Wenn ich's wüßte!« sagte Malwa sehr leise mit einem tiefen Seufzer.

»Also weißt du es nicht? Das ist schlimm!« erklärte Serioschka im Tone tiefster Überzeugung. »Ich weiß es immer!« Und etwas wehmütig fügte er hinzu: »Ich will nur sehr selten was.«

»Ich will immer was«, sagte Malwa nachdenklich. »Was aber? Das weiß ich nicht. Manchmal möchte ich mich ins Boot setzen und hinausfahren ins Meer. Ganz, ganz weit! Und gar keine Menschen mehr sehen. Und dann wieder möchte ich jeden Menschen so lange drehen, bis er wie ein Brummkreisel um mich herumschwirrt. Und ich würde zusehen und lachen. Bald tun mir alle leid, ich selber am meisten, und dann wieder möchte ich alle totprügeln. Und zuletzt mich selbst ... Einen gräßlichen Tod sterben ... Ich bin bald traurig, bald lustig. Die Menschen sind aber alle wie Holzklötze.«

»Ein verfaultes Volk«, stimmte Serioschka bei. »Da seh ich dich so an und denke: eine Katze bist du nicht ... aber auch kein Fisch ... und kein Vogel ... Und doch steckt das alles in dir und ... Du bist nicht so, wie die Weiber sonst sind.«

»Gott sei Dank!« sagte Malwa lachend.

Hinter einer Kette von Sandhügeln, links von den beiden, stieg der Mond auf und schüttete sein silbernes Licht über ihre Gestalten und das Meer. Groß und sanft stieg er langsam empor am blauen Himmelsgewölbe, und das glitzernde Licht der Sterne wurde bleich und schmolz in seinem gleichmäßigen träumerischen Schein.

Malwa lächelte.

»Du ... weißt du? Manchmal denke ich: wenn man

die Baracke nachts anzünden könnte, – das gebe einen Krawall!«

»Und was für einen!« rief Serioschka begeistert und stieß sie plötzlich an die Schulter. »Weißt du? Ich will dich was lehren. Wir machen uns einen feinen Spaß! Willst du?«

»Was denn?« fragte Malwa interessiert.

»Hast du diesen Jaschka ... gründlich wild gemacht?«

»Er brennt lichterloh!« lachte sie.

»Na also! Hetz ihn mit dem Vater zusammen! Bei Gott! Das gibt einen Spaß! Die werden übereinander herfallen wie zwei Bären. Mach dem Alten die Hölle heiß und dem anderen auch! Und dann hetzen wir sie aufeinander ... he?«

Malwa drehte sich nach ihm um und sah ihm scharf in das sommersprossige, fröhlich lächelnde Gesicht. Im Mondlicht schien es weniger scheckig als tags bei Sonnenschein. Ihm fehlte jeder Zug von Bosheit; Malwa sah nichts als ein gutmütiges, ein wenig freches Lächeln.

»Warum magst du die beiden nicht?« fragte Malwa argwöhnisch.

»Ich? Wasilij ist nicht so übel, ein braver Kerl. Der Jaschka aber ist ein Lump. Siehst du, ich kann alle Bauern nicht leiden. Luder sind sie alle! Sie jammern und klönen – und dann kriegen sie alles, Getreide und was sie wollen! Sie haben ihr Semstwo, und das tut alles für sie. Sie haben ihre Wirtschaft, Land, Vieh ... Ich war Kutscher bei einem Landarzt, da hab ich mir die Leute angesehen. Später bin ich viel auf dem Lande gewandert. Da kommt man in ein Dorf, bittet um ein Stück Brot – ja, grade! Wer bist du, woher kommst du, zeig deinen Paß ... Wievielmal bin ich geprügelt worden!

Bald hielten sie mich für einen Pferdedieb, bald hauten sie ohne jeden Grund. Ins Kittchen haben sie mich gesteckt. Sie jammern und spielen Komödie, und doch können sie ganz gut leben, denn sie haben eins, woran sie sich halten – den Boden! Wie kommt einer wie ich neben ihnen auf?«

»Bist du denn kein Bauer?« unterbrach ihn Malwa, die seiner schnellen Rede aufmerksam zugehört hatte.

»Ich bin Kleinbürger!« erklärte Serioschka mit einem gewissen Stolz. »Kleinbürger der Stadt Uglitsch!«

»Und ich bin aus Pawlitsch«, sagte Malwa sinnend.

»Für mich tritt keiner ein! Und die Bauern ... sie können schon leben, die Teufel. Sie haben die Semstwos und sonst noch allerlei ...«

»Was ist denn das: Semstwo?« fragte Malwa.

»Was? Das mag der Teufel wissen! Für die Bauern ist das eingerichtet, ihre Verwaltung. Spuck drauf! Wollen wir mal vernünftig reden – willst du die beiden aufeinander hetzen? Es kann ja nichts daraus entstehen ... nur prügeln werden sie sich. Und ich will dir helfen! Wasilij hat dich doch geschlagen? Nun, so mag sein Sohn ihm die Schläge heimzahlen!«

»Was meinst du?« lachte Malwa. »Das könnte fein werden.«

»Denk mal! Ist es nicht spaßig zuzusehen, wie die Leute sich deinetwegen die Rippen entzweischlagen? Nur wegen ein paar Worten mit dir! Du brauchst nur deine Zunge ein bißchen zu rühren – eins, zwei, drei – fertig ist die Geschichte.«

Serioschka malte ihr noch lange begeistert aus, welch herrliche Rolle sie spielen würde. Er scherzte und meinte es doch ernst, er war selbst ganz hingerissen von seinem Plan.

»Hei, wenn ich ein hübsches Frauenzimmer wäre! Ich würde die Welt auf den Kopf stellen!« rief er zuletzt, faßte dann seinen Kopf mit beiden Händen, drückte ihn fest zusammen, machte die Augen zu und verstummte.

Der Mond stand schon hoch am Himmel, als sie sich trennten. Als sie gegangen waren, schien die Nacht noch schöner. Jetzt war nur noch das unendliche, feierliche Meer da, schimmernd im silbernen Mondlicht, und der blaue, sternbesäte Himmel. Wohl waren auch noch die Sandhügel da und die Weidenbüsche zwischen ihnen und zwei lange, schmutzige Gebäude auf dem Sande, die aussahen wie riesige, ungeschickt zusammengehauene Särge. Aber das alles war klein und jämmerlich vor dem Antlitz des gewaltigen Meeres, und die Sterne, die das sahen, schimmerten kühl ...

Vater und Sohn saßen in der Hütte einander gegenüber und tranken Branntwein, den der Sohn mitgebracht hatte, um sich beim Vater nicht langweilen zu müssen und um den Alten freundlich zu stimmen. Serioschka hatte dem Jakow gesagt, der Vater sei ihm böse wegen Malwa und hätte gedroht, die Malwa halbtot zu schlagen; Malwa wisse von dieser Drohung, und deshalb verweigere sie sich ihm, dem Jakow. Dabei hatte Serioschka boshaft über Jakow gelacht.

»Er wird's dir schon geben, und zwar tüchtig! Er reißt dich an den Ohren, daß sie eine Elle lang werden! Komm ihm lieber gar nicht in den Weg!«

Der Spott des rothaarigen, unangenehmen Burschen rief bei Jakow eine große Erbitterung gegen den Vater wach. Und dann trieb sich auch Malwa immer in seiner

Nähe herum, sah ihn halb lockend, halb traurig an und steigerte sein Verlangen nach ihr bis aufs äußerste ... Und auch sie erinnerte ihn immer an den Vater.

Und nun war Jakow zum Vater gekommen, betrachtete ihn, wie man einen Stein betrachtet, der im Wege liegt und den man weder überspringen noch umgehen kann. Aber er fühlte gar keine Furcht vor Wasilij, sondern sah ihm selbstsicher in die finsteren, bösen Augen, als wollte er ihm sagen: »Na! Wag's nur!«

Sie hatten schon zweimal getrunken, aber noch nichts zueinander gesagt, abgesehen von ein paar unbedeutenden Worten über den Fischfang. Ganz allein mitten im Meer, nährten sie ihre Wut gegeneinander und wußten beide, daß sie bald auflodern und sie verbrennen würde.

Die Bastmatten der Hütte knisterten im Winde, und der rote Lappen an der Stange murmelte etwas vor sich hin. Alle diese Töne klangen schüchtern und erinnerten an ein entferntes Flüstern, ein zusammenhangloses, unentschlossenes Bitten. Die Meereswellen aber rauschten, wie immer, frei und leidenschaftslos.

»Säuft Serioschka immer noch?« fragte Wasilij finster.

»Jawohl. Jeden Abend ist er besoffen«, antwortete der Sohn und schenkte noch einmal Schnaps ein.

»Der nimmt noch ein schlimmes Ende. Das kommt von dem freien Leben ... ohne Furcht. Dir wird's ebenso gehen.«

Jakow erwiderte kurz: »Mir nicht.«

»Nicht?« erwiderte Wasilij mit gerunzelten Brauen. »Ich weiß, was ich sage ... Wie lange bist du nun hier? Über zwei Monate, bald mußt du nach Hause – und wieviel Geld nimmst du mit?« Er schüttete zornig den

Schnaps aus der vom Sohn frisch gefüllten Tasse in seine Kehle, wollte sich den Bart zurechtstreichen und riß ihn dabei so kräftig, daß sein Kopf wackelte.

»In so kurzer Zeit kann man nicht viel verdienen«, sagte Jakow mit gutem Recht.

»Dann brauchtest du dich überhaupt nicht hier herumzutreiben! Geh in dein Dorf zurück!«

Jakow lachte schweigend auf.

»Was ziehst du ein schiefes Gesicht?« rief Wasilij drohend. Die Ruhe des Sohnes steigerte seine Erbitterung. »Dein Vater spricht mit dir, und du lachst! Sieh dich vor! Du fängst ein bißchen zu früh an mit dem freien Leben! Ich könnte dich doch wieder beim Zügel nehmen!«

Jakow goß sich Schnaps ein und trank. Die groben Ausfälle des Vaters kränkten ihn, aber er nahm sich zusammen, weil er nicht so reden wollte, wie er dachte und wünschte, um den Vater nicht in Wut zu bringen. Er hatte ein wenig Angst vor seinem hart und streng glühenden Blick.

Wasilij sah, daß Jakow allein getrunken hatte, ohne ihm einzuschenken; das brachte ihn noch mehr in Harnisch, und darum wurde seine Rede heftiger und schärfer.

»Dein Vater sagt dir, du sollst nach Hause gehen, und du grinsest dazu? Dann sollst du meine Hand fühlen. Laß dir Sonnabend deinen Lohn auszahlen und ... marsch ins Dorf! Hörst du?«

»Ich geh nicht fort!« entgegnete Jakow fest und warf den Kopf eigensinnig zurück.

»Was soll das heißen?« brüllte Wasilij und erhob sich, die Hände auf das Faß gestützt. »Rede ich mir dir oder mit wem sonst? Wie darfst du Hund deinen Vater anknurren? Hast du vergessen, daß ich mit dir machen kann, was ich will? Hast vergessen?«

Seine Lippen zitterten, sein Gesicht zuckte krampfhaft, die Adern an den Schläfen füllten sich mit Blut.

»Nichts hab ich vergessen«, sagte Jakow halblaut, ohne den Vater anzusehen. »Hast du nicht selber was vergessen – he?«

»Du hast mir keine Lehren zu geben! Ich hau dich in Stücke!«

Jakow wich der Hand des Vaters, die über seinem Kopfe schwebte, geschickt aus. Er fühlte, wie eine rasende Wut in ihm aufstieg, biß die Zähne zusammen und sagte:

»Rühr mich nicht an! Wir sind hier nicht im Dorf!«

»Schweig still! Ich bin überall dein Vater.«

»Hier kannst du mich nicht im Gemeindehaus prügeln lassen, hier gibt's kein Gemeindehaus!« lachte Jakow ihm ins Gesicht und erhob sich ebenfalls langsam.

Sie standen einander gegenüber. Wasilij, mit blutunterlaufenen Augen, hatte den Hals weit vorgestreckt, die Fäuste geballt und blies dem Sohn seinen heißen, mit Branntweindämpfen vermischten Atem ins Gesicht. Jakow hatte sich zurückgebogen und verfolgte mit finsteren Blicken jede Bewegung des Vaters, bereit, seine Schläge abzuwehren. Er schien ganz ruhig zu sein, aber aus allen Poren kam ihm heißer Schweiß. Zwischen ihnen war das Faß, das ihnen als Tisch gedient hatte.

»Ich dich nicht prügeln?« fragte Wasilij heiser und krümmte den Rücken wie ein Kater vor dem Sprung.

»Hier sind alle gleich. Du bist Arbeiter und ich auch.«

»So–o meinst du das?«

»Wie denn sonst? Was ist in dich gefahren? Meinst du, ich versteh es nicht? Du solltest selbst erst mal ...«

Wasilij brüllte auf und schlug so schnell zu, daß Jakow nicht Zeit hatte auszuweichen. Der Hieb traf ihn auf den Kopf, er schwankte und fletschte die Zähne gegen das tierisch verzerrte Gesicht des Vaters, der schon wieder die Hand erhoben hatte.

»Sieh dich vor!« warnte er, die Fäuste ballend.

»Ich werde mich schon vorsehen!«

»Laß es sein!«

»Ah! Du willst ... deinen Vater? ... den Vater? ... den Vater?«

Es war ihnen zu eng hier, die Salzsäcke, das umgestürzte Faß, der Holzklotz fuhren ihnen zwischen die Beine.

Die Schläge des Vaters mit den Fäusten abwehrend, wich Jakow, bleich und schwitzend, mit zusammengebissenen Zähnen und finster glühenden Wolfsaugen, langsam zurück, Wasilij aber drang auf ihn ein, die Fäuste grimmig in der Luft schwenkend, blind in seiner Wut, plötzlich ganz seltsam zerzaust, wie ein rasender Eber mit gesträubten Borsten.

»Laß das ... Es ist genug ... Hör auf!« sagte Jakow drohend, aber ruhig, und trat aus der Hütte in die freie Luft.

Der Vater drang brummend auf ihn ein, aber seine Schläge trafen nur die Fäuste des Sohnes.

»Sieh doch mal an ... sieh doch!« hetzte Jakow. Er fühlte sich überlegen und hatte keine Furcht.

»Warte nur ... ha-a-alt!«

Jakow sprang zur Seite und rannte nach dem Meere zu. Wasilij stürzte ihm nach, den Kopf gesenkt und die Arme vorgestreckt, stolperte aber und fiel mit der Brust auf den Sand. Er erhob sich sofort auf die Kniee und blieb in hockender Stellung, die Arme auf den Sand gestützt. Er war durch den Kampf völlig entkräftet und heulte jämmerlich auf im brennenden Gefühl der ungesühnten Kränkung, im qualvollen Bewußtsein seiner Schwäche.

»Sei verflucht!« knirschte er, den Hals nach Jakow hin reckend und den Wutschaum von seinen zitternden Lippen speiend.

Jakow hatte sich gegen das Boot gelehnt und sah ihn scharf an, seinen schmerzenden Kopf mit der Hand reibend. Ein Ärmel seines Hemdes war abgerissen und hing nur an einem Faden, der Kragen war ebenfalls zerfetzt, die weiße, schweißtriefende Brust glänzte in der Sonne, als wäre sie eingefettet. Er fühlte jetzt nur Verachtung für den Vater. Er hatte ihn für den Stärkeren gehalten, als er ihn aber zerzaust und kläglich auf dem Sande hocken und mit den Fäusten drohen sah, da verzog sich sein Gesicht zum nachsichtigen, kränkenden Lächeln des Stärkeren über den Schwachen.

»Daß dich der Donner treffe! Verflucht seist du ... in alle Ewigkeit!«

Wasilij schrie den Fluch so weit hinaus, daß Jakow sich unwillkürlich nach dem Meer umsah, als könnte man drüben in der Fischerei diesen kranken Schrei der Schwäche hören.

Aber da waren nur die Wellen und die Sonne. Da spuckte er aus und sagte: »Schrei nur! Das schadet niemandem! Nur dir selbst. Wenn es aber zwischen uns so weit gekommen ist, so will ich dir noch sagen ... um ein Ende zu machen ...«

»Schweig still! Aus meinen Augen! Fort!« schrie Wasilij.

»Ich gehe nicht ins Dorf. Ich bleibe den Winter über hier«, entgegnete Jakow, ohne auf das Geschrei zu achten, aber jede Bewegung des Vaters mit scharfen Blicken verfolgend. »Ich hab's hier besser. Das versteh ich schon, ich bin nicht auf den Kopf gefallen. Hier lebt sich's leichter. Man hat mehr Freiheit ... Dort würdest du mich kommandieren, wie's dir gefiele, hier aber ... da, friß!«

Er zeigte dem Vater die »Feige« und lachte, nicht sehr laut, aber so, daß Wasilij wieder in helle Wut geriet, aufsprang und, ein Ruder ergreifend, auf den Sohn losstürzte.

»Dem Vater das? Dem Vater? Ich schlage dich tot!« schrie er heiser.

Aber als er in blinder Wut das Boot erreicht hatte, war Jakow schon weit weg. Er rannte, so schnell er konnte, und der abgerissene Hemdärmel flatterte hinter ihm her.

Wasilij warf mit dem Ruder nach ihm, es erreichte aber sein Ziel nicht, und wieder völlig entkräftet, fiel er mit der Brust auf das Boot, kratzte das Holz mit den Nägeln und blickte dem Sohn nach, der ihm von ferne zurief:

»Du solltest dich schämen! Hast schon graues Haar und wirst um ein Weibstück so wild! ... Ach du! Aber ins Dorf geh ich nicht. Ich geh nicht zurück! Geh doch selbst hin! Du hast hier sowieso nichts mehr zu suchen!«

»Jaschka, schweig still!« suchte Wasilij ihn zu überschreien. »Jaschka, ich schlag dich tot! ... Geh weg! Weg mit dir!« Jakow aber entfernte sich schon lachend.

Mit stumpfen, irren Blicken sah Wasilij ihm nach.

Schon wurde die Gestalt des Schreitenden kürzer, seine Füße schienen im Sand zu versinken ... Nun war es bis zum Gürtel verschwunden ... nun bis zu den Schultern. Jetzt war auch der Kopf weg. Er war nicht mehr zu sehen ... Doch eine Minute später, in einiger Entfernung von der Stelle, wo er verschwunden war, erschien zuerst wieder der Kopf, dann die Schultern, dann die ganze Gestalt. Aber sie war jetzt viel kleiner. Er drehte sich um, sah nach dem Vater hin und rief etwas.

»Verflucht seist du! Verflucht!« antwortete Wasilij auf den Zuruf des Sohnes. Der aber machte eine abwehrende Geste und ging weiter ... und verschwand wieder hinter einem Sandhügel.

Wasilij sah ihm noch lange nach, bis ihm der Rücken zu schmerzen begann infolge seiner unbequemen Stellung: er lag halb gegen das Boot gelehnt und stemmte die Füße in den Sand. Zerschlagen, halb gelähmt, richtete er sich auf und wäre fast wieder umgefallen, so weh taten ihm alle Knochen. Sein Gürtel war bis unter die Achselhöhlen heraufgerutscht, mit den steif gewordenen Fingern löste er ihn, hielt ihn vor die Augen und warf ihn in den Sand. Dann ging er nach der Hütte, blieb vor der Vertiefung im Sande stehn, wo er vorhin gestolpert war, und dachte, daß er den Sohn vielleicht noch eingeholt hätte, wenn er nicht gefallen wäre. In der Hütte lag alles durcheinander. Wasilij sah sich nach der Branntweinflasche um, fand sie unter den Säcken und hob sie auf. Der Pfropfen saß fest im Flaschenhals, von dem Inhalt war nichts verschüttet. Wasilij zog den Pfropfen mühsam heraus, setzte die Flasche an den Mund und wollte trinken. Aber das Glas schlug an seine Zähne, der Branntwein floß aus der Flasche auf seinen Bart, auf die Brust. Der Schnaps schmeckte wie Wasser.

Wasilijs Kopf war verwirrt, das Herz war ihm schwer, der Rücken schmerzte.

»Ich bin aber alt geworden«, sagte er laut und setzte sich auf den Sand vor der Hütte.

Vor ihm lag das Meer, gewaltig, von Kraft und Schönheit strotzend. Die Wellen lachten, lärmend und spielerisch wie immer. Wasilij sah lange auf das Wasser und dachte an die gierigen Worte seines Sohnes: »Wenn das alles Land wäre! Und gute schwarze Erde! Wenn man das aufpflügen könnte!«

Ein quälendes Gefühl bemächtigte sich seiner. Er rieb sich kräftig die Brust, schaute um sich und seufzte tief. Sein Kopf sank auf die Brust herab, und der Rücken krümmte sich, als wäre eine schwere Last auf ihn gefallen. Seine Kehle war wie zusammengeschnürt. Wasilij hustete, bekreuzigte sich mit einem Blick zum Himmel hinauf. Schwere Gedanken quälten ihn.

Weil er wegen eines hergelaufenen Weibes seine Frau im Stich gelassen hatte, mit der er in ehrlicher gemeinsamer Arbeit fast zwanzig Jahre gelebt hatte, strafte ihn Gott nun mit der Auflehnung des Sohnes. Ja, Herr Gott, so war es.

Der Sohn hatte seinen Spott mit ihm getrieben, hatte seinem Herzen wehgetan ... Totgeschlagen müßte er werden, weil er dem Vater diese Kränkung zugefügt! Und weswegen? Wegen eines gemeinen Frauenzimmers, daß ein Luderleben führte. Eine Sünde war es, daß er, ein alter Mann, sich mit ihr eingelassen und sein Weib und seinen Sohn darüber vergessen hatte!

Und nun hatte Gott der Herr in seinem heiligen Zorn ihn an seine Pflicht gemahnt, ihn durch seinen Sohn der gerechten Strafe anheimfallen lassen ... Ja, Herr Gott, so war es!

Wasilij saß zusammengekrümmt da, bekreuzte sich und kniff immer wieder die Augen zusammen, um mit den Wimpern die Tränen abzuschütteln, die ihn blind machten.

Die Sonne versank im Meere, und am Himmel erlosch langsam die scharlachfarbene Abendröte. Aus der lautlosen Ferne kam ein warmer Wind und wehte um das tränennasse Gesicht des Mannes. In reuige Gedanken vertieft, saß er noch lange so da, bis er endlich einschlief.

Das war schon gegen Morgen.

Am dritten Tag nach dem Streit mit dem Vater fuhr Jakow mit einer Anzahl Arbeiter auf einer Barke, die von einem kleinen Dampfer geschleppt wurde, auf den Störfang in eine Bucht, etwa dreißig Werst von der Station entfernt. Nach fünf Tagen kam er allein in einem Segelboot zurück, um Proviant zu holen. Er kam gegen Mittag an, als die Arbeiter sich nach dem Essen zur Ruhe gelegt hatten. Es war unausstehlich heiß, der glühende Sand brannte die Füße, die herumliegenden Fischschuppen und Gräten bohrten sich in die Haut. Jakow ging vorsichtig nach den Baracken und ärgerte sich, daß er keine Stiefel anhatte. Auf die Barkasse zurückzugehen, war er zu faul, zudem wollte er noch schnell etwas essen und Malwa sehen. In der langweiligen Zeit auf dem Meere hatte er oft an sie gedacht. Und nun hätte er gern gewußt, ob sie seinen Vater gesehen und was er ihr gesagt hätte ... Vielleicht hatte er sie verprügelt? Das könnte ihr nicht schaden, sie würde ein bißchen sanfter werden. Denn sie war zu frech, zu herausfordernd.

Auf der Station war es still und leer. Die Fenster der Baracken standen auf, und die großen Holzkästen schienen auch vor Hitze zu vergehen. Im Kontor, das sich zwischen den Baracken versteckt hatte, schrie jämmerlich ein Kind. Hinter einem Haufen von Fässern tönten leise Stimmen.

Jakow ging kühn auf die Fässer zu: er glaubte Malwas Stimme erkannt zu haben. Aber als er herangekommen war und einen Blick hinter die Fässer geworfen hatte, trat er zurück und blieb mit finsterer Miene stehen.

Hinter den Fässern in ihrem Schatten lag auf dem Rücken, die Hände unter seinen Kopf geschoben, der rothaarige Serioschka. An seiner einen Seite saß Jakows Vater, an der andern Malwa.

Jakow dachte beim Anblick des Vaters: »Was will er hier? Hat er sich etwa hierher versetzen lassen, hat seine friedliche Stellung drüben aufgegeben, um Malwa näher zu sein und mich nicht an sie heranzulassen? Ach, du alter Teufel! Wenn die Mutter von all diesen Streichen wüßte! Soll ich nun herangehen oder nicht?«

»So«, sagte Serioschka. »Also adieu! Na schön! Geh nur, wühl in der Erde!«

Jakow zuckte freudig zusammen.

»Ja, ich gehe«, sagte Wasilij.

Da machte Jakow kühn einen Schritt vorwärts und grüßte: »Guten Tag, die Herrschaften!«

Der Vater sah ihn flüchtig an und drehte sich weg, Malwa zuckte mit keiner Wimper, Serioschka zappelte mit einem Bein und sprach in tiefstem Baß: »Nun ist unser geliebter Sohn Jaschka aus fernen Landen heimgekehrt!« Und dann fügte er mit seiner gewöhnlichen Stimme hinzu: »Zieh ihm das Fell ab, daß wir eine Trommel draus machen!«

Malwa lachte leise.

»Heiß ist's«, sagte Jakow und setzte sich neben sie.

Wasilij sah ihn noch einmal widerwillig an.

»Ich habe dich schon den ganzen Morgen erwartet,

Jakow. Der Verwalter hatte mir gesagt, daß du heute kommen würdest«, fing er an.

Seine Stimme schien Jakow sanfter als sonst, und auch sein Gesicht hatte einen ganz neuen Ausdruck.

»Ich muß Proviant holen«, sagte Jakow und bat Serioschka um etwas Tabak für eine Zigarette.

»Für dich Dummkopf habe ich keinen Tabak«, sagte Serioschka, ohne sich zu rühren.

»Ich will in die Heimat zurück, Jakow«, erklärte Wasilij feierlich und bohrte mit dem Finger im Sande.

»Wie kommst du darauf?« fragte der Sohn mit unschuldiger Miene.

»Und du? Bleibst du hier?«

»Ja, ich bleibe. Was sollen wir beide daheim?«

»Na, ich will nichts weiter sagen. Tu, was du willst. Du bist ja kein kleiner Junge. Nur ... bedenke, daß ich's wohl nicht mehr lange machen werde. Leben werde ich ja wohl noch einige Zeit, aber wie es mit den Arbeiten wird, weiß ich nicht. Ich bin die Landarbeit nicht mehr gewohnt. Also vergiß nicht, daß du da noch eine Mutter hast.«

Das Reden fiel ihm offenbar schwer: es war, als blieben ihm die Worte zwischen den Zähnen hängen. Er strich seinen Bart, und seine Hand zitterte.

Malwa beobachtete ihn scharf. Serioschka hatte ein Auge zugekniffen, das andere aufgerissen und starrte Jakow an. Jakow war hocherfreut, wollte aber nichts merken lassen; daher schwieg er und betrachtete seine Füße.

»Vergiß die Mutter nicht, Jakow. Denk daran, du bist ihr Einziger«, sagte Wasilij.

»Schon gut«, entgegnete Jakow, sich krümmend. »Ich weiß.«

»Das ist recht«, sagte der Vater und musterte ihn mißtrauisch. »Ich meine nur, du sollst es nicht vergessen.«

»Schon gut.«

Wasilij atmete tief auf. Ein paar lange Minuten schwiegen alle vier. Dann fing Malwa an: »Es wird bald zur Arbeit läuten.«

»Na, dann will ich jetzt gehen«, erklärte Wasilij aufstehend. Die anderen erhoben sich nun auch.

»Leb wohl, Sergej! Wenn du mal an die Wolga kommst, besuchst du uns vielleicht? Kreis Simbirsk, Dorf Maslo, Bezirk Nikolo-Lykow.«

»Schon recht«, sagte Serioschka, schüttelte ihm die Hand mit seiner sehnigen, mit dichtem rotem Haar bewachsenen Tatze und sah ihm, ohne die Hand loszulassen, lächelnd in das traurige, ernste Gesicht.

»Lykowo-Nikolskoje ist ein großes Kirchdorf. Das kennt man überall. Und von da sind es noch vier Werst bis zu uns«, erklärte Wasilij.

»Schon recht, schon recht. Ich komme wohl mal vorüber, wenn es sich so trifft.«

»Leb wohl!«

»Leb wohl, mein Lieber!«

»Leb wohl, Malwa!« sagte Wasilij dumpf, ohne sie anzusehen. Sie wischte sich ohne Hast die Lippen mit dem Ärmel, warf dann ihre weißen Arme um seine Schultern und küßte ihn dreimal schweigend und ernst auf Wangen und Mund.

Er wurde verlegen und brummte etwas Unverständliches. Jakow senkte den Kopf, um ein Lächeln zu verbergen, Serioschka aber war ganz ruhig und gähnte sogar leise, den Blick auf den Himmel gerichtet.

»Es wird dir schwer werden, in der Hitze zu wandern«, meinte er.

»Macht nichts. Nun leb wohl, Jakow!«

»Leb wohl!«

Sie standen einander gegenüber und wußten nicht, was sie machen sollten. Das traurige Wort »Leb wohl!«, das in diesen Augenblicken so oft und so eintönig erklungen war, weckte bei Jakow ein warmes Gefühl für seinen Vater, aber er wußte nicht, wie er ihm Ausdruck geben sollte: sollte er den Vater umarmen wie Malwa, oder sollte er ihm nur die Hand drücken wie Serioschka? Die Unschlüssigkeit, die sich in der Haltung und dem Gesicht des Sohnes äußerte, kränkte wiederum den Vater, und zugleich empfand er etwas wie Scham gegenüber seinem Sohne. Dieses Gefühl war durch die Erinnerung an die Vorgänge auf der Landzunge und die Küsse Malwas in ihm geweckt worden.

»Also, denk an die Mutter!« sagte Wasilij endlich.

»Schon gut, schon gut!« rief Jakow mit freundlichem Lächeln. »Mach dir keine Sorgen! Ich weiß schon ...«

Er warf den Kopf zurück.

»Na und damit gut! Lebt hier weiter, Gott helfe euch! Bewahrt mir ein freundliches Andenken ... Den Kessel habe ich im Sand eingegraben, Serioschka, beim grünen Boot unter dem Heck.«

»Was soll er mit dem Kessel?« fragte Jakow hastig.

»Er bekommt meinen Posten. Drüben auf der Landzunge!« erklärte Wasilij.

Jakow sah Serioschka neidisch an, warf einen Blick auf Malwa und senkte den Kopf, um das freudige Aufblitzen seiner Augen nicht sehen zu lassen.

»Also lebt wohl, meine Lieben, jetzt gehe ich!«

Wasilij grüßte sie noch einmal und ging. Malwa folgte ihm.

»Ich begleite dich ein Stück.«

Serioschka legte sich auf den Sand und hielt Jakow, der hinter Malwa her wollte, am Bein fest.

»Halt! Wo willst du hin?«

»Laß doch! Laß mich los!« wehrte Jakow ab.

Serioschka packte nun auch sein anderes Bein.

»Bleib bei mir!«

»Laß los! Was soll das?«

»Nichts soll das! Setz dich hin!«

Jakow setzte sich mit zusammengebissenen Zähnen.

»Was willst du von mir?«

»Warte! Sei mal ein bißchen still! Ich will nachdenken, und dann sag ich's dir!«

Er sah den Burschen mit seinen frechen Augen grimmig an, und Jakow fügte sich.

Malwa und Wasilij gingen eine Zeitlang schweigend nebeneinander her. Sie suchte ihm von der Seite ins Gesicht zu sehen, und ihre Augen funkelten seltsam. Wasilij schaute finster vor sich hin und schwieg. In dem tiefen Sand kamen sie nur langsam vorwärts.

»Wasja?«

»Nun was denn?«

Er sah sie an und wandte sich sofort wieder ab.

»Ich habe dich doch absichtlich mit Jakow entzweit. Ihr hättet auch ohne Zank ganz gut hier zusammen leben können«, meinte sie ruhig und eintönig; kein Ton von Reue klang aus ihren Worten.

»Wozu denn das?« fragte Wasilij nach kurzem Schweigen.

»Ich weiß nicht ... so recht.«

Sie zuckte leise auflachend die Achseln.

»Da hast du was Gutes angerichtet! Ach du!« sagte er mit bitterm Vorwurf.

Sie schwieg.

»Du verdirbst mir den Jungen, verdirbst ihn ganz und gar! Ach, du Hexe, du! Fürchtest dich nicht vor Gott ... hast keine Scham ... Was tust du bloß?«

»Was soll ich denn sonst tun?« fragte sie. Es klang halb besorgt, halb ärgerlich.

»Was sonst? Ach du!« schrie Wasilij dn plötzlich aufflammender Wut.

Er hätte sie leidenschaftlich gern geschlagen, sie auf den Boden geworfen, in den Sand getreten, mit den Stiefeln ihre Brust und ihr Gesicht zerstampft. Er ballte die Faust und sah sich um.

Dort bei den Fässern saßen Jakow und Serioschka und blickten den Davongehenden nach.

»Geh weg! Pack dich! Ich möchte dich zerreißen ...«

Er war stehengeblieben und flüsterte ihr seine Schimpfwörter gerade ins Gesicht. Seine Augen waren blutunterlaufen, der Bart zitterte, die Hände aber reckten sich unwillkürlich nach ihrem Haar, das unter dem Kopftuch hervorquoll.

Sie sah ihn mit ihren grünen Augen ruhig an.

»Ich hätte dich totschlagen sollen, du Herumtreiberin! Warte nur ... Du fällst noch einmal herein. Sie schlagen dir noch die Knochen entzwei!«

Sie lachte auf, schwieg und sagte dann nach einem tiefen Seufzer: »Na, genug. Leb wohl!«

Sie drehte sich schroff um und verließ ihn.

Wasilij brummte etwas hinter ihr her und knirschte mit den Zähnen. Malwa ging ihres Weges und bemühte sich, immer in die tiefen, deutlichen Fußspuren Wasilijs im Sande zu treten, die sie dann mit ihrem Fuß sorgsam auslöschte.

So ging sie langsamen Schrittes bis zu den Fässern, wo Serioschka sie mit der Frage empfing:

»Na, hast du ihn begleitet?«

Sie nickte bejahend und setzte sich neben ihn. Jakow sah sie an und lächelte freundlich. Seine Lippen bewegten sich dabei so, daß es schien, als flüstere er etwas, was nur er allein hören könne.

»Wurde es dir nicht leid um ihn, wie du ihn so hinausbegleitetest?« fragte Serioschka.

»Wann ziehst du hinaus auf die Landzunge?« fragte sie ihrerseits mit einer Kopfbewegung nach dem Meere hin.

»Heute abend.«

»Ich komme mit.«

»Das ist fein! So was gefällt mir!«

»Ich komme auch mit!« erklärte Jakow energisch.

»Wer hat dich denn eingeladen?« fragte Serioschka mit zusammengekniffenen Augen.

Die klirrende Stimme der gesprungenen Glocke rief zur Arbeit. Die Töne schwebten eilig durch die Luft, einer nach dem andern, und erstarben in dem fröhlichen Rauschen der Wellen.

»Sie wird mich schon einladen!« sagte Jakow mit einem herausfordernden Blick auf Malwa.

»Ich? Was fang ich mit dir an?« fragte sie erstaunt.

»Wollen wir offen reden, Jaschka!« sagte Serioschka schroff und stand auf. »Wenn du sie nicht in Ruhe läßt, prügele ich dich windelweich! Und wenn du sie auch nur mit einem Finger berührst, schlage ich dich tot wie eine Fliege! Einen Hieb auf den Kopf – und du bist gewesen! Bei mir geht so was schnell!«

Sein ganzes Gesicht, seine Gestalt und die muskulösen Arme, die sich nach Jakows Halse hin reckten, sprachen überzeugend dafür, daß es ihm eine Kleinigkeit war, einen Menschen aus der Welt zu schaffen.

Jakow trat zurück und sagte beklommen: »Warte doch! Sie hat selbst ...«

»Maul halten – und Schluß! Was bist du denn? Für dich Hund ist der Hammel nicht gebraten, kannst froh sein, wenn du einen Knochen kriegst. Na? Was reißt du die Augen auf!«

Jakow sah Malwa an. Ihre grünen Augen lachten ihn kränkend und demütigend an, und sie drückte sich so zärtlich an Serioschkas Seite, daß Jakow in Schweiß geriet.

Und so gingen sie aneinandergeschmiegt davon, und nachdem sie einige Schritte gegangen waren, brachen sie in ein schallendes Gelächter aus. Jakow bohrte den rechten Fuß tief in den Sand und blieb in gezwungener Haltung, mit rotem Gesicht und schwer atmender Brust, wie erstarrt stehen.

Fern auf den gelben toten Sandwellen bewegte sich eine kleine dunkle Menschengestalt; zu ihrer Rechten glitzerte das heitere, gewaltige Meer im Sonnenlicht, links dehnten sich eintönig, öde, traurig bis zum Horizont die Sandhügel ... Jakow blickte dem einsamen Manne nach, seine Augenwinkel zuckten gekränkt und befremdet, er rieb sich die Brust kräftig mit beiden Händen.

Bei den Baracken aber wurde die Arbeit wieder aufgenommen.

Jakow hörte Malwa mit ihrer kräftigen Bruststimme schreien: »Wer hat mein Messer weggenommen?«

Die Wellen rauschten, die Sonne strahlte, das Meer lachte ...

Sechsundzwanzig und eine

Wir waren unser sechsundzwanzig – sechsundzwanzig lebende Maschinen, eingesperrt in einen feuchten Keller, wo wir von früh bis spät Teig kneteten, Kringel und Wecken formten.

Die Fenster unseres Kellers gingen auf eine Grube hinaus, die vor dem Hause ausgegraben war. Die Ziegelsteine, mit denen sie ausgelegt war, waren von der Feuchtigkeit grün geworden. Die Fensterrahmen waren von außen mit einem dichten Drahtnetz überzogen, und das Sonnenlicht konnte durch die vom Mehlstaub bedeckten Fenster kaum hineindringen. Unser Meister hatte die Fenster vergittert, damit wir kein Stückchen von seinem Brot einem Bettler oder Kameraden geben konnten, der hungern mußte, weil er keine Arbeit fand. Der Meister nannte uns Spitzbuben und gab uns zum Mittagessen statt Fleisch verfaulte Kaldaunen.

Es war eng und dumpf in der Steinkiste unter der niedrigen, schweren Decke, die von Ruß geschwärzt und mit Spinnweben überzogen war. Es war eng und dumpf innerhalb der dicken, mit Schmutzflecken und Schimmel bedeckten Wände. Wir standen um fünf Uhr früh auf, ohne ausgeschlafen zu haben, und setzten uns stumpf und gleichgültig schon um sechs an den Tisch, um Kringel aus dem Teig zu formen, den unsere Genossen, während wir noch schliefen, bereitet hatten. Und den ganzen Tag, vom frühen Morgen bis zehn Uhr abends, saß ein Teil von uns am Tisch, zerrte mit den Händen die zähen Teigmassen auseinander, wackelte mit dem Oberkörper hin und her, um nicht ganz steif zu werden, und die andern mischten indessen Mehl und Wasser. Und den ganzen Tag summte nachdenklich und wehmütig das kochende Wasser im Kessel, in dem die Kringel gekocht wurden, die Schaufel des Altgesellen kratzte ingrimmig und hastig über den Boden des Ofens, indem sie die glitschigen, gekochten Teigstücke auf die heißen Ziegel warf. Von früh bis spät brannte im Ofen das Holz, und der rote Widerschein der Flamme zitterte an den Wänden der Backstube, als lachte er schweigend über uns. Der riesige Ofen glich dem greulichen Kopf eines Märchenuntiers; er schien aus dem Boden emporzuwachsen, hatte den mächtigen, flammenspeienden Rachen weit aufgerissen, hauchte uns mit seiner Glut an und beobachtete unsere unendliche Arbeit durch die zwei schwarzen Röhrenlöcher über der Stirn. Diese zwei tiefen Löcher waren wie zwei Augen, die mitleidslosen und leidenschaftslosen Augen eines Ungeheuers. Sie starrten immer mit dem gleichen dunklen Blick vor sich hin, als wären sie müde, immer nur Sklaven vor sich zu sehen, und als wollten sie sie, nichts Menschliches mehr von ihnen erwartend, mit der kalten Verachtung der Weisheit strafen.

Tagaus, tagein, in Mehlstaub und Schmutz, den wir an unseren Sohlen von draußen hereinschleppten, formten wir in der dicken, übelriechenden Luft unsere Kringel, die wir mit unserm Schweiß netzten, und wir haßten unsere Arbeit mit einem wilden Haß, aßen nie etwas von dem, was unsere Hände geschaffen, sondern zogen einfaches Schwarzbrot den Kringeln vor. Am langen Tisch einander gegenübersitzend, neun auf jeder Seite, bewegten wir Stunde auf Stunde mechanisch die Finger und hatten uns an unsere Arbeit so gewöhnt, daß wir unsere Bewegungen gar nicht mehr mit unsern Blicken verfolgten. Und ebenso kannte ein jeder den andern; alle Falten auf den Gesichtern der Genossen wußte man auswendig. Wir hatten uns nichts zu sagen und schwiegen die ganze Zeit, wenn wir nicht schimpften; denn einen anderen zu beschimpfen, besonders einen Kameraden, findet sich immer ein Anlaß. Aber auch geschimpft wurde wenig: wessen kann man einen Menschen noch beschuldigen, wenn er kaum noch lebendig ist, wenn er zur Holzpuppe geworden ist, wenn all sein Empfinden durch die Last der Arbeit zermalmt ist? Schweigen ist unheimlich und qualvoll nur für Leute, die schon alles gesagt haben und nichts mehr zu sagen wissen: für jene jedoch, die noch gar nicht angefangen haben zu reden, ist das Schweigen einfach und leicht. Hin und wieder sangen wir, und das fing immer so an: mitten in der Arbeit seufzte plötzlich einer tief auf, wie ein müdes Pferd, und stimmte dann leise eines jener getragenen Lieder an, deren wehmütig-süße Melodie immer den Druck auf der Seele des Singenden mindert. Sang einer von uns, dann lauschten wir andern zuerst schweigend seinem einsamen Lied, und es erlosch und verhallte unter dem schweren Kellergewölbe, wie die kleine Flamme eines Lagerfeuers in der Steppe in feuchter Herbstnacht, wenn der Himmel grau über der Erde hängt wie ein bleiernes Dach. Dann schloß sich dem Sänger ein anderer an – und schon schwammen zwei Stimmen leise und wehmütig in der Stickluft unsrer engen Grube. Und mit einemmal fielen dann noch ein paar Stimmen ein – das Lied kochte auf wie eine Welle, wurde kräftiger, lauter und schien die feuchten schweren Wände unsres steinernen Kellers auseinanderzuschieben.

Endlich singen alle sechsundzwanzig. Die lauten, seit langem aufeinander eingestellten Stimmen füllen die ganze Backstube; dem Lied wird es zu eng; es schlägt gegen die steinernen Wände, stöhnt, weint und belebt das Herz mit einem leisen, kitzelnden Schmerz, reißt alte Wunden auf und weckt die Sehnsucht. Die Sänger seufzen tief und schwer; einer bricht plötzlich ab und hört lange Zeit dem Gesang der Genossen zu; dann läßt er seine Stimme von neuem in den allgemeinen Strom fließen. Ein anderer ruft verzweifelt aus: Ach was! – und singt mit geschlossenen Augen weiter, und vielleicht scheint ihm die dichte, breite Welle der Töne eine Straße in sonnenbestrahlte Fernen, und er sieht sich als Wanderer auf dieser Straße.

Die Flamme im Ofen zittert noch immer, immer noch fährt die Schaufel des Altgesellen kratzend über die Ziegel, summt das Wasser im Kessel und hüpft lautlos lachend der Widerschein des Feuers an der Wand entlang. Und wir strömen in fremden Worten unser stumpfes Leid aus, die lastende Wehmut lebender Menschen, die keine Sonne kennen, die Wehmut armer Sklaven. So lebten wir sechsundzwanzig im Keller des großen Steinhauses, und das Leben dünkte uns so schwer, als wären alle drei Stockwerke des Hauses unmittelbar auf unseren Schultern aufgebaut.

Außer dem Gesang hatten wir aber noch etwas Schönes, etwas, das wir liebten und das uns vielleicht die Sonne ersetzte. Im zweiten Stock unseres Hauses befand sich eine Stickereiwerkstatt, und dort wohnte außer den vielen Stickerinnen auch das sechzehnjährige Dienstmädchen Tanja. Jeden Morgen drückte sich gegen die Scheibe des Fensterchens in der aus dem Flur in unsern Keller führenden Tür ein kleines, rosiges Gesichtchen mit lustigen blauen Augen, und eine helle, freundliche Stimme rief:

»Heda! Ihr kleinen Sträflinge! Ich will meine Kringel haben!«

Wir alle wandten uns um bei diesem hellen Ruf und blickten froh und gutmütig nach dem reinen Mädchengesicht, das uns so lieb anlächelte. Es tat uns wohl, die an der Scheibe plattgedrückte Nase und die kleinen, weißen, unter den leicht geöffneten, lächelnden Lippen hervorblitzenden Zähne zu sehen. Einander stoßend und zurückdrängend stürmten wir zur Türe, um das Mädchen einzulassen, und nun steht sie vor uns, so heiter, so lieb, die Schürze ausgebreitet vor sich haltend, den Kopf etwas seitlich geneigt und unentwegt lächelnd. Der lange dichte kastanienbraune Zopf fällt über die Schulter auf die Brust. Und wir schmutzigen, rohen, häßlichen Leute blicken mit zurückgeworfenen Köpfen zu ihr hinauf, denn die Tür liegt vier Stufen über dem Keller, – wünschen ihr einen guten Morgen, sagen allerlei seltsame Worte, die wir nur für sie bereit haben. Wenn wir mit ihr reden, klingen unsere Stimmen weicher, unsere Scherze zarter. Für sie muß alles anders sein. Der Altgeselle zieht eine Schaufel der allerschönsten, bestgebräunten Kringel aus dem Ofen und schleudert sie gewandt in Tanjas Schürze.

»Sieh zu, daß du dem Meister nicht in den Weg läufst!« warnen wir sie. Sie lacht schelmisch und ruft uns vergnügt zu:

»Adieu, ihr kleinen Sträflinge!« und verschwindet fix wie ein Mäuschen. Nichts weiter. Aber noch lange, nachdem sie gegangen ist, sprechen wir angeregt von ihr – immer das gleiche, was wir gestern und früher geredet haben, denn auch sie und wir und alles um uns herum ist so, wie es gestern und früher war. Es ist hart und auch qualvoll, wenn ein Mensch seine Tage dahinlebt, ohne daß sich um ihn herum etwas ändert; wird seine Seele dadurch nicht ganz ertötet, so bereitet die Unveränderlichkeit seiner Umgebung ihm immer mehr Qualen, je länger er lebt ...

Wir sprachen von den Frauen sonst immer nur so, daß wir uns mitunter selbst vor unserem rohen, schamlosen Geschwätz ekelten. Aber das war nur begreiflich, denn die Weiber, die wir kannten, waren vielleicht keine besseren Reden wert. Über Tanja aber sprachen wir nie schlecht, nie wagte einer sie auch nur mit der Hand zu berühren, nie bekam sie von uns ein derbes Scherzwort zu hören. Vielleicht kam das daher, daß sie sich nie lange bei uns aufhielt - sie flammte vor uns auf wie eine Sternschnuppe und verschwand –, vielleicht aber auch, weil sie klein und sehr hübsch war, und alles, was hübsch ist, erfüllt auch rohe Menschen mit Achtung. Und noch eins: mochte unsere Sklavenarbeit uns auch zu stumpfsinnigen Tieren machen, schließlich waren wir doch Menschen, und wie alle Menschen konnten wir nicht leben, ohne irgend etwas zu verehren. Wir kannten nichts Schöneres als sie, und niemand als nur sie allein beachtete uns Kellerbewohner, obgleich sich im Hause etliche Dutzend Leute befanden. Und endlich – und das war wohl die Hauptsache –, wir sahen sie als etwas zu uns Gehöriges an, etwas, das nur dank unseren Kringeln existierte; wir machten es uns zur Pflicht, ihr immer heiße Kringel zu geben, und das wurde für uns zum täglichen Opfer, das wir unserem Götzen brachten, wurde zur Kulthandlung und fesselte uns mit jedem Tag fester an sie. Außer Kringeln gaben wir Tanja viele gute Ratschläge: sie solle sich wärmer kleiden, nicht so schnell die Treppe hinaufrennen, keine schweren Holzbündel tragen. Sie hörte uns schmunzelnd zu, erwiderte die guten Ermahnungen mit einem fröhlichen Lachen und befolgte sie nie. Das kränkte uns aber gar nicht: wir wollten ihr nur zeigen, daß wir um sie besorgt waren.

Oft kam sie mit Bitten zu uns: wir sollten ihr die schwere Kellertür aufmachen, sollten Holz zerkleinern, – und wir taten das und sonst noch alles, was sie haben wollte, mit Freuden, sogar mit einem gewissen Stolz.

Aber als einer von uns sie einmal bat, sein einziges Hemd zu flicken, lachte sie verächtlich auf und sagte: »Das hat mir gerade noch gefehlt.«

Wir lachten den Narren tüchtig aus und baten sie nie mehr um etwas. Wir liebten sie – damit ist alles gesagt! Der Mensch will immer seine Liebe auf jemanden legen, auch wenn er ihn dadurch erdrückt und befleckt, er kann das Leben des Nächsten durch seine Liebe vergiften, weil er in all seiner Liebe den Geliebten nicht achtet. Wir mußten Tanja liebhaben, denn wir hatten sonst niemand, den wir lieben konnten.

Hin und wieder fing einer von uns an zu philosophieren:

»Warum verwöhnen wir das Mädel so? Was ist denn an ihr, he? Wir geben uns zuviel mit ihr ab!«

Den Mann, der so zu reden wagte, brachten wir schnell und derb zur Räson. Wir mußten etwas lieben können; wir hatten einen Gegenstand gefunden und liebten ihn. Und der Umstand, daß wir alle sechsundzwanzig das Mädel lieb hatten, war für jeden etwas

Unumstößliches, ein Heiligtum. Jeder, der sich dagegen auflehnte, war unser Feind. Vielleicht war unsere Angebetete der großen Liebe gar nicht wert, aber unser waren sechsundzwanzig, und wir alle wollten, daß das, was uns teuer war, auch von anderen mit Ehrfurcht angesehen würde.

Unsere Liebe ist nicht weniger schwer als der Haß. Und vielleicht behaupten deshalb einige Hochmütige, unser Haß sei ihnen lieber als unsere Liebe. Aber wenn dem so ist, warum gehen sie uns nicht aus dem Wege?

In unserer Bäckerei wurden nicht nur Kringel gebacken, sondern auch Brot. Die Brotbäckerei befand sich in demselben Hause, nur durch eine Wand von unserer Grube getrennt. Aber die Brotbäcker – es waren ihrer vier – hielten sich fern von uns, weil sie glaubten, ihre Arbeit sei sauberer als unsere, und daher seien sie etwas Besseres. Sie kamen nie in unsere Backstube, spöttelten über uns, wenn wir einander auf dem Hofe begegneten; und auch wir gingen nicht zu ihnen. Der Meister hatte es verboten, weil er fürchtete, wir würden Weißbrot stehlen. Wir mochten die Brotbäcker nicht, weil wir sie beneideten; ihre Arbeit war leichter, sie wurden besser bezahlt und bekamen besseres Essen. Sie arbeiteten auch in einem großen, hellen Raum und sahen alle sauber und gesund aus. Das machte sie uns widerwärtig. Wir waren alle gelb und grau im Gesicht; drei hatten Syphilis, einige die Krätze, einer ging ganz krumm, weil er Rheumatismus hatte. Die nebenan erschienen an Sonntagen und in ihren freien Zeiten in Jacketts und knarrenden Stiefeln, zwei hatten Harmonikas, und alle vier gingen sie im Stadtpark spazieren.

Wir aber hatten nur schmutzige Lumpen auf dem Leibe und Bastschuhe an den Füßen, die Polizei ließ uns nicht in den Stadtpark hinein, – wie konnten wir da die Brotbäcker gern haben?

Und eines Tages erfuhren wir, daß der Altgeselle drüben zu saufen angefangen hatte; der Meister hatte ihn entlassen und einen andern eingestellt. Dieser andere war ein Soldat, mit einer Atlasweste und einer Uhr an goldener Kette. Wir waren alle neugierig auf den eleganten Herrn, und in der Hoffnung, ihn zu erblicken, liefen wir, einer nach dem andern, alle Augenblicke auf den Hof hinaus.

Er erschien aber selbst in unserer Backstube. Mit einem Fußtritt stieß er die Tür auf, blieb, sie offen lassend, auf der Schwelle stehen und rief uns lächelnd zu:

»Gott segne das Handwerk! Guten Tag, Jungens!«

Die Winterluft drang als dicke Wolke durch die Tür herein und wirbelte um seine Füße. Er stand auf der Schwelle und betrachtete uns von oben herab, und unter seinem blonden, kühn gezwirbelten Schnurrbart blitzten die kräftigen, gelben Zähne hervor.

Er hatte in der Tat eine ganz merkwürdige Weste an: blau, mit einem Blumenmuster bestickt, schimmerte sie seidig, und die Knöpfe schienen aus rötlichem Stein geschnitten zu sein. Und die Uhrkette war auch da.

Er war ein hübscher Kerl, dieser Soldat, lang, kräftig, rotbackig. Seine großen hellen Augen blickten freundlich und klar. Auf dem Kopf hatte er eine weiße, steif gestärkte Leinwandmütze, und unter der sauberen, fleckenlosen Schürze guckten die Spitzen der blankgeputzten Stiefel hervor.

Unser Altgeselle bat ihn ehrerbietig, die Türe zu schließen. Er tat es ohne Hast und fragte uns nach dem

Meister aus. Wir erzählten alle zugleich, der Meister sei ein Menschenschinder, Ausbeuter und Bösewicht. Wir sagten ihm alles, was wir über den Meister sagen konnten und mußten, was sich aber schriftlich nicht niederlegen läßt. Der Soldat hörte uns zu, seine Schnurrbartenden zuckten, und seine freundlichen, hellen Augen musterten uns.

»Ihr habt viele Mädels hier?« fragte er plötzlich.

Einige lachten ehrerbietig, einige schnitten süße Gesichter, einer berichtete, es wären neun Mädels im Hause.

»Macht ihr davon Gebrauch?« fragte der Soldat, mit einem Auge zwinkernd.

Wieder lachten wir, aber leise und verlegen. Viele von uns hätten dem Soldaten gern gezeigt, daß sie ebenso forsche Kerle wären wie er, aber keiner, auch nicht einer wußte, wie er sich dabei benehmen sollte. Einer gestand das auch ein, er sagte leise: »Was können wir schon?«

»Ja, für euch ist das nicht leicht«, meinte der Soldat selbstbewußt und musterte uns noch einmal scharf. »Ihr seid ... ihr taugt nicht viel. Habt keine Haltung, keine Manieren, kein gutes Aussehen ... Die Frauenzimmer aber wollen, daß der Mann nach was aussieht. Ein richtiges Gestell muß er haben ... alles da, wo's hingehört! Und dann schätzen sie die Kraft. Pfoten muß er haben – sooo!«

Der Soldat zog die rechte Hand aus der Tasche und reckte den bis zum Ellenbogen entblößten Arm. Es war ein kräftiger, weißer, mit glänzend goldiger Wolle bewachsener Arm.

»Die Beine, die Brust – alles muß fest sein! Und dann ... der Mann muß auch richtig angezogen sein.

Wie es die Schönheit der Dinge erfordert. Mich haben die Weiber gern. Ich rufe sie nicht, ich locke sie nicht, aber ehe ich mich dessen versehe, hängen ihrer sechse an meinem Hals.«

Er setzte sich auf einen Sack mit Mehl und erzählte lange, wie die Weiber ihn lieb hätten und wie kurz er sie halte. Dann ging er, und als die Tür kreischend hinter ihm zugefallen war, schwiegen wir lange und dachten über seine Geschichten nach. Und mit einemmal fingen wir alle zugleich zu reden an; dabei stellte sich's heraus, daß er uns allen sehr gut gefallen hatte. So ein einfacher frischer Bursche –, war ohne weiteres hereingekommen, hatte sich hingesetzt und geschwatzt. Uns besuchte sonst niemand, keiner redete mit uns so freundschaftlich. Und wir sprachen noch lange von ihm und seinen zu erwartenden Erfolgen bei den Stickerinnen, die, wenn sie uns auf dem Hof begegneten, entweder den Mund verzogen und in einem großen Bogen herumgingen oder gerade auf uns zustampften, als wären wir überhaupt nicht da. Und wir bewunderten sie doch immer, wenn wir sie auf dem Hofe sahen oder wenn sie an unsern Fenstern vorübergingen, im Winter in so netten Mützchen und Pelzjacken, im Sommer in Strohhüten mit Blumen und bunten Sonnenschirmen unterm Arm. Untereinander aber redeten wir von diesen Mädchen so, daß sie, wenn sie das hätten hören können, vor Scham und Zorn rasend geworden wären.

»Wenn er nur nicht auch Tanja ... verdirbt«, sagte plötzlich der Altgeselle mit besorgter Miene.

Wir schwiegen ganz verblüfft. An Tanja hatten wir gar nicht mehr gedacht; es war, als hätte der Soldat mit seiner kräftigen, schmucken Gestalt sie völlig verdeckt. Dann entspann sich ein lärmender Streit: die einen meinten, Tanja werde sich nie dazu hergeben, die andern behaupteten, daß sie dem Soldaten nicht widerstehen könne, wieder andere schlugen vor, dem Soldaten, wenn er Tanja nachstellen würde, alle Rippen entzweizuschlagen. Und zu guter Letzt beschlossen alle, ein scharfes Auge auf den Soldaten und Tanja zu haben und das Mädchen zu warnen, damit sie sich vor ihm in acht nehme. Damit war der Streit erledigt.

Es mochte ein Monat vergangen sein. Der Soldat arbeitete in der Brotbäckerei, bummelte mit den Stickerinnen, sprach öfter in unserer Backstube vor, erzählte aber nie von seinen Eroberungen, sondern zwirbelte nur den Schnurrbart und leckte sich lüstern die Lippen.

Tanja kam jeden Morgen ihre Kringel holen und war wie immer heiter, nett und freundlich. Wir versuchten mit ihr über den Soldaten zu reden; sie nannte ihn das »glotzäugige Kalb«, gab ihm auch noch andere Spottnamen, so daß wir ganz beruhigt waren. Wir waren stolz auf unser Mädel, wenn wir sahen, wie die Stickerinnen dem Soldaten nachliefen. Tanjas Verhalten ihm gegenüber gab uns allen Mut, und wir selbst fingen an, gleichsam ihrem Beispiel folgend, den Soldaten von oben herab zu behandeln. Das Mädchen wurde uns aber noch lieber, und noch freudiger und wohlwollender begrüßten wir sie jeden Morgen.

Doch einmal kam der Soldat etwas angeheitert zu uns. Er setzte sich hin und fing laut zu lachen an. Als wir ihn fragten, was los sei, berichtete er:

»Zweie haben sich meinetwegen geprügelt. Die Lida und die Gruscha. Wie sie einander zugerichtet haben! Hähä! Die eine packt die andere an den Haaren, schmeißt sie auf den Boden, setzt sich rittlings auf sie ... Hahaha!! Ganz zerkratzt sind sie und zerzaust! Es ist zum Totlachen! Warum bloß die Weiber sich nicht ehrlich hauen können? Warum kratzen sie sich immer nur? Hä?«

Er saß auf der Bank, so kräftig, sauber und vergnügt, saß da und lachte unaufhörlich. Wir schwiegen. Uns war er in diesem Augenblick unangenehm.

»Nein, hab ich Glück mit den Weibern, he! Es ist zum Totlachen! Bloß einmal zwinkern, und ich habe sie schon! Teufel nochmal!«

Er streckte die weißen Arme mit der seidigen Behaarung empor und senkte sie wieder, mit den Händen kräftig auf die Kniee klatschend. Er sah uns dabei so freundlich verwundert an, als begriffe er selber nicht, warum er soviel Beifall bei den Weibern fände. Sein dickes, rosiges Gesicht glänzt selbstzufrieden glücklich, und immer wieder leckte er sich lüstern die Lippen.

Unser Altgeselle stieß mit grimmiger Miene die Schaufel kräftig gegen den Ofenrost und sagte plötzlich spöttisch:

»Ein Fichtenbäumchen umreißen, ist nicht schwer, versuch's aber mal mit einer ausgewachsenen Tanne!«

»Sagst du das zu mir?« fragte der Soldat.

»Ja, zu dir.«

»Was meinst du damit?«

»Nichts, es entfuhr mir nur so.«

»Nein, warte mal! Was wolltest du sagen? Was soll die Tanne?«

Der Altgeselle gab keine Antwort. Er arbeitete eifrig mit der Schaufel: kaum hatte er die gekochten Kringel in den Ofen getan, so holte er auch schon die frischgebackenen heraus und warf sie lärmend auf den Boden, wo die Lehrjungen sie auf Bastfäden aufreihten. Er schien den Soldaten und die Auseinandersetzung mit ihm völlig vergessen zu haben. Der Soldat aber wurde mit einemmal unruhig. Er erhob sich und ging auf den Ofen zu, trotz der Gefahr, gegen die hin- und hersausende Schaufel anzurennen.

»Nein, du sollst mir sagen – wen meinst du mit der Tanne? Du hast mich beleidigt. Ich? Mir widersteht keine! Nicht eine! Und du sagst mir so kränkende Worte!«

Er schien in der Tat aufrichtig gekränkt. Er hatte wohl nichts, worauf er stolz sein konnte, außer seinem Erfolg bei den Weibern. Vielleicht war außer dieser Begabung nichts Lebendiges mehr in ihm, und nur sie allein gab ihm das Bewußtsein, daß er noch nicht ganz tot sei.

Es gibt Menschen, für die irgendeine Krankheit der Seele oder des Leibes das einzige ist, was für sie noch Sinn und Wert hat. Sie schleppen sich ihr ganzes Leben damit herum und leben nur davon, leiden nur daran, aber nähren sich von diesem Leiden, beklagen sich bei anderen darüber und erwecken eben dadurch Teilnahme bei ihnen. Man soll sie dafür bemitleiden; sonst aber haben sie nichts mehr. Man nehme ihnen diese Krankheit, mache sie gesund, und sie sind unglücklich, denn sie haben das einzige verloren, was ihrem Leben Halt gab; sie sind dann ganz leer. Manchmal ist das Leben eines Menschen so arm, daß er gezwungen ist, seine Laster zu schätzen und von ihnen zu leben. Man kann wohl sagen, solche Leute seien nur aus Langeweile lasterhaft.

Der Soldat war gekränkt, ging auf den Altgesellen zu und brüllte: »Nein, du sagst mir, wen du gemeinst hast!«

Der Altgeselle drehte sich nach ihm um.

»Soll ich's sagen?«

»Na?«

»Kennst du die Tanja?«

»Na?«

»Na also! Versuch's mal!«

»Ich?«

»Ja, du!«

»Die da? Das macht mir nichts aus!«

»Wollen sehen!«

»Wirst es sehen! Hä!«

»Sie wird dich ...«

»Einen Monat Zeit!«

»Prahlhans!«

»Vierzehn Tage! Ich will's euch zeigen! Was ist sie denn Großes? Die Tanja? Püh!«

»Na, scher dich weg, du störst hier nur!«

»In vierzehn Tagen erledigt! Ach du ...«

»Raus, sage ich!«

Der Altgeselle geriet plötzlich in Wut und hob die Schaufel. Der Soldat wich erstaunt zurück, sah uns an, schwieg einen Augenblick, sagte dann leise und drohend: »Schon gut!« und ging hinaus.

Während des Streites hatten wir interessiert geschwiegen. Als aber der Soldat gegangen war, redeten wir mit einem Male alle lärmend durcheinander.

Einer rief dem Altgesellen zu:

»Das war nicht recht von dir, Pawel.«

»Mach deine Arbeit!« brummte der Altgeselle grimmig.

Wir fühlten, daß der Soldat gereizt war und daß dem Mädchen Gefahr drohte. Wir fühlten das, waren aber zu gleicher Zeit von einer brennenden, angenehmen Neugier erfaßt. Was würde nun geschehen? Würde Tanja dem Soldaten standhalten? Und fast alle riefen überzeugt:

»Tanja! Die hält stand! Die läßt sich mit bloßen Händen nicht greifen!«

Es reizte uns außerordentlich, die Widerstandskraft unserer Göttin auf die Probe zu stellen. Eifrig suchten wir einander zu beweisen, daß sie sehr stark sei und die Prüfung glänzend bestehen würde. Endlich schien es uns, daß wir den Soldaten nicht genügend gereizt hätten, daß er die Worte vergessen könnte und daß wir sein Selbstgefühl aufstacheln müßten. Von diesem Tage an lebten wir ein ganz besonderes, gespannt nervöses Leben, wie wir es noch nie gelebt hatten. Wir debattierten den ganzen Tag, waren alle gescheiter geworden, sprachen mehr und fließender. Es war uns, als spielten wir ein gewagtes Spiel mit dem Teufel, und unser Einsatz wäre Tanja. Und als wir von den Brotbäckern hörten, daß der Soldat »unserer Tanja nachsteige«, wurde uns unheimlich wohlig zumute, und das Leben dünkte uns so interessant, daß wir gar nicht merkten, wie der Meister, unsere Erregtheit nützend, uns täglich vierzehn Pud Teig mehr ausbacken ließ. Wir wurden nicht einmal von der Arbeit müde. Der Name Tanja war den ganzen Tag über in aller Munde. Und jeden Morgen erwarteten wir sie mit größter Ungeduld. Manchmal war es uns, als müßte sie plötzlich als eine ganz andere bei uns eintreten, eine neue, der früheren gar nicht mehr ähnliche Tanja.

Wir sagten ihr aber nichts von der Sache. Wir fragten sie nicht aus und verhielten uns ihr gegenüber nach wie vor freundlich. Aber in unser Verhältnis war etwas Neues hereingekommen, etwas unserem früheren Gefühl für das Mädchen Fremdes. Dieses Neue war eine scharfe Neugier, scharf und kalt, wie eine stählerne Messerklinge.

»Jungens, heute ist die Zeit um!« sagte eines Morgens der Altgeselle, als er an die Arbeit ging.

Wir wußten das auch ohne seinen Hinweis, fuhren aber doch auf.

»Guckt sie ordentlich an, sie muß gleich kommen!« riet der Altgeselle.

Einer rief bedauernd: »Kann man's ihr denn ansehen?«

Und wieder entspann sich ein lauter, lebhafter Streit. Heute sollten wir endlich erfahren, ob das Gefäß, in das wir unser Bestes hineingetan hatten, wirklich ganz sauber und nicht zu beschmutzen war. An diesem Morgen fühlten wir ganz plötzlich und zum erstenmal, daß wir in der Tat ein sehr gewagtes Spiel trieben, daß diese Tugendprobe unserer Göttin sie für uns vernichten konnte. Wir hatten an all diesen Tagen gehört, daß der Soldat das Mädchen hartnäckig verfolgte, doch hatte seltsamerweise keiner von uns sie gefragt, wie sie sich zu ihm verhalte. Sie erschien aber nach wie vor pünktlich jeden Morgen, um ihre Kringel zu holen, und benahm sich nicht anders, als sie sich immer benommen hatte.

Auch an diesem Tage hörten wir bald ihre Stimme:

»Ihr kleinen Sträflinge! Ich möchte ...«

Wir ließen sie sofort ein, aber gegen unsere Gewohnheit begrüßten wir sie, als sie eintrat, mit tiefem Schweigen. Wir starrten sie mit aufgerissenen Augen an und wußten nicht, worüber wir mit ihr reden, wonach wir sie fragen sollten. Eine finstere, stumme Schar, standen wir ihr gegenüber. Sie war über diesen ungewohnten Empfang offenbar erstaunt, – und plötzlich sahen wir, daß sie bleich und unruhig wurde. Sie sah sich erregt nach allen Seiten um und fragte endlich mit gedrückter Stimme: »Was seid ihr denn heut so ...?«

»Na, und du?« warf der Altgeselle grimmig hin, ohne den Blick von ihr zu wenden.

»Was soll ich?«

»Nichts!«

»Na, dann gebt nur fix die Kringel her!«

Früher hatte sie nie Eile gehabt.

»Hast Zeit«, sagte der Altgeselle, ohne sich zu rühren, sie immer noch unverwandt anstarrend.

Da drehte sie sich plötzlich um und verschwand durch die Türe.

Der Altgeselle nahm die Schaufel und sagte ruhig, sich dem Ofen zuwendend:

»Also fertig! Er hat's geschafft, der Soldat, – der Lumpenkerl!«

Wir gingen, einander stoßend und drängend wie eine Hammelherde, zum Tisch, setzten uns schweigend nieder und fingen träge zu arbeiten an.

Bald sagte einer: »Vielleicht ist es noch nicht ...«

»Na, na! Schwatz kein dummes Zeug!« schrie der Altgeselle.

Wir wußten alle, daß er ein kluger Kerl war, klüger als wir alle. Und seine Worte faßten wir als Bestätigung des Sieges des Soldaten auf.

Wir waren betrübt und unruhig.

Um zwölf Uhr, als wir zu Mittag aßen, kam der Soldat. Er war wie immer sauber und geschniegelt und sah uns wie immer ungeniert in die Augen. Uns aber war es peinlich, ihn anzusehen.

»Na, verehrte Herren, wollt ihr sehen, was ein Soldat fertig bringt?« sagte er mit stolzem Lachen. »Dann kommt hinaus auf den Flur und guckt durch die Ritzen! Verstanden!«

Wir gingen hinaus und preßten uns, einer den andern

stoßend und quetschend, an die riesige Bretterwand, die den Flur vom Hof trennte. Bald kam Tanja gegangen, hastig, mit sorgenvoller Miene, über Pfützen von schmelzendem Schnee und Schlamm hüpfend. Sie verschwand hinter der Tür zum Keller. Dann ging der Soldat, ohne Hast, vergnügt vor sich hin pfeifend, denselben Weg. Die Hände staken in den Hosentaschen, die Schnurrbartenden zuckten.

Es regnete, und wir sahen die Tropfen in die Pfützen fallen und Kreise ziehen. Es war ein feuchter, grauer, höchst unfreundlicher Tag. Auf den Dächern lag noch Schnee, auf dem Boden aber waren schon dunkle Schlammflecken sichtbar. Und auch der Schnee auf den Dächern hatte schon eine schmutziggraue Färbung angenommen. Die Regentropfen fielen langsam, ihr Rauschen klang wehmütig. Wir froren, und das Warten war eine Qual.

Zuerst kam der Soldat aus dem Keller. Er ging langsam über den Hof, mit zuckenden Schnurrbartenden, die Hände in den Hosentaschen – wie immer.

Dann kam Tanja. Ihre Augen ... ihre Augen glühten vor Freude und Glück, ihre Lippen lächelten. Sie ging wie eine Schlafwandelnde, schwankend, mit unsicheren Schritten.

Wir konnten das nicht ertragen! Mit einemmal stürzten wir alle zur Tür, stürmten auf den Hof hinaus und pfiffen, brüllten das Mädchen laut, wild, rasend an.

Sie zuckte zusammen, als sie uns erblickte, und blieb wie versteinert im Schmutz stehen. Wir umringten sie und beschimpften sie schadenfroh, unaufhaltsam mit den gemeinsten, schamlosesten Wörtern.

Wir taten das nicht laut und ohne Hast, denn wir sahen, daß sie nicht fliehen konnte. Wir hatten einen

engen Kreis um sie geschlossen und konnten unser Mütchen an ihr kühlen, solange wir wollten. Ich weiß nicht, warum wir sie nicht schlugen. Sie stand in der Mitte des Kreises und drehte den Kopf bald nach der einen, bald nach der anderen Seite. Aber von überallher kamen die gleichen Beschimpfungen und Beleidigungen. Immer maßloser, immer heftiger bewarfen wir sie mit dem Schmutz und Gift unserer Worte.

Sie wurde ganz bleich. Die blauen Augen, die eben noch so glücklich gestrahlt hatten, taten sich weit auf, die Brust atmete schwer, die Lippen zitterten.

Wir aber standen um sie herum und nahmen Rache an ihr, denn sie hatte uns bestohlen. Sie hatte uns gehört, wir hatten ihr unser Bestes gegeben, und wenn dieses Beste auch Bettlerbrocken waren, so waren wir doch sechsundzwanzig, und sie war allein, und darum konnten wir ihr keine Qual bereiten, die groß genug gewesen wäre, um ihre Schuld zu sühnen ... Wie haben wir sie beschimpft!

Sie aber schwieg, bebte am ganzen Leibe und sah uns mit irren Augen an.

Wir lachten, brüllten, grunzten. Es kamen noch mehr Leute heran.

Einer von uns packte Tanja am Ärmel.

Plötzlich flammten ihre Augen auf. Sie hob langsam die Hände empor, strich ihr Haar zurecht und sagte langsam, aber ruhig uns gerade ins Gesicht: »Ach – ihr unglückseligen Sträflinge!!«

Und dann ging sie auf uns zu, ganz einfach, als stünden wir gar nicht um sie herum, als versperrten wir ihr gar nicht den Weg. Und daher wagte es in der Tat keiner von uns, ihr in den Weg zu treten.

Und als sie aus unserm Kreise heraus war, sagte sie,

ohne sich nach uns umzuwenden, ebenfalls laut, stolz und verächtlich: »Ach ... ihr Gesindel ... ihr Luder!«

Und verschwand, aufrecht, stolz und schön.

Wir aber standen mitten im Hofe, im Schmutz und Regen, unter dem grauen, sonnenlosen Himmel.

Dann gingen auch wir schweigend zurück in unsere feuchte Steingrube. Wie früher schaute die Sonne nie in unsere Fenster herein, und Tanja erschien nie wieder bei uns!

Der Landstreicher

Wie ich ihn traf

... An den Zäunen entlang, die sich mir in der Dunkelheit in den Weg stellten, stapfte ich mutig durch tiefe Lehmpfützen von einem Fenster zum andern, klopfte schüchtern mit dem Fingerknöchel an die Scheiben und sagte meinen Spruch: »Ein armer Reisender bittet um ein Nachtlager.«

Als Antwort wurde mir geraten, zu den Nachbarn, ins Gemeindehaus oder auch zum Teufel zu gehen; an einem Fenster wollte man die Hunde auf mich hetzen, an einem anderen drohte mir wortlos, aber vielsagend eine riesige Faust; eine Frau schrie mich an:

»Geh, mach, daß du fortkommst, solange du noch heile Knochen hast! Mein Mann ist zu Hause ...«

Ich schloß daraus, daß sie offenbar nur in Abwesenheit ihres Mannes nächtliche Gäste aufnahm. Schade, daß er zu Hause war ... Ich ging zum nächsten Fenster.

»Liebe Leute, kann ein armer Reisender bei euch ein Nachtlager bekommen?«

Mir wurde freundlich geantwortet:

»Gott sei mit dir, – geh weiter!«

Und dabei war das Wetter scheußlich! Es fiel ein feiner, kalter Regen, und die schmutzige Erde war in tiefe Dunkelheit gehüllt. Von Zeit zu Zeit fuhr ein plötzlicher Windstoß daher, er pfiff klagend in den Zweigen der Bäume, rauschte in dem nassen Stroh der Dächer und weckte noch viele andere traurige Töne, – eine schwermütige Melodie aus Seufzern und Klagelauten, die das dunkle Schweigen der Nacht unterbrach.

Die Menschen, die diesem trübseligen Präludium zu dem bitterernsten Liede, das man Herbst nennt, unter ihren Strohdächern lauschten, waren wohl schlecht gelaunt darüber und wollten mich deshalb nicht aufnehmen. Ich versuchte lange Zeit gegen diesen Widerstand anzukämpfen, aber sie wehrten sich standhaft, und endlich verlor ich die Hoffnung auf ein Nachtlager unter einem Dach. Ich ging aus dem Dorfe hinaus in die Felder, um dort vielleicht einen Heuschober oder Strohdiemen zu finden, obgleich mich nur ein Zufall in dieser dichten und drückenden Finsternis hätte darauf führen können.

Da sehe ich plötzlich drei Schritt vor mir etwas aufragen das groß und noch dunkler als die Nacht selber ist. Ich gehe darauf zu und errate: es ist ein Kornspeicher. Diese Kornspeicher stehen nicht unmittelbar auf dem Boden, sondern auf Pfosten oder Steinpfeilern; zwischen den Dielen des Speichers und dem Erdboden ist ein Luftraum, in dem ein anständiger Mensch ganz bequem Platz findet – man braucht sich bloß auf den Bauch zu legen und darunter zu kriechen.

Offenbar wollte das Schicksal, daß ich in dieser Nacht nicht nur ein Dach, sondern auch noch einen Fußboden über dem Kopfe haben sollte. Sehr zufrieden damit, kroch ich auf der trockenen Erde weiter und suchte mit Brust und Hüften nach einem bequemen Platz zum Liegen. Da plötzlich tönte aus der Dunkelheit eine ruhig warnende Stimme:

»Bitte, etwas mehr links, Verehrtester!«

Das kam wahrhaftig unerwartet.

»Wer ist da?« fragte ich.

»Ein Mensch. Und er hat auch einen Knüppel!«

»einen Knüppel habe ich auch.«

»Auch Streichhölzer?«

»Ja, ich habe auch Streichhölzer.«

Ich sah nicht ein, wieso das gut sein sollte, denn meiner Meinung nach wäre es mir erst gut gegangen, wenn ich ein Stück Brot und Tabak gehabt hätte und nicht bloß Streichhölzer.

»Im Dorf lassen sie einen wohl nicht übernachten?« fragte die unsichtbare Stimme.

»Nein, sie nehmen keinen auf«, sagte ich.

»Mich haben sie auch nicht aufgenommen.«

Das war sicher – wenn er überhaupt um Nachtlager gebeten hatte. Vielleicht hatte er sich aber gar nicht darum bemüht, sondern war hier unter den Speicher gekrochen, um den geeigneten Augenblick für irgendein gewagtes Stückchen abzuwarten, für das der Deckmantel der Nacht unbedingt erforderlich war. Nun ist ja freilich jede Arbeit Gott wohlgefällig, dennoch beschloß ich für alle Fälle, meinen Knüppel fester zu fassen.

»Sie haben mich nicht aufgenommen, die Schufte!« wiederholte die Stimme. »Die Saubande! Bei gutem Wetter lassen sie einen ein, aber an Tagen wie heute – da kann man ihnen was vorheulen –, sie rühren sich nicht!«

»Wo gehen Sie hin?« fragte ich.

»Nach ... Nikolajew. Und Sie?«

Ich sagte ihm, wohin ich wollte.

»Wir haben also denselben Weg. Na, dann stecken Sie doch mal ein Streichholz an, ich möchte rauchen.«

Die Streichhölzer waren feucht; ich rieb sie sehr lange und ungeduldig an den Brettern über meinem Kopf.

Endlich leuchtete ein kleines Flämmchen auf, und aus der Dunkelheit blickte ein bleiches Gesicht mit einem dichten schwarzen Bart.

Die großen klugen Augen sahen mich spöttisch an, dann blitzten unter dem Schnurrbart zwei Reihen weißer Zähne, und der Fremde sagte zu mir:

»Wollen Sie auch was zu rauchen haben?«

Das Streichholz erlosch. Ich rieb ein neues an, und bei seinem Lichte betrachteten wir einander noch einmal gründlich, worauf mein Schlafgenosse entschieden erklärte: »Ich glaube, wir brauchen uns gegenseitig nichts vorzumachen – nehmen Sie eine Zigarette!«

Er hielt selbst bereits schon eine zwischen den Zähnen, und ihre Glut beleuchtete allmählich sein Gesicht mit einem schwachen rötlichen Schein. Um die Augen und auf der Stirn des Mannes zeigten sich viele tiefe feine Falten. Vorher, beim Schein des Streichhölzchens, hatte ich bemerkt, daß er mit den Resten eines alten, wattierten Mantels bekleidet war. Als Gürtel diente ihm ein Strick, und an den Füßen trug er Schuhe, die aus einem einzigen Stück Leder geschnitten waren – »Porschni« nennt man diese Schuhe im Dongebiet.

»Sind Sie Pilger?« fragte ich.

»Ja, ich bin unterwegs. Und Sie?«

»Ich auch.«

Er drehte sich herum, und dabei klirrte etwas Metallisches – offenbar ein Teekessel oder ein Blechnapf, dieses unentbehrliche Attribut der Pilger an geweihten Stätten. In seiner Art zu sprechen, war jedoch keine Spur von der kriecherischen Salbung, die den Pilger stets verrät; seine Rede war frei von der bei den frommen Bettlern unvermeidlichen heuchlerischen Feierlichkeit, und bis jetzt war noch kein frommer Seufzer oder Bibelspruch über seine Lippen gekommen. Überhaupt sah er nicht aus wie ein Berufswallfahrer, die schlimmste Sorte unter den Vertretern des »wandernden Rußland«, – schlimm vor allem in Hinblick auf ihre moralischen Qualitäten und die Unmenge von Schwindel und Aberglauben, womit diese Menschen das geistig hungernde, immer sehnsüchtige Landvolk verseuchen. Übrigens ging mein neuer Bekannter auch nach Nikolajew, wo es weder Heilige noch Reliquien gibt.

»Wo kommen Sie her?« fragte ich.

»Aus Astrachan.«

In Astrachan gibt es auch keine Reliquien. Ich fragte ihn daher: »Sie gehen also ›von Meer zu Meer‹, und nicht zu den heiligen Stätten?«

»Ich besuche auch die Wallfahrtsorte. Warum soll man nicht auch dorthin gehen? Ich tue das sogar sehr gern. Da kriegt man immer gut zu essen, besonders wenn man sich mit den Mönchen anfreundet. Unsereiner ist bei ihnen sehr geschätzt, weil er so vielerlei Abwechslung in ihr Leben bringt. Und wie stehen Sie dazu?«

Ich erklärte ihm meinen Standpunkt.

»Es sind nahrhafte Plätze. Und wo kommen Sie her?«

Ich gab Bescheid.

»Aha! Das ist ein weiter Weg! Stecken Sie doch ein Streichholz an, wir wollen noch ein bißchen rauchen. Wenn man raucht, kommt es einem etwas wärmer vor.«

Es war wirklich recht kalt; der Wind pfiff boshaft zu uns herein, und unsere Kleider waren naß.

»Vielleicht haben Sie Hunger? Ich habe Brot, Kartoffeln und zwei gebratene Krähen ... Mögen Sie was davon?«

»Krähen?« fragte ich neugierig.

»Essen Sie keine Krähen? Da tun Sie sehr unrecht.«

Er schob mir ein großes Stück Brot hin.

»Ich habe noch nicht versucht, wie sie schmecken.«

»Da, probieren Sie mal! Jetzt im Herbst sind sie ausgezeichnet. Und dann – es ist viel angenehmer, eine Krähe zu essen, die man sich selbst geangelt hat, als Brot und Speck, die einem der liebe Nächste aus dem Fenster seines Hauses reicht, – ich möchte jedesmal, wenn ich so ein Almosen annehmen muß, hinterher das Haus anzünden.«

Er sagte das ganz ruhig, sachlich und überlegt. Die Verwendung von Krähen als Nahrungsmittel war mir neu, aber es wunderte mich nicht weiter: ich wußte, daß die Hafenarbeiter in Odessa im Winter Ratten aßen, in Rostow aßen sie Schnecken. Was ist daran Verwunderliches? Während der Belagerung aßen sogar die Einwohner von Paris mit Wonne das scheußlichste Zeug, und es gibt Leute, deren Leben immer einen Belagerungszustand darstellt.

»Wie fangen Sie denn die Krähen?« erkundigte ich mich.

»Nicht mit dem Munde, natürlich! Man kann sie mit einem Stein oder Knüppel totwerfen, sicherer ist es aber, sie zu angeln. Man bindet ein Stück Speck oder Fleisch oder eine Brotrinde an einen langen Bindfaden. Die Krähe schnappt danach, verschluckt es, und – schon hat man sie. Dann dreht man ihr den Hals um, rupft sie, nimmt sie aus und brät sie, auf einen Stock gespießt, am Feuer.«

»Schön wär's jetzt, an einem Feuerchen zu sitzen«, seufzte ich.

Die Kälte wurde immer fühlbarer. Der Wind selber schien zu frieren: sein Winseln an den Wänden des

Speichers klang zitterig und erbärmlich, wie die Stimme eines alten Mannes. Von Zeit zu Zeit trug er das Heulen eines Hundes mit herüber, das Krähen eines Hahnes oder den trübseligen Glockenschlag der Dorfkirche, die in der Dunkelheit unsichtbar war. Die Regentropfen fielen schwer vom Dache des Speichers auf den nassen Boden.

»Es ist langweilig, so stumm dazuliegen«, sagte mein Schlafgenosse.

»Zum Reden ist es zu kalt«, meinte ich.

»Na, so stecken Sie doch Ihre Zunge in die Tasche, vielleicht wird sie dann wärmer.«

»Danke für den guten Rat.«

»Wollen wir morgen zusammen gehen? Wir haben ja denselben Weg.«

»Mir ist's recht.«

»Dann müssen wir uns wohl vorstellen – ich bin also der Edelmann Pawel Ignatjew Promtow.«

Ich stellte mich gleichfalls vor.

»So so ... Dann muß ich weiter fragen: wie sind Sie auf diesen bösen Pfad geraten? Aus Liebe zum Schnaps vielleicht?«

»Aus Lebensüberdruß ...«

»Ja, das kann wohl auch ein Grund sei. Kennen Sie ein gewisses amtliches Dokument, genannt: Fahndungsblatt?«

»Allerdings.«

»Ist auch Ihr Name dort zu finden?«

Mein Name war zu jener Zeit noch nirgends gedruckt. Ich teilte ihm dies mit.

»Ich stehe auch noch nicht drin ...«

»Hoffen aber hineinzukommen?«

»Bei Gott ist kein Ding unmöglich!«

»Sie scheinen ein recht vergnügter Herr?«

»Warum sollte ich traurig sein?«

»In Ihrer Lage würde wohl nicht jeder das sagen«, bezweifelte ich die Aufrichtigkeit seiner Worte.

»Meine Lage? Na ja, es ist naß und kalt, aber das ändert sich ja mit dem Morgen. Wenn die Sonne kommt – und sie muß doch kommen! –, dann kriechen wir hier heraus und trinken Tee und essen und werden wieder warm – ist das nicht schön?«

»O ja!« gab ich zu.

»Na sehen Sie! Alles Schlimme hat seine guten Seiten.«

»Und alles Gute seine schlechten.«

»Amen!« sagte Promtow feierlich wie ein Priester.

Wahrhaftig, seine Heiterkeit steckte mich an! Ich bedauerte, daß ich sein Gesicht nicht sehen konnte; nach der Modulationsfähigkeit seiner Stimme zu schließen, mußte es ein reiches Mienenspiel zeigen. Wir unterhielten uns lange über allerlei Nichtigkeiten, hinter denen sich bei uns beiden der Wunsch verbarg, Näheres voneinander zu erfahren, und ich war im stillen entzückt über die Gewandtheit, mit der er, ohne sich selbst zu verraten, mich zwang, mich vor ihm auszusprechen.

Während wir uns so friedlich unterhielten, hatte der Regen aufgehört, und die Dunkelheit war langsam im Schwinden; im Osten schimmerte schon ein zarter rosiger Streifen des kommenden Tages. Mit dem Frühlicht kam auch die Morgenkühle, die so erfrischend und angenehm ist, wenn man trockene und warme Kleider am Leibe hat.

»Gibt es denn hier nichts zum Feueranmachen – keine trockenen Späne?« fragte Promtow.

Wir krochen unter dem Speicher hin und her, fanden aber nichts. Wir beschlossen daher, ein Brett loszureißen, das nicht ganz fest angenagelt war. Als dieses geschehen war, verwandelten wir es in Späne. Darauf schlug Promtow vor, zu versuchen, ob wir nicht doch ein Loch in den Boden des Speichers bohren könnten, um etwas Korn zu bekommen, denn Korn, in Wasser gekocht, gäbe ein ausgezeichnetes Essen. Ich protestierte und erklärte, das sei unmöglich: wir würden aus dem Speicher mehrere Zentner Korn auslaufen lassen, nur um ein paar Pfund davon zu verbrauchen.

»Was kümmert Sie das?« fragte Promtow.

»Ich habe sagen hören, man müsse vor fremdem Eigentum Achtung haben.«

»Mein Lieber, das muß man nur dann, wenn man selber was hat, – und auch nur darum, weil das, was man hat, dann für jeden anderen auch fremdes Eigentum ist.«

Ich schwieg und dachte mir dabei, dieser Mann müsse wohl in Eigentumsfragen ziemlich großzügig sein, und die Annehmlichkeiten dieser Bekanntschaft hätten auch ihre Schattenseiten.

Bald erschien die Sonne strahlend und heiter. Blaue Stückchen Himmel blickten durch die Wolkenfetzen hindurch, die langsam und müde nach Norden abzogen. Promtow und ich krochen unter dem Speicher hervor und gingen durch die Felder, über struppige Kornstoppeln auf einen grünen gewundenen Baumstreifen zu, der in der Ferne schimmerte.

»Dort ist der Fluß«, sagte mein Kamerad.

Ich konnte ihn nun genauer betrachten. Er mochte vierzig Jahre alt sein. Das Leben schien ihn nicht eben sanft angefaßt zu haben. Seine dunklen, tiefliegenden

Augen blickten ruhig und selbstsicher; wenn er sie aber ein wenig zusammenkniff, bekam sein Gesicht einen harten und listigen Ausdruck. Sein fester und rascher Schritt, der lederne Ranzen, den er auf dem Rücken trug, seine ganze Gestalt verrieten, daß er seit langem an das Leben der Landstraße gewöhnt war. Es war die Erfahrung des Wolfes und die Verschlagenheit des Fuchses, die aus seinem Gehaben sprach.

»Wir wollen so gehen«, sagte er, »gleich hinter dem Fluß, vielleicht sechs Werst von hier, liegt das Dorf Mansheleja, und von da führt ein gerader Weg nach Nowaja Praga. Um diesen Flecken herum wohnen Stundisten, Baptisten und ähnliche fromme Schwärmer. Sie füttern einen ausgezeichnet, wenn man ihnen etwas Erbauliches erzählt. Nur nicht aus der Heiligen Schrift! In der Bibel kennen sie sich zu gut aus.«

Wir machten uns einen Lagerplatz in der Nähe einer Weidengruppe, sammelten Steine, die in Mengen am Ufer des vom Regen lehmig getrübten Flüßchens lagen, und machten auf diesen Steinen ein Feuer an. Etwa zwei Werst hinter uns auf dem Hügel lag das Dorf, und die Strohdächer schimmerten goldigrot im Morgenlichte. Hinter den weißgetünchten Hütten ragten die spitzen Pyramiden der Pappeln auf, die in den Farben des Herbstes und der Morgensonne leuchteten. Aus den Schornsteinen zog grauer Rauch über die Pappeln hin und verschleierte die goldenen und braunen Farbtöne des Laubwerkes und den zartblauen Himmel dazwischen.

»Ich will mal baden«, erklärte Promotow. »Nach einer so schlecht verbrachten Nacht ist das unbedingt nötig. Ich rate es Ihnen auch. Während wir uns erfrischen, kommt das Teewasser zum Kochen. Wissen Sie, man muß dafür sorgen, daß unser äußerer Adam immer sauber und frisch bleibt.«

Während er sprach, zog er sich aus. Sein Körper war rassig und schön gebaut, mit kräftigen, gut entwickelten Muskeln. Und als ich ihn nackt sah, schienen mir die schmutzigen Lumpen, die er abgeworfen hatte, doppelt verabscheuenswert und widerlich. Nach einem raschen Bad in dem beißend kalten Wasser des Flusses sprangen wir, zitternd und blau vor Frost, ans Ufer und zogen rasch unsere am Feuer erwärmten Kleider wieder an. Dann setzten wir uns ans Feuer und tranken Tee.

Promtow hatte einen blechernen Trinkbecher; er füllte ihn mit heißem Tee und bot ihn mir zuerst an. Aber irgendein boshafter Teufel, der unsereinem gern einen Schabernack spielt, schlug eine falsche Saite in meinem Herzen an und ließ mich großmütig erklären: »Danke! Trinken Sie doch zuerst, ich kann warten.«

Ich sagte das in der festen Überzeugung, Promtow würde sich mir unbedingt an Großmut und Höflichkeit überlegen zeigen wollen; ich hätte dann nachgegeben und zuerst getrunken. Er sagte aber nur: »Na, meinetwegen.« Und setzte den Becher an den Mund.

Ich wandte mich ab und blickte angespannt in die einsame Steppe hinaus, um vor Promtow den Anschein zu erwecken, als merkte ich nicht, wie boshaft seine schwarzen Augen mich verhöhnten. Er aber trank seinen Tee und kaute sein Brot mit qualvoller Langsamkeit, genießerisch schmatzend. Mein ganzes Eingeweide zitterte vor Kälte; ich wäre bereit gewesen, mir das heiße Teewasser in die hohle Hand zu gießen.

»Nicht wahr«, lachte Promtow, »es ist nicht vorteilhaft, das Vornehmsein?«

»O weh!« sagte ich.

»Na, wenn Sie es einsehen, ist es ja gut! Lassen Sie sich das als Lehre dienen … Wozu einem andern etwas abtreten, was einem selbst angenehm und nützlich ist? Man sagt ja wohl, alle Menschen seien Brüder, aber es hat noch niemand versucht, das urkundlich zu beweisen.«

»Denken Sie wirklich so?«

»Warum sollte ich etwas anderes sagen, als was ich wirklich denke?«

»Wissen Sie, jeder Mensch, wer er auch sei, steht gern ein bißchen Pose.«

»Ich begreife nicht, wodurch ich dieses Mißtrauen hervorgerufen habe«, – der Wolf zuckte die Achseln – »vielleicht weil ich Ihnen Brot und Tee angeboten habe? Das tat ich nicht aus brüderlichem Mitgefühl, sondern aus Neugierde. Ich sehe da einen aus seinem Gleis geworfenen Menschen und möchte wissen, wie es so weit mit ihm gekommen ist.«

»Das möchte ich auch gerne wissen! Sagen Sie: wer oder was sind Sie eigentlich?«

Er sah mich forschend an und sagte dann nach einer Pause: »Der Mensch weiß nie genau, wer er eigentlich ist. Man muß fragen, wer er zu sein glaubt.«

»Vielleicht.«

»Also: ich glaube ich bin ein Mensch, dem das Leben nicht weit genug ist. Das Leben ist eng, und ich bin weit. Vielleicht stimmt das auch nicht. Aber es gibt in der Welt eine Art Menschen, die wahrscheinlich vom Ewigen Juden abstammen. Ihre Eigentümlichkeit besteht darin, daß sie nirgends einen festen Platz finden, an dem sie Wurzel schlagen können. In ihrem Inneren lebt ein ruheloses Sehen nach etwas Neuem – die Kleinen unter ihnen können nie eine Hose nach ihrem Geschmack finden und sind darum ewig unzufrieden und unglücklich; den Großen kann überhaupt nichts genügen, weder Geld noch Frauen noch Ehre. Solche Menschen sind unbeliebt in der Welt: sie sind streitlustig und schwierig zu behandeln. Die meisten Menschen sind ja Dutzendware –, Groschenstücke, die sich nur durch das Jahr der Prägung unterscheiden. Der eine ist etwas abgegriffener, der andere noch blank, aber sie gelten alle dasselbe, sind aus demselben Stoff gemacht, sind sich alle zum Übelwerden ähnlich. Ich aber bin kein Groschenstück, wenn ich vielleicht auch nur ein Fünfer bin. Na also, – da haben Sie's.«

Er sagte das alles mit spöttischem Lächeln, und mir schien es, als glaubte er es selber nicht. Aber er weckte in mir ein brennendes Interesse, und ich beschloß, so lange mit ihm zusammenzugehen, bis ich erfahren hätte, wer er sei. Es war klar, daß er ein sogenannter »intelligenter« Mensch war. Es gibt deren viele unter den Landstreichern, aber sie alle sind geistig tot, haben alle Selbstachtung verloren, haben kein Urteil über sich selbst und sinken von Tag zu Tag tiefer in Schmutz und Schande hinein; schließlich gehen sie darin unter und verschwinden aus dem Leben.

Promtow dagegen hatte etwas Festes, Entschlossenes. Er klagte auch nicht über das Leben, wie alle anderen es taten.

»Na, gehen wir weiter!« schlug er vor.

»Gehen wir!«

Wir erhoben uns, neu gestärkt und erwärmt von der Sonne und dem Tee, und gingen am Flußufer entlang stromab.

»Wovon leben Sie unterwegs?« fragte ich Promtow. »Arbeiten Sie?«

»Arbeiten? Nein, dafür bin ich gar nicht!«

»Wie denn?«

»Das werden Sie gleich sehen!«

Er schwieg. Nach einiger Zeit fing er an, durch die Zähne eine lustige Melodie zu pfeifen. Seine Augen blickten scharf und selbstsicher in die Steppe hinaus, und er ging mit festen Schritten, wie ein Mensch, der ein klares Ziel vor sich hat.

Ich sah ihn an, und mein Wunsch, zu erfahren, mit wem ich es zu tun hatte, wurde immer stärker.

Um uns war die stille einsame Steppe, über uns strahlte freundlich die Sonne des Südens, wir atmeten mit voller Lunge die reine, erfrischende Morgenluft ein und marschierten hinaus in die Weite, auf den Horizont zu, wo die letzten Wolken sich auftürmten zu einem malerischen Chaos von Farben und Formen.

Als wir die Dorfstraße erreicht hatten, fuhr uns plötzlich irgendwoher ein kleiner Hund um die Beine und hüpfte mit lautem Gekläff um uns herum. Jedesmal, wenn man ihn ansah, sprang er wie ein Gummiball mit ängstlichem Aufwinseln zur Seite, um sich gleich darauf wieder mit erbostem Gebelfer auf uns zu stürzen. Seine Genossen kamen dazugelaufen, aber sie waren nicht durch solchen Pflichteifer ausgezeichnet wie er –, sie blafften zwei-, dreimal und verschwanden wieder. Ihre Gleichgültigkeit schien den kleinen, rotborstigen Köter nur noch mehr aufzuregen.

»Sehen Sie diese feige Kreatur«, sagte Promtow, mit dem Kopf auf den sich ereifernden Köter deutend, »dabei lügt er doch. Er weiß genau, daß das Kläffen ganz sinnlos ist, und er ist in Wirklichkeit auch gar nicht bösartig. Aber er ist feige und will sich bei seinem Herrn beliebt machen. Ein echt menschlicher Zug und sicher auch von Menschen anerzogen. Die Menschen verderben die Tiere. Bald kommt eine Zeit, wo auch die Tiere so unaufrichtig und feige sein werden, wie Sie oder ich.«

»Danke«, sagte ich.

»Keine Ursache! Aber jetzt muß ich mal nach Beute ausschauen.« Auf seinem ausdrucksvollen Gesicht erschien eine kummervolle Miene, die Augen wurden stumpf, die ganze Gestalt sank in sich zusammen, und seine Lumpen standen gesträubt vom Körper ab, wie die Flossen eines Barsches.

»Ich muß mich mit der Bitte um mein tägliches Brot an die lieben Nächsten wenden«, erklärte er mir und begann aufmerksam in die Fenster der Häuser zu schauen.

Vor einer Hütte stand eine Frau und gab ihrem Kinde die Brust. Promtow verneigte sich vor ihr und sagte bittend: »Gute Frau, gebt ein paar armen Pilgern ein Stückchen Brot!«

»Nichts für ungut«, – die Frau sah uns mißtrauisch an und schüttelte den Kopf.

»Daß dir die Milch in der Brust sauer werde, du verfluchtes Weibstück!« fluchte mein Begleiter.

Die Frau schrie auf, wie von einer Schlange gebissen, und stürzte auf uns los.

»Ihr ... ihr ...«

Ohne sich vom Fleck zu bewegen, sah Promtow sie durchdringend aus seinen schwarzen Augen an. Sein Ausdruck war unheimlich und drohend. Die Frau wurde blaß, fuhr zusammen und lief rasch ins Haus, etwas Unverständliches vor sich hin murmelnd.

»Kommen Sie!« sagte ich zu Promtow.

»Warten Sie noch einen Augenblick, sie bringt uns gleich Brot.«

»Sie schickt uns ihren Mann mit der Mistgabel!«

»Haben Sie eine Ahnung«, lachte der alte Wolf spöttisch.

Er hatte recht: die Frau erschien wieder mit einem halben Laib Brot und einem gehörigen Stück Speck in der Hand. Ohne ein Wort zu sagen, verneigte sie sich tief vor Promtow und sagte dann bittend:

»Nehmt hin, frommer Mann, und seid mir nicht mehr böse!«

»Gott schütze dich vor dem bösen Blick, Zauberei und Fieber!« gab Promtow ihr feierlich zurück. Dann gingen wir weiter.

»Hören Sie«, sagte ich, als die Hütte weit hinter uns lag, »was haben Sie für eine, hm – sonderbare ... um nicht mehr zu sagen ... Methode zu betteln?«

»Die allersicherste Methode! Wenn man so ein Bauernweib ordentlich mit den Augen anblitzt, hält sie einen für einen Zauberer, kriegt Angst und bringt nicht nur Brot, sondern die ganze Futterkiste ihres Mannes, wenn's sein muß! Warum soll ich betteln und vor ihr demütig tun, wenn ich befehlen kann? Ich habe immer gedacht, daß geraubtes Gut besser ist als geschenktes. Aber natürlich, wenn man nicht rauben kann, muß man bitten.«

»Und ist es nie vorgekommen, daß es statt Brot ...«

» ... Prügel gegeben hat? Nein! Die sollen sich vorsehen! Da habe ich einen Zauberzettel bei mir, mein Lieber, wenn ich den Bauern den zeige, dann ist er mein Sklave! Wollen Sie sehen?«

Ich nahm das ziemlich schmutzige und zerknitterte Blatt Papier in die Hand: es war ein Ausweis, lautend auf den Namen des »auf Anordnung der Administrativbehörden aus Petersburg ausgewiesenen Pawel Ignatjew

Promtow«, gültig für die Reise von Astrachan nach Nikolajew. Das Papier war von der Polizeibehörde in Astrachan abgestempelt und vorschriftsgemäß unterschrieben.

»Ich verstehe bloß nicht«, sagte ich, das wichtige Dokument dem Eigentümer zurückgebend, »wieso Sie, wenn Sie von der Petersburger Behörde ausgewiesen sind, aus Astrachan kommen?«

Er lachte, und sein ganzes Gesicht drückte das Bewußtsein seiner Überlegenheit aus.

»Das ist doch ganz einfach: überlegen Sie mal – man weist mich aus Petersburg aus und stellt mir die Wahl eines neuen Wohnorts frei, mit gewissen Ausnahmen natürlich. Ich gebe, sagen wir, Kursk als Wohnort an. Ich komme nach Kursk und gehe auf die Polizeibehörde: habe die Ehre, mich vorzustellen! Die Kursker Behörden empfangen mich nicht gerade liebenswürdig: sie haben von ihren eigenen Sorgen die Nase voll! Sie meinen, sie hätten einen Halunken vor sich, und zwar einen sehr raffinierten Halunken, wenn man ihm in Petersburg weder mit Gewalt noch mit den Paragraphen des Gesetzes hatte beikommen können, sondern, um ihn loszuwerden, die oberste Verwaltungsbehörde hat bemühen müssen. Und man ist immer froh, mich irgendwohin abschieben zu können, meinetwegen kopfüber in den Mühlteich! In dieser schwierigen Lage komme ich nun, aus reiner Menschenliebe, den Leuten zu Hilfe. Da ich, sage ich, meinen Wohnort selbst wählen darf, so wäre es ihnen vielleicht angenehm, wenn ich noch einmal wählte! Sie sind glücklich, mich loszuwerden! Ich erkläre also, ich sei bereit, den Umkreis ihrer Verantwortlichkeit für die Unverletzlichkeit von Personen und Sachgütern zu verlassen, – aber für dieses

Entgegenkommen müsse ich natürlich etwas für die Reise bekommen. Man gibt mir fünf oder zehn Rubel, je nach Charakter und Laune, bald mehr, bald weniger, – immer aber tut man es gerne. Es ist doch angenehmer, fünf Rubel herzugeben, als durch meine Person einen neuen Grund zur Beunruhigung zu erwerben, nicht wahr?«

»Vielleicht«, sagte ich.

»Gewiß ist es so! Und sie besorgen mir ein Papier, das sich von einem gewöhnlichen Reisepaß wesentlich unterscheidet. In dem Aussehen dieses Papieres liegt nun seine magische Gewalt. Es steht darin: reist auf Anordnung der Pe-ters-bur-ger Ad-mi-ni-stra-tiv-be-hör-den!! Oh, ich zeige es dem Dorfschulzen, der wie gewöhnlich dumm ist wie ein alter Stiefel, und er versteht keinen Teufel davon! Ich sage zu ihm: auf Grund dieses Papiers mußt du mir ein Nachtlager verschaffen. Er tut es. Du mußt mir zu essen geben. Er füttert mich satt. Er kann nicht anders, denn im Papier steht: auf Anordnung der Petersburger Administrativbehörden! Weiß der Teufel, was das ist: ›Administrativ‹? Vielleicht bedeutet das: er reist zu geheimen Untersuchungen über ihre Hausindustrie: Falschmünzerei, geheime Branntweinbrennerei, Schmuggel mit geistigen Getränken! Oder – ob auch die orthodoxe Kirche regelmäßig besucht wird? Oder vielleicht hat es mit dem Besitzrecht an Grund und Boden was zu tun? Wer kann sich da durchfinden? Was heißt: auf Anordnung der Petersburger Administrativbehörde? Vielleicht bin ich auch ein verkleidetes großes Tier ... die Bauern sind dumm, – was wissen die schon?«

»Ja, sie wissen nicht viel«, sagte ich.

»Und das ist sehr gut so«, erklärte Promtow lebhaft

und mit Überzeugung, »so muß es auch sein, und gerade so, wie er ist, ist der Bauer für uns alle so unentbehrlich wie die Luft, die wir atmen. Denn was ist der Bauer? Der Bauer ist für alle Menschen die Grundlage ihrer Ernährung, das heißt ein eßbares Haustier. Sehen Sie zum Beispiel mich an: könnte ich auf dieser Welt existieren ohne den Bauern? Zum Leben des Menschen unentbehrlich sind Wasser, Sonne, Luft und der Bauer!«

»Und das Land!«

»Wenn Bauern da sind, dann ist auch Land da! Man braucht ihm nur zu befehlen: ›Heda, schaffe Land!‹ Und es ward Land! Er kann nicht anders als gehorchen!«

Er schwatzte gern, dieser fröhliche Landstreicher! Wir waren längst aus dem Dorf hinaus, waren an zahlreichen Einzelhöfen vorbeigekommen, und schon stand vor uns ein zweites Dorf, das in gelbem Herbstlaub fast ertrank. Promtow plapperte vergnügt wie ein Zeisig, und ich hörte ihm zu und dachte nach über den Bauern und diese neue Art des Schmarotzers, der von dem schattenhaften Wohlstand des Bauern zehrte. Wann wird der Bauer für alles Böse, das man ihm so überreichlich antut, durch etwas Gutes entschädigt werden? Da geht neben mir ein Erzeugnis der Stadt, ein gescheiter und rücksichtsloser Weltwanderer, der von den Lebenssäften des Bauern lebt, ein Wolf, der sich seiner Raubtiernatur bewußt ist ...

»Erlauben Sie mal«, fiel mir plötzlich ein, »die Umstände, unter denen wir uns hier trafen, lassen mich die Wirkung Ihres Papieres ernstlich bezweifeln. Wie erklären Sie das?«

»Ach so!« lachte Promtow. »Sehr einfach: Ich bin hier schon öfter durchgekommen; und wissen Sie, manchmal ist es nicht angebracht, die Leute an sich zu erinnern.«

Seine Aufrichtigkeit gefiel mir. Aufrichtigkeit ist immer eine gute Eigenschaft, und es ist sehr zu bedauern, daß sie sich so selten bei anständigen Leuten findet. Ich hörte also den ausgelassenen Reden meines Reisekameraden aufmerksam zu und versuchte festzustellen, ob er wirklich so war, wie er sich gab.

»Da vor uns ist ein Dorf. Soll ich Ihnen mal die Macht meines Papiers zeigen?« meinte Promtow.

Ich lehnte diesen Versuch ab und schlug ihm vor, mir lieber zu erzählen, wofür man ihn eigentlich mit diesem Dokument gezeichnet hätte?

»Ach, wissen Sie, das ist eine lange Geschichte!« Er machte eine abweisende Handbewegung. »Aber ich erzähle es Ihnen noch ... irgendwann. Jetzt wollen wir lieber ein wenig rasten und essen. Proviant haben wir ja in genügenden Mengen, wir brauchen also nicht ins Dorf zu gehen und unsere lieben Nächsten zu beunruhigen.«

Wir bogen vom Wege ab, setzten uns auf die Erde und begannen zu essen. Dann legten wir uns nieder, müde gemacht von den warmen Strahlen der Sonne und dem weichen Steppenwind, der uns umwehte, und schliefen ein. Als wir erwachten, stand die Sonne schon groß und rot am Horizont, und über die Steppe legten sich die Schatten des südlichen Abends.

»Na, sehen Sie«, erklärte Promtow, »dem Schicksal gefällt es, uns heute in einem Dorfe übernachten zu lassen.«

»Kommen Sie, solange es noch hell ist«, sagte ich.

»Keine Angst, heute schlafen wir unter Dach!«

Er hatte recht: gleich im ersten Haus, in dem wir

unsere Bitte um Nachtlager vorbrachten, wurden wir gastfreundlich aufgefordert, hereinzukommen.

Der Bauer, ein großer, gutmütiger Muschik, war eben erst vom Felde gekommen, wo er gepflügt hatte; seine Frau bereitete das Abendessen. Vier schmutzige Kinder saßen auf einem Klumpen zusammen in einem Winkel der Stube und beobachteten uns mit scheuen, neugierigen Blicken. Die rundliche Bäuerin lief schweigend und eilig aus der Stube in den Flur und zurück und brachte Brot, Tomaten und Milch herein. Der Bauer saß uns gegenüber auf der Bank und rieb sich mit Anspannung die Hände an den Hüften ab, wobei er uns von Zeit zu Zeit fragend ansah. Bald erfolgte die übliche Frage: »Wo wollt ihr denn hin?«

»Wir pilgern, guter Mann, von Meer zu Meer, zur Stadt Kiew«, erwiderte Promtow sofort, ein altes Wiegenlied zitierend.

»Was ist denn da los, in Kiew?« fragte der Bauer nach einigem Nachdenken.

»Na, die heiligen Reliquien!«

Der Bauer sah Promtow an, spuckte dann schweigend zur Seite und fragte nach einer Pause: »Und wo kommt ihr her?«

»Ich aus Petersburg, und der da aus Moskau«, erwiderte Promtow.

»Soso«, der Bauer wurde aufmerksam, »wie sieht es denn aus, dieses Petersburg? Die Leute sagen, es sei ins Meer hinausgebaut und werde manchmal überschwemmt.«

Die Tür ging auf, und zwei weitere Bauern erschienen.

»Wir wollen zu dir, Michael«, erklärte der eine.

»Was wollt ihr denn?«

»Ach, bloß so ... Wer ist denn das?«

»Die da?« fragte der Bauer und nickte zu uns herüber.

»Ja, die?«

Der Bauer schwieg eine Weile, dachte nach und wandte dann langsam den Kopf. »Was weiß ich?«

»Ihr seid wohl Pilger?« wurden wir gefragt.

»Ja«, erwiderte Promtow.

Darauf entstand wieder ein langes Schweigen, während dessen die drei Männer uns mißtrauisch musterten. Endlich saßen alle am Tisch und begannen die krachenden, blutigroten Tomaten zu verzehren.

»Von euch kann vielleicht einer auch lesen?« wandte sich der eine Nachbar an Promtow.

»Beide«, erwiderte Promtow kurz.

»Dann wißt ihr vielleicht auch, was man machen muß, wenn einer das Reißen und Ziehen im Buckel hat, so daß er nachts nicht schlafen kann?«

»Das wissen wir schon«, erklärte Promtow.

»Was macht man denn da?«

Promtow kaute lange und bedächtig, dann wischte er sich den Mund mit einem Lumpen, schaute nachdenklich an die Decke und verkündete endlich entschieden und fast grob:

»Deine Frau soll Brennesseln ausraufen und dir vor dem Einschlafen den Buckel mit den Nesseln einreiben, und dann mit Hanföl und Salz nachreiben – das ist alles.«

»Und was wird dann?« erkundigte sich der Bauer.

Promtow zuckte die Achseln. »Gar nichts wird dann!«

»Gar nichts?«

»Na ja doch, gar nichts geschieht!«

»Aber es hilft doch?«

»Es hilft!«

»Vielen Dank auch! Ich will es versuchen.«

»Wohl bekomm's!« wünschte Promtow völlig ernsthaft.

Langes Schweigen –, nur die Tomaten knackten, und die Kinder flüsterten in der Ecke.

»Hört einmal, ihr«, begann der Bauer wieder, »wie ist denn das . . . Wißt ihr vielleicht . . . habt ihr wohl irgendwo da in Petersburg oder in Moskau was gehört, wegen, – hm – Sibirien? Kann man da siedeln oder nicht? Unser Kreishauptmann sagt nein, aber ob das wohl wahr ist oder nicht?«

»Nein, es geht nicht«, schnitt Promtow ab.

Die Bäuerlein sahen sich an, und unser Wirt brummte: »Daß ihnen eine Kröte in den Bauch kriech!«

»Nein«, erklärte Promtow noch einmal, und sein Gesicht bekam plötzlich einen ganz begeisterten Ausdruck, »und zwar darum nicht, weil wir in Sibirien nichts zu suchen haben, wo hier überall Land genug ist – mehr als genug!«

»Ja, es ist schon wahr, für einen Toten ist immer Land da, aber für die Lebendigen gibt's keines!« sagte der eine Nachbar betrübt.

»In Petersburg ist beschlossen worden«, fuhr Promtow triumphierend fort, »alles Land der Bauern wie der Gutsbesitzer von Staats wegen zu enteignen.«

Die Bauern starrten ihn entgeistert an und schwiegen. Promtow blickte streng auf sie und fragte: »Enteignen, – warum wohl?«

Das Schweigen wurde beängstigend, und die armen Bäuerlein schienen vor Verblüffung und Spannung platzen zu wollen. Ich sah sie an und bändigte nur mit Mühe meine Wut über die Frechheit, mit der Promtow diese armen Kerle zum Narren hielt. Aber seinen niederträchtigen Schwindel vor ihnen aufzudecken, bedeutete, ihn ihren Prügeln auszuliefern. Ich schwieg also, erdrückt von dem unsinnigen Zwiespalt.

»So rede doch, bester Mann!« begann endlich leise und schüchtern der eine Bauer, ganz atemlos vor Aufregung.

»Es wird enteignet, weil das ganze Land unter die Bauern gleichmäßig verteilt werden soll. Man hat dort erkannt«, Promtow deutete mit der Hand nach der Seite, »daß der rechtmäßige Besitzer von Grund und Boden der Bauer ist, und nun ist eine Verordnung herausgekommen, niemand solle nach Sibirien auswandern, ehe die Verteilung erfolgt ist.«

Dem einen Bauern fiel vor Schreck sogar ein Stück Tomate aus der Hand. Alle hingen mit gierigen Blicken an Promtows Lippen und brachten kein Wort heraus, erschüttert von seiner wunderbaren Nachricht. Und dann, nach mehreren Sekunden, erklangen gleichzeitig vier Ausrufe:

»Heilige Mutter Gottes!« stöhnte die Bäuerin hysterisch.

»Flunkert ihr nicht?«

»So rede doch, guter Mann!«

»Darum ist in diesem Jahre die Sonne morgens so rot!« rief begeistert der Bauer, der das Reißen im Rükken hatte.

»Es ist nur ein Gerücht«, sagte ich, »vielleicht erweist es sich als Schwindel.«

Promtow sah mich mit ehrlichem Erstaunen an und fuhr auf mich los: »Schwindel?! Wieso ist das Schwindel?«

Und von seinen Lippen ergoß sich ein Strom der unverschämtesten Lügen – eine süße Melodie für alle Zuhörer außer mir. Er flunkerte so wundervoll! Die Bauern, die ihm glauben wollten, konnten gar nicht genug kriegen! Aber mir war es zuwider, diese begeisterten Lügen mit anzuhören, die zu guter Letzt großes Unglück auf diese schlichten, einfältigen Menschen heraufbeschwören konnten. Ich ging hinaus und legte mich auf dem Hof nieder. Ich grübelte darüber nach, wie ich das schändliche Spiel meines Begleiters aufdekken sollte. Seine Stimme klang noch lange in meinen Ohren, dann schlief ich ein.

Promtow weckte mich bei Sonnenaufgang.

»Kommen Sie, wir wollen gehen!« sagte er.

Neben ihm stand unser noch ganz verschlafener Gastgeber, und Promtows Tasche war zum Platzen gefüllt. Promtow war vergnügt, sang und pfiff vor sich hin und sah mich ironisch von der Seite an. Ich überlegte, was ich ihm sagen wollte, und ging schweigend neben ihm her.

»Na, warum halten Sie mir denn keine Strafpredigt?« fragte er plötzlich.

»Sie glauben also, eine verdient zu haben?« fragte ich trocken.

»Selbstverständlich! Ich verstehe Sie sehr gut und weiß, daß Sie mich ausschimpfen müssen. Ich kann Ihnen sogar genau sagen, wie Sie das tun werden. Soll ich? Aber lassen Sie das lieber! Was ist schon dabei, wenn die Bauern sich Illusionen machen? Sie werden bloß klüger davon. Und ich habe den Vorteil! Sehen Sie nur, wie sie mir die Tasche vollgestopft haben.«

»Aber Sie können sie damit vor Gericht bringen!«

»Kaum. Und wenn schon! Was geht es mich an, wenn ein fremder Buckel Prügel kriegt? Wenn ich nur meinen eigenen in Sicherheit bringe. Das ist natürlich unmoralisch, aber was geht es mich an, was moralisch ist und was nicht? Sagen Sie selbst: kann es mir nicht völlig egal sein?«

»Was soll ich sagen«, dachte ich, »der Wolf hat recht!«

»Nehmen wir an, die Bauern haben meinetwegen etwas auszustehen – ist nicht der Himmel deswegen ebenso blau und das Meer noch ebenso salzig?«

»Ja, tun sie Ihnen denn gar nicht leid?«

»Mit mir hat auch keiner Mitleid! Ich bin wie das losgerissene Kraut der Wüste, jeder, dem der Wind mich vor die Füße weht, stößt mich beiseite.«

Er sprach ernst und voll tiefgewurzelter Bitterkeit. Seine Augen blitzten rachsüchtig.

»Ich mache es immer so, manchmal noch schlimmer. Einem Bauern im Gouvernement Saratow habe ich geraten, gegen Magenschmerzen einen Aufguß von Baumöl über schwarzen Küchenschaben zu trinken –, weil er geizig war. Was habe ich nicht schon alles an boshaften und lächerlichen Dingen angestellt auf meinen Wanderungen! Wie viel törichten Aberglauben und dumme Träumereien habe ich in das geistige Leben der Bauern hineingetragen! Ich bin da überhaupt sehr wenig ängstlich. Wozu auch? Wer kann mir das verbieten, frage ich Sie? Es gibt nur ein Gesetz, und das bin ich selber!«

Ich dachte, es würde wohl klug von mir sein, mich an den ersten Psalm des Königs David zu halten und nicht länger auf den Wegen dieses Gottlosen zu wandeln. Aber ich wollte noch seine Lebensgeschichte kennen lernen.

Drei Tage verbrachte ich noch mit ihm, und in diesen

drei Tagen bestätigte sich vieles, was ich zunächst nur vermutet hatte. So wurde mir allmählich klar, auf welche Weise in Promtows Ranzen allerlei unnütze Gegenstände auftauchten, zum Beispiel ein kupferner Leuchter, ein Stemmeisen, ein Stück Spitzen, eine Schmuckmünze. Ich begriff, daß ich in seiner Gesellschaft meine Knochen riskierte und sogar mit dahin geraten konnte, wohin Sammler dieser Art gewöhnlich früher oder später kommen. Ich mußte mich also von ihm trennen. Aber seine Geschichte!

Und endlich, an einem Tage, an dem ein grimmiger Sturmwind uns fast umwarf und wir uns in einen Strohschober eingegraben hatten, um der Kälte zu entgehen, erzählte mir Promtow die Geschichte seines Lebens.

Promtows Lebensgeschichte

Also, dann will ich mal erzählen – Ihnen zum Nutzen und zur Belehrung:

Ich fange mit dem Herrn Papa an! Das war ein strenger, ehrenwerter Mann, der sein Leben so allmählich und bis zu seinem 60. Jahre und zur vollen Pensionsberechtigung abgestottert hatte und sich dann in einer kleinen Provinzstadt niederließ, wo er sich ein Häuschen kaufte. Meine Mama war eine Frau mit gutem Herzen und heißem Blut; vielleicht ist also mein Papa gar nicht mein Vater! Er konnte mich nicht leiden; wegen jeder Kleinigkeit mußte ich niederknieen oder im Winkel stehen, oder ich kriegte was mit dem Riemen. Die Mama dagegen liebte mich, und mit ihr kam ich gut aus. Für jeden Zettel, den ich an ihren Herzensfreund bestellen mußte, – sie hatte immer Herzensfreunde –

bekam ich von ihr meine verdiente Belohnung und für mein bescheidenes Schweigen noch etwas extra. Als mein Papa in die Kleinstadt zog, war ich gerade in der Obersekunda sitzengeblieben, bald darauf wurde ich aus dem Gymnasium hinausgeworfen, weil ich meine Naturkundelehrer verwechselt hatte: ich sollte dieses bei unserm Konrektor lernen, ich aber ließ mich darin von seinem Stubenmädchen unterweisen. Der Konrektor war sehr erbost und schickte mich zu meinem Vater. Ich kam zu ihm hin und erklärte ihm, ich sei wegen eines bedauerlichen Mißverständnisses aus dem Tempel der Wissenschaft verstoßen worden. Der Konrektor hatte aber, wie sich herausstellte, meinem Vater bereits den ganzen Tatbestand brieflich mitgeteilt, dabei allerdings wohlweislich verschwiegen, daß er mich im Zimmer des Stubenmädchens auf frischer Tat erwischt hatte, als er selber nachts im Schlafrock erschien und beim Eintreten mit süßer Stimme flüsterte: ›Dunetschka!‹

Aber das ging mich schließlich nichts an. Als ich meinem Papa vor die Augen kam, begrüßte er mich sofort mit einigen sehr kräftigen Wörtchen, ebenso meine Mutter. Nach langen Strafpredigten beschloß man, mich nach Pskow zu schicken, wo ein Bruder meines Vaters lebte. Ich kam also nach Pskow: der Onkel war grimmig, aber dumm, die Kusinen dagegen sehr niedlich, – es ließ sich also dort leben! Es zeigte sich jedoch, daß auch hier meines Bleibens nicht lange sein sollte; nach drei Monaten kriegte mich mein Onkel zu fassen und warf mir vor, ich wäre ein unmoralischer Mensch und hätte einen schlechten Einfluß auf seine Töchter. Ich wurde wieder abgekanzelt und wieder weggeschickt, dieses Mal aufs Land, zu einer Tante im Gouvernement Rjasan. Die Tante war ein nettes, lebensfrohes Frauenzimmer, und ihr Haus war immer voll von jungen Leuten. Aber in jener Zeit waren wir alle von der blödsinnigen Mode angesteckt, verbotene Bücher zu lesen – und bauz!, saß ich im Gefängnis, wo ich, glaube ich, so etwa vier Monate brummen mußte. Die Mama teilte mir daraufhin schriftlich mit, ich sei ihr Tod, der Papa schrieb, ich habe ihn auf ewig mit Schande bedeckt – es waren wirklich langweilige Leute, meine Eltern!

Wissen Sie, wenn sich der Mensch seine Eltern selbst aussuchen könnte, es wäre viel bequemer zu leben als unter den jetzigen Verhältnissen –, finden Sie nicht auch? Na, ich kam also aus dem Gefängnis heraus und fuhr nach Nishnij-Nowgorod, wo eine Schwester von mir verheiratet ist. Es zeigte sich aber, daß meine Schwester mit einer großen Familie belastet und aus diesem Grunde bösartig war. Was sollte ich anfangen? Meine Rettung war die Messe: ich brannte mit einem wandernden Sängerchor durch! Ich hatte eine schöne Stimme und sah gut aus, ich wurde also Solist und sang mich durch die Welt. Sie glauben wohl, ich hätte bei diesem Leben viel gesoffen? Nein, ich trinke auch jetzt niemals Schnaps, – höchstens ab und zu einmal zum Erwärmen. Ich war nie ein starker Trinker, obwohl ich mir manchmal einen Rausch geholt habe, wenn es guten Wein gab, – Champagner zum Beispiel. Wenn Sie mir reichlich Marsala geben, dann betrinke ich mich bestimmt, denn ich liebe diesen Wein, wie die Weiber! Die Weiber liebe ich bis zur Raserei – vielleicht hasse ich sie aber auch: wenn ich von einer Frau bekommen habe, was ich wollte, dann verspüre ich sofort den unwiderstehlichen Wunsch, ihr irgendeine große Schändlichkeit anzutun ... so, wissen Sie, daß sie nicht nur

Schmerz oder Demütigung empfindet, sondern daß ihr zumute ist, als hätte ich ihr ganzes Blut und ihr innerstes Mark durch und durch mit einem ekelhaften, übelriechenden Gift erfüllt, und dieses Gift müßte sie ihr ganzes Leben mit sich herumtragen und es jeden Augenblick in sich spüren ... Ja, so bin ich! Warum ich so grimmig auf sie bin, daß weiß ich nicht und kann es mir nicht erklären. Die Frauen haben mich immer gern gehabt, denn ich war hübsch und verwegen. Aber verlogen sind sie! Übrigens –, hol sie der Teufel! Ich habe es gern, wenn sie weinen und stöhnen: ich sehe dann zu und denke: ›Aha, geschieht dir ganz recht!‹

Na also, ich sang, und es ging mir dabei ganz gut. Da, eines Tages, erscheint ein glattrasierter Herr bei mir und fragt mich: ›Haben Sie jemals versucht, Theater zu spielen?‹ Ich hatte in Liebhaberaufführungen mitgespielt. ›Wollen Sie Singspielrollen übernehmen, für 25 Rubel im Monat?‹ Na schön, wir fuhren also in die Stadt Perm. Ich spielte Theater und sang in Matinees, ein interessanter junger Mann mit feurigen dunklen Augen und der Vergangenheit eines politischen Verbrechers, – alle Damen waren von mir begeistert! Ich bekam zweite Liebhaber zu spielen, und es ging gut. Versuchen Sie's doch auch mit Heldenrollen, sagte man zu mir. Ich probierte die Rolle des Max in den ›Irrlichtern‹ und merkte selbst, daß ich's gut machte! So verging die erste Spielzeit, im Sommer kam eine nette Tournee zustande, wir spielten in Wjatka und in Ufa, wir spielten sogar in Jelabuga. Im Winter kamen wir wieder nach Perm zurück.

Und in diesem Winter begann ich die Menschen zu hassen und zu verabscheuen. Wissen Sie, wenn man so auf die Bühne tritt, und ein paar hundert Schufte und Idioten verschlingen einen mit den Augen – dann läuft einem so ein niederträchtiges feiges Zittern über den Rücken; es kribbelt, als säße man in einem Ameisenhaufen. Sie starren einen an, als sei man ein Spielzeug, ein Gegenstand, den sie sich für den einen Abend zum Gebrauch gekauft haben! Sie können einen durchfallen lassen oder Beifall klatschen, wie sie wollen. Und nun passen sie auf, ob man sich auch genug für sie anstrengt! Finden sie, daß es gut genug ist, dann brüllen sie wie angebundene Esel. Und man hört ihnen zu und ist erfreut über ihren Beifall. Man vergißt für einen Augenblick, daß man ihr Eigentum ist. Dann fällt es einem plötzlich wieder ein, und man möchte sich dann selber ohrfeigen, aus Wut darüber, daß einem ihr Beifall wohlgetan hat. Das Publikum war mir zum Übelwerden widerlich, und ich hatte oft Lust, von der Bühne aus auf die Zuschauer zu spucken oder sie mit den allergemeinsten Ausdrücken zu beschimpfen. Man fühlt oft geradezu, wie ihre Blicke sich einem in den Körper bohren wie Stecknadeln und wie gierig sie alle darauf warten, gekitzelt zu werden –, gierig und sicher, wie jene Gutsbesitzerin, der ihre Dienstmädchen jedesmal vor dem Einschlafen die Fußsohlen kitzeln mußten. Man fühlt diese Erwartung und denkt, wie schön es sein müßte, jetzt ein so langes Messer in der Hand zu haben, daß man damit der ganzen ersten Parkettreihe mit einem Schlage die Nasen abschlagen könnte. Hol sie allesamt der Teufel!

Aber mir scheint, ich werde poetisch! Also kurz, ich spiele Theater und hasse das Publikum und möchte vor ihm davonlaufen! Dazu verhalf mir die Frau des Herrn Staatsanwalts: sie gefiel mir nicht, und das gefiel wieder ihr nicht. Sie setzte ihren Mann in Bewegung, und eines schönen Tages saß ich in Saransk, als hätte der Wind mich von den Ufern der Kama hierher geweht. Tja! Alles in diesem dreckigen Leben ist ein Traum!

Ich sitze also in Saransk mit der jungen Frau eines Permer Kaufmanns. Sie war ein resolutes Frauenzimmer und sehr verliebt in meine Kunst. Wir saßen also zusammen. Geld hatten wir keines, Bekannte auch nicht. Ich langweilte mich, sie auch. Aus Langerweile fing sie schließlich an mir vorzuwerfen, ich liebte sie nicht mehr. Anfangs ließ ich es mir gefallen, allmählich wurde es mir zuviel; ich sagte ihr also: ›Scher dich meinetwegen zu allen Teufeln!‹ ›So bist du also!‹ schreit sie, kriegt einen Revolver zu fassen, und bums! schießt sie mir eine Kugel direkt in die linke Schulter. Etwas tiefer, und ich wäre schon längst im Paradies! Na, ich fiel natürlich um. Sie erschrak darüber derartig, daß sie vor Angst in den Brunnen sprang. Das bekam ihr nicht. Als man sie herauszog, war sie tot. Ich aber wurde ins Krankenhaus geschafft. Na, und natürlich tauchten sofort Damen auf – man braucht nichts dazu zu tun, sie kommen ganz von selbst, wenn sie irgendwo bei einer Liebestragödie mitmachen können. Sie bemühten sich also eifrigst um mich, bis ich wieder gesund war, und als ich aufstehen durfte, brachten sie mich als Sekretär bei der Polizei unter. Na, es ist immerhin angenehmer, bei der Polizei angestellt zu sein, als unter Polizeiaufsicht zu stehen. Ich war also einen Monat lang Sekretär, noch einen Monat und einen dritten.

Und ausgerechnet in diesen Tagen bekam ich zum ersten Male in meinem Leben einen Anfall jener qualvollen, die Seele völlig aushöhlenden Langweile und inneren Leere. Es ist das niederträchtigste Gefühl, das einen Menschen befallen kann. Alles ringsum wird gleichgültig, und man sehnt sich nach etwas Neuem.

Man wirft sich hin und her, sucht und sucht, ergreift etwas, sieht aber sehr bald, daß es nicht das Richtige ist. Man ist gebannt von etwas Dunklem, Formlosem, innerlich gefesselt, unfähig, mit sich selber fertigzuwerden, – dabei ist der innere Frieden doch das, was der Mensch am allernotwendigsten braucht. Ein ekelhafter Zustand.

Dieses brachte mich so weit, daß ich mich verheiratete. Ein Mensch mit meinem Charakter tut einen solchen Schritt nur aus Verzweiflung oder in der Betrunkenheit.

Meine Frau war die Tochter eines Geistlichen; sie lebte mir ihrer Mutter – ihr Vater war tot – und genoß völlige Freiheit, zu tun und zu lassen, was ihr beliebte. Sie besaß ein eigenes Häuschen, man kann sogar sagen, ein großes Haus, und sie hatte auch Geld. Sie war ein hübsches Mädchen, nicht dumm und immer vergnügt, aber sie las zu gern Bücher, und das wirkte nicht gut auf sie und auf mich. Fortwährend bezog sie allerlei Lebensregeln aus ihren Büchern, und wenn sie irgendeine Vorschrift erwischt hatte, wandte sie sie sofort auf mich an. Ich aber habe von jeher Moralvorschriften nicht ausstehen können. Anfangs lachte ich meine Frau aus, aber allmählich wurde es mir zuwider, sie anzuhören. Immer putzte sie sich mit allerlei Buchideen aus, und aus Büchern angelesenes Zeug paßt zu einer Frau, wie der Anzug aus dem Schrank des Herrn zum Lakaien. Wir zankten uns also öfters. Ich hatte dort einen Popen kennen gelernt – einen ganz tollen Kerl, Bummler, Sänger und Gitarrespieler, er tanzte ausgezeichnet Trepak und war ein Meister im Schnapstrinken; mir war er der liebste Mensch in der ganzen Stadt, weil ich mit ihm immer vergnügt war, sie aber schimpfte mich wegen des Popen und wollte mich durchaus in ihren Kreis von Pharisäern und Schriftgelehrten hineinziehen. Bei ihr verkehrten, wie sie sagte, alle besseren, ernsthaften Leute der Stadt, – ich aber fand sie so ernsthaft wie Wasserleichen. Ich las damals selber ganz gern, aber ich habe mich nie über das Gelesene aufregen können; ich verstehe auch nicht, wozu das gut sein soll? Meine Frau dagegen und die anderen – wenn die irgendein Buch gelesen hatten, dann regten sie sich darüber auf, als hätte jeder ein paar hundert Splitter in der Haut! Ich finde: ein Buch – gut! Ist es interessant – noch besser! Aber jedes Buch ist von einem Menschen geschrieben, und höher als sein Kopf kann keiner springen! Alle Bücher werden aus demselben Grunde geschrieben: jeder will zeigen, daß das Gute gut ist und das Schlechte schlecht. Und es ist ganz gleich, ob man hundert davon liest oder tausend. Meine Frau verschlang die Bücher dutzendweise, so daß ich ihr manchmal geradezu sagte, ich würde viel glücklicher leben, wenn ich statt ihrer den Popen geheiratet hätte. Dieser Pope war meine einzige Rettung vor der Langweile; hätte ich ihn nicht gehabt, so wäre ich meiner Frau längst davongelaufen! Wenn ihre Pharisäer zu ihr kamen, ging ich sofort aus dem Hause zu meinem Popen. So vergingen anderthalb Jahre. Vor Langerweile fing ich an, dem Popen beim Gottesdienst zu helfen. Ich las die Perikopen aus der Apostelgeschichte vor, oder ich sang vom Chor herab: ›Von Jugend auf betören mich viele Leidenschaften!‹

Ich habe viel ausgestanden in diesen Jahren, und mir werden beim Jüngsten Gericht viele Sünden vergeben werden um dieser Geduld willen. Aber dann kam zu meinem Popen seine Nichte ins Haus, weil er Witwer war und weil ihn die Schweine gefressen hatten, das heißt, nicht ganz gefressen, aber doch äußerlich recht verunstaltet. Wissen Sie, er war betrunken nach Hause gekommen und auf dem Hofe hingefallen und eingeschlafen. Und da waren die Schweine gekommen und hatten ihm ein Stück von der Wange und dem Halse weggefressen. Schweine fressen ja jeden Dreck! Davon wurde mein Pope krank und ließ seine Nichte kommen, damit sie ihn betreue – und ich sie! Na, wir gingen denn auch gleich mit großem Eifer an unsere Aufgabe, und mit Erfolg! Meine Frau aber erfuhr davon und war natürlich wütend. Was sollte ich tun? Ich wurde auch wütend. Da sagte sie zu mir: ›Mach, daß du fortkommst aus meinem Hause!‹ Ich dachte lange nach und ging dann friedlich von dannen – ganz fort aus der Stadt. So habe ich die Bande meiner Ehe wieder gelöst. Wenn meine Frau Gemahlin noch lebt, dann hält sie mich wohl schon für selig entschlafen. Ich habe nie den leisesten Wunsch verspürt, sie wiederzusehen! Ich denke, sie wird mich wohl auch gründlich vergessen haben und in Frieden leben! Ich habe sie gründlich satt gekriegt in jenen Jahren!

So kam ich also, wieder als freier Mann, nach Pensa. Ich ging auf die Polizei – keine Stelle frei! Ich versuchte es da und dort – nichts zu bekommen! Ich wurde also Psalmensänger, sang und las in der Kirche. Wieder hatte ich ein Publikum vor mir, und wieder überkam mich der gleiche Ekel. Mein Verdienst war erbärmlich, meine Stellung abhängig. Es ging mir recht schlecht. Da kam mir eine Kaufmannsfrau zu Hilfe. Sie war dick, gottesfürchtig und hatte sonst nichts vom Leben. Sie hielt sich an mich, zur geistigen Erbauung. Ich besuchte sie immer öfter, und sie fütterte mich ausgiebig. Ihr Mann war im Irrenhaus, und sie verwaltete ihr großes

Mehlgeschäft allein. Ich klopfte ganz vorsichtig auf den Busch: ›Es ist wohl recht schwer so allein, Sekleteja Kirillowna?‹ ›Ja, es ist schwer!‹ sagte sie. ›Stellen Sie mich doch als Gehilfen an?‹ – ›Du wirst mich betrügen‹, sagte sie, – nahm mich aber doch. Natürlich! Das wurde ein schönes Leben! Nur die Stadt war ein Drecknest. Kein Theater, kein anständiges Lokal, keine interessanten Leute. Ich war bald wieder sehr unglücklich. Ich schrieb meinem Onkel einen Brief: Während meiner fünfjährigen Abwesenheit von Petersburg bin ich sehr vernünftig geworden; ich bitte um Verzeihung für alles, was ich getan habe, werde es gewiß auch niemals wieder tun und möchte so nebenbei anfragen, ob ich nicht wieder in Petersburg wohnen könnte. – Mein Onkel schrieb mir: ›Du darfst kommen, aber du mußt dich anständig benehmen.‹ So ließ ich meine Kaufmannsfrau sitzen.

Wissen Sie, sie war sehr dick, häßlich, dumm und schwerfällig. Ich habe unter meinen Verhältnissen sehr schicke Damen gehabt, kluge und elegante Weiber, jawohl! Aber ich habe mich nie ohne Krach von ihnen getrennt: entweder jagte ich die Frauensperson mit Zorn und Verachtung davon, oder sie machte irgendeine Schweinerei. Aber diese Sekleteja hat mir Respekt eingeflößt mit ihrer Einfältigkeit! Ich sage zu ihr: ›Leb wohl!‹ ›Leb wohl, Liebster‹, sagt sie, ›Gott schütze dich!‹ ›Tut es dir denn nicht leid, daß ich gehe?‹ ›Wie sollte es mir nicht leid tun, du bist so klug und so schön. Mein Leben lang möchte ich bei dir bleiben, aber es muß halt sein! Ich verstehe dich ganz gut!‹ sagt sie. ›Du bist ein freier Vogel – so fliege denn hin, und Gott sei mit dir!‹ Und dabei weint sie bitterlich. ›Sei mir nicht böse, Sekleteja‹, sage ich. ›Wie sollte ich wohl, danken muß ich dir und nicht böse sein.‹ – ›Danken, wofür?‹ – ›Wofür‹, sagt sie. ›Daß du so ein guter Mensch bist: du hättest mich ohne weiteres an den Bettelstab bringen können, ich war ja ganz in deiner Hand und hätte dich nicht gehindert – und du wußtest das auch. Du aber gehst in Ehren. Ich weiß auch, wieviel du in dieser Zeit für dich auf die Seite gebracht hast – so ungefähr 4000 Rubel. Ein anderer hätte an deiner Stelle die ganze Suppe aufgegessen und noch den Napf zerschlagen.‹ So sprach sie! Sie war eine gute Seele.

Ich gab ihr einen Abschiedskuß und fuhr, voller Hochachtung für sie, nach Petersburg, mit leichtem Herzen und 5000 Rubeln im Beutel; sie hatte doch falsch gezählt. Dort lebte ich als feiner Mann, ging in die Oper, schaffte mir Bekannte an, – von Zeit zu Zeit spielte ich aus Langerweile selbst Theater, aber meistens spielte ich Karten. Das Kartenspiel ist eine herrliche Erfindung: man sitzt am Tisch, und im Laufe eines Abends erlebt man ein dutzendmal hintereinander Sterben und Auferstehen. Es ist ein unheimliches Gefühl, zu wissen, daß im nächsten Augenblick dein letzter Rubel geschlagen werden kann, – und dann liegst du als Bettler auf der Straße und kannst stehlen oder dich erschießen. Und ebenso schön ist das Gefühl, daß dein Partner oder Nachbar bei seinem letzten Rubel denselben unheimlichen Reiz empfindet, den du eben gespürt hast. Diese roten oder blassen aufgeregten Fratzen, die aus Angst vor Verlust oder Gier nach Geld zittern, – diese Fratzen ansehen und ihre Karten eine nach der anderen abstechen, – ach, das peitscht das Blut und die Nerven so wundervoll auf! Man sticht – und es ist, als risse man dem Gegner ein lebendiges, zuckendes Stück Fleisch aus seinem Herzen. Das tut wohl. Dieses ständige Spielen mit der Gefahr ist das Schönste im Leben, – und der klügste Gedanke, den ein Dichter je ausgesprochen hat, ist dieser:

Begeisterung lebt im Graun der Schlacht
Und an des Abgrunds jähem Rande.

Es liegt ein berauschender Genuß darin. Überhaupt kann man nur dann wirklich genießen, wenn man etwas riskiert. Je mehr man aufs Spiel setzt, um so stärker lebt man. Haben Sie jemals gehungert? Ich habe manchmal zwei Tage hintereinander nichts zu essen gehabt. Und dann, wenn der Magen anfängt sich selbst zu verdauen, wenn man fühlt, wie die Eingeweide einschrumpfen vor Hunger – dann ist man imstande, um ein Stück Brot einen Menschen, ein Kind umzubringen! Man ist zu allem fähig, und diese Bereitschaft zum Verbrechen hat ihre besondere Romantik. Das Gefühl ist sehr wertvoll, und wer es durchgemacht hat, bekommt mehr Achtung vor sich selbst.

Aber ich will meine bunte Lebensgeschichte fortsetzen, sie dehnt sich sowieso schon in die Länge wie ein Leichenzug, bei dem ich die Stelle des Verstorbenen einnehme. Pfui Teufel! Was ist mir da für ein dummer Vergleich in den Kopf gekommen! Er trifft aber vielleicht zu, ohne deswegen weniger dumm zu sein! Der Herr Balzac hat einmal irgendwo gesagt: ›Dumm wie eine Tatsache!‹ Dumm? Meinetwegen! Was kümmert mich der Unterschied zwischen dumm und klug? Also, ich lebe in Petersburg. Das ist eine schöne Stadt, aber sie würde noch viel schöner sein, wenn man die Hälfte ihrer Einwohner in jenem widerwärtigen Meer ersäufen würde, von dem sie umspült wird. Ich lebe und tue so allerlei, wie sich das für einen ordentlichen Menschen gehört. Ich gefiel einer Dame, und ich wurde ihr Hausfreund. Haben Sie sich jemals von einer Frau aushalten lassen? Versuchen Sie es, es ist hochinteressant. Sie sind gleichzeitig das Eigentum Ihrer Dame und ihr Tyrann. Sie hat Sie als Spielzeug gekauft, aber mit dem Käufer spielen Sie. Dieser Käufer ist völlig in Ihren Händen, und er befindet sich in einer höchst lächerlichen Lage, denn Sie können vor ihm immer die Rolle eines Stiefels spielen, der ein Hut sein will und verlangt, man solle ihn auf den Kopf setzen. So lebte ich also zwei bis drei Jahre, und alles ging gut, das heißt, ich fühlte mich wohl. Doch da geschah etwas ganz Operettenhaftes: eines Tages erscheint bei mir ein gewisser sonst ganz anständiger Mann, der aber einer sehr schlechten Eigenschaft oblag – der Politik, was er übrigens zu meiner Zeit gehörig heimgezahlt bekam. Dieser Mann also sagte zu mir: ›Besorgen Sie mir einen Paß!‹ ›Was für einen Paß?‹ – ›Also passen Sie auf: ein junges Mädchen, zwanzig Jahre, mittlerer Wuchs, braune Haare, sonst keine besonderen Kennzeichen.‹ – ›Wozu brauchen Sie das?‹ – ›Ja, sehen Sie‹, sagt er, ›es gibt hier solch ein Mädchen, aber es soll aus einem bestimmten Grunde nicht mehr vorhanden sein, ich will es daher unter falschem Namen verheiraten.‹ Na, schön. Das war eine ganz lustige Sache, und meine Dame hatte gerade ein zu diesem Zwecke passendes Stubenmädchen, – ich nahm dessen Paß und gab ihn diesem Hanswurst.

Es verging eine lange Zeit, da auf einmal erscheinen, bums!, zwei Gendarmen und sagen: ›Kommen Sie gefälligst mit!‹ Ich kam also gefälligst mit. Ein grimmiger, graubärtiger Kerl fragte mich: ›Sie haben für Fräulein Soundso einen Paß besorgt?‹ – ›Allerdings, Euer Wohlgeboren, aber ich weiß nicht, ob es dieses Fräulein war.‹ – ›Was soll das heißen?‹ Mein Freund aber hatte tatsächlich vergessen, mir den Namen des Mädchens mitzuteilen. Der Schnauzbart glaubte mir nicht. ›Wie konnten Sie ihr denn, wenn Sie nichts von ihr wußten, den Paß geben?‹ – ›Ich habe ihn gar nicht ihr gegeben!‹ – ›Wem denn?‹ – ›Ja, dem und dem!‹ – ›Aha‹, sagte er, ›den haben wir also endlich erwischt! Danke für die Auskunft.‹ Und er ließ meinen Freund sofort verhaften, mich aber sperrte er vorläufig in einen gemütlichen Winkel ein. Zwei Tage darauf wurde ich meinem Freunde gegenübergestellt. Er bestätigte natürlich meine Aussage. Man fragte mich, wohin ich von Petersburg zu reisen wünschte. Ich frage: ›Paßt vielleicht Zarskoje Selo?‹ – ›Nein‹, sagt man mir, ›das ist zu nahe.‹ – ›Oder Russa?‹ – ›Nein, noch weiter!‹ Wir einigten uns also auf Tula. Na schön, also auf nach Tula! ›Sie dürfen auch noch weiter, wenn Sie wollen‹, sagt man mir. ›Bloß hier lassen Sie sich in den nächsten drei Jahren nicht wieder blicken. Ihre Papiere behalten wir einstweilen hier zum Andenken, und Sie bekommen von uns dafür einen Reiseausweis nach Tula. Vierundzwanzig Stunden nach Empfang dieses Passes verblühen Sie unauffällig.‹ – ›Na schön‹, sage ich mir, ›der Obrigkeit soll man gehorchen. Es geht nun mal nicht anders.‹

Ich verkaufte alles, was ich hatte, für einen Pappenstiel an meine Zimmerwirtin und begab mich zu meiner Dame. Sie ließ mir sagen, sie wünsche nicht, mich zu sehen, das Luder! Ich ging noch zu einigen Bekannten, aber sie alle empfingen mich wie einen Aussätzigen. Ich spuckte auf sie alle und begab mich in ein wohltätiges Institut, um dort die letzten Stunden meines Petersburger Aufenthaltes zu verbringen. Um sechs Uhr morgens verließ ich das Lokal ohne einen Groschen in der Tasche – ich hatte alles, was ich besessen hatte, restlos verspielt. Ein Staatsanwalt hatte mich so ratzekahl ausgezogen, daß ich sogar über sein Talent ganz gerührt war. Ohne Mitleid und Schonung hatte er mich ausgeplündert. Na, was sollte ich nun anfangen? Ich ging ganz ohne Grund zum Moskauer Bahnhof, stand da eine Weile herum und sah, daß gerade ein Zug nach Moskau abging. Ich stieg ein, der Zug fuhr ab. Nach zwei Stationen wurde ich feierlichst hinausgeworfen. Man wollte ein Protokoll aufnehmen, fragte, wer ich sei, – da zeigte ich mein Ausweispapier, und man ließ mich in Ruhe. ›Machen Sie, daß Sie weiterkommen‹, hieß es. Ich ging ein paar Stunden – dann wurde ich müde und bekam Hunger. Ich kam an ein Bahnwärterhäuschen. ›Guter Freund, kann ich von Ihnen ein Stück Brot haben?‹ Der Bahnwärter sah mich an und gab mir nicht nur Brot, sondern auch einen großen Topf Milch. Ich blieb über Nacht bei ihm und schlief zum ersten Male nach Landstreicherart unter freiem Himmel auf einem Heuhaufen hinter dem Hause. Als ich am anderen Morgen erwachte, schien die Sonne hell auf mich herab, die Luft war erfrischend wie Champagner, alles war grün, und die Vögel sangen. Ich ließ mir vom Bahnwärter etwas Brot geben und ging weiter. Sie werden das verstehen – das Landstreichertum hat etwas Anziehendes, etwas, das einen nicht wieder losläßt. Es tut wohl, sich ganz frei zu fühlen, frei von all den Verpflichtungen, all den zahllosen kleinen Fäden, die unser Dasein an das der andern Menschen knüpfen, all den Kleinigkeiten, die sich dem Leben überall anhängen, so daß es kein Genuß mehr ist, sondern eine schwere Last, – ein drückendes Bündel von Pflichten und Verpflichtungen: wie zum Beispiel die Verpflichtung, sich ordentlich anzuziehen, sich anständig zu benehmen und überhaupt alles so zu tun, wie es sich gehört, und nicht, wie man möchte. Wenn man einen Bekannten trifft, muß man höflich sagen: ›Guten Tag, wie geht's?‹ und nicht: ›Verrecke!‹, wie man es manchmal gern täte.

Überhaupt wenn ich aufrichtig sein soll: alle diese dummfeierlichen Beziehungen, die sich zwischen den ›anständigen‹ Leuten der Stadt herausgebildet haben, sind nichts als stumpfsinnige Komödie! Und eine niederträchtige Komödie noch dazu, weil niemand es wagt, den andern ins Gesicht einen Idioten oder Spitzbuben zu nennen! Und wenn es zuweilen doch geschieht, dann nur in einem Anfall jener Aufrichtigkeit, die man als Wut bezeichnet.

Als Landstreicher lebt man außerhalb all dieser Torheiten. Und die Tatsache, daß man sich ohne Bedauern von den vielerlei Bequemlichkeiten des Lebens freigemacht hat und ohne sie auskommen kann, hebt irgendwie das Selbstbewußtsein. Man wird unglaublich nachsichtig gegen sich selber. Allerdings war ich auch früher nicht eben strenge mit mir selbst, ich habe mich nie sehr straff am Zügel gehalten, und Zähne zum Beißen hat mein Gewissen nie gehabt. Mein Herz hat nie in den Klauen des Verstandes zucken müssen. Ich habe mir schon früher und ganz unmerklich die allerfeinste und weiseste Philosophie angeeignet: Wie man auch lebt, sterben muß man doch. Wozu also mit sich selber streiten, wozu sich selber am Schwanz nach links zerren, wenn das Ich aus aller Kraft nach rechts zieht. Leute, die sich selber in zwei Teile zerreißen, kann ich für den Tod nicht ausstehen. Wozu plagen sie sich? Ich habe mich manchmal mit solchen Säulenheiligen unterhalten. Ich frage ihn: ›Was fehlt dir, Freundchen, warum krakeelst du?‹ ›Ich strebe zur Vollkommenheit‹, sagt er. ›Und was hast du davon?‹ ›Was ich davon habe? Vollkommen zu werden, ist doch der Sinn des Lebens!‹ ›Das versteh ich nicht! Wenn sich ein Baum entwickelt, da ist der Sinn klar: er vervollkommnet sich zu einem Zweck, man kann ihn später zu einer Wagendeichsel verwenden oder zu einem Sarg oder sonst etwas Nützlichem für den Menschen. Wenn du aber vollkommen werden willst, so ist das deine höchst persönliche Angelegenheit; warum aber läufst du mir nach und willst mich durchaus zu deinem Glauben bekehren?‹ ›Darum‹, sagt er, ›weil du ein dummes Vieh bist und nicht nach dem Sinn des Lebens suchst.‹ ›Ja, ich habe ihn doch schon gefunden, wenn ich ein Vieh bin, und das Bewußtsein, ein Vieh zu sein, beschwert mich ganz und gar nicht.‹ ›Das ist nicht wahr‹, sagt er, ›wenn du das erkannt hast, so mußt du besser werden wollen.‹ ›Wieso besser? Ich lebe ja in Frieden mit mir selbst, Verstand und Gefühl sind sich völlig eins, und meine Worte und Taten sind in schönster Harmonie miteinander!‹ ›Das ist eine niedrige und zynische Gesinnung‹, sagt er. Und so reden sie alle! Ich aber fühle, daß sie verlogen und dumm sind, – ich fühle das und muß sie verachten. Denn ich kenne die Menschen! Wenn alles das, was heute niedrig und böse und schmutzig heißt, morgen für ehrenhaft, gut und sauber erklärt würde, so würden alle diese Fratzen schon morgen ohne die geringste Anstrengung gute und ehrenhafte und saubere Menschen sein. Sie brauchen dazu bloß ihre angeborene Feigheit zu überwinden, weiter nichts!

Das ist scharf geurteilt, meinen Sie? Tut nichts. Scharf mag es sein, aber es stimmt. Sehen Sie, ich denke so: man muß Gott dienen oder dem Teufel, – aber nicht Gott und dem Teufel zugleich. Ein ordentlicher Schuft ist immer besser als ein verpfuschter Ehrenmann. Schwarz ist eine Farbe so gut wie Weiß, – aber wenn man sie mischt, gibt es Schmutz. Ich habe mein ganzes Leben lang nur verpfuschte anständige Menschen gesehen, solche, wissen Sie, bei denen die Anständigkeit aus lauter Fetzen zusammengeflickt ist, als hätten sie sie unter den Fenstern anderer Leute zusammengebettelt. Das ist eine bunte, schlecht zusammengeklebte, löcherige Anständigkeit! Oder aber die Anständigkeit ist aus Büchern angelesen und dient dem Menschen wie seine Sonntagshosen – für festliche Gelegenheiten. Überhaupt ist das Gute bei den meisten sogenannten guten Menschen etwas Gemachtes und Feierliches; sie haben es an sich, aber nicht in sich, es ist nur zum Vorführen da, um vor den anderen großzutun. Ich habe auch schon Menschen getroffen, die wirklich ihrer innersten Natur nach gut waren; aber die sind selten, und man trifft sie fast nur unter einfachen Leuten, außerhalb der Städte. Dann fühlt man sofort: das ist ein guter Mensch! Und man sieht auch, daß er von Geburt an so gewesen ist.

Übrigens soll sie alle zusammen der Teufel holen, die Guten wie die Schlechten! Ich will nichts von Hekuba wissen!

Ich sehe wohl, daß ich Ihnen die Tatsachen meines Lebens nur oberflächlich und kurz schildern kann, und daß Sie mich nur schwer verstehen; aber schließlich ist das ja meine Sache. Es kommt ja auch nicht so sehr auf die Tatsachen an als auf die Stimmungen. Tatsachen sind Dreck und Unsinn! Ich kann viele Tatsachen schaffen, wenn ich will: wenn ich jetzt mein Messer nehme und Ihnen den Hals abschneide – dann haben wir den schönsten Kriminalfall! Oder aber ich stoße es mir selber in den Hals, – auch das wäre eine Tatsache! Man kann sich die verschiedensten Tatsachen ausdenken, wenn man in der richtigen Stimmung dazu ist. Alles hängt von den Stimmungen ab! Sie schaffen die Tatsachen und die Gedanken – und die Ideale! Wissen Sie übrigens, was ein Ideal ist? Nicht? Das ist einfach ein Krückstock, den sich der Mensch erfand, als er aufgehört hatte, ein anständiges Tier zu sein, und anfing, auf den Hinterbeinen zu laufen. Er erhob den Kopf vom Erdboden und erblickte über sich den blauen Himmel und war geblendet von seiner großartigen Klarheit. Und in seiner Dummheit sagte er sich: ich will ihn erreichen! Und seit jener Zeit läuft er mit dieser Krücke in der Welt umher und balanciert mit ihrer Hilfe bis zum heutigen Tage auf den Hinterbeinen.

Sie müssen übrigens nicht denken, daß ich auch in den Himmel klettern möchte, – ich habe noch nie den Wunsch danach gehabt. Ich habe das nur gesagt, weil mir das Bild gefiel.

Aber der Faden meiner Geschichte fängt schon wieder an, Knoten zu schlagen. Tut nichts! Nur in Romanen lösen sich die Verwicklungen der Ereignisse glatt auf; das wirkliche Leben ist ein verwirrtes, verknotetes Knäuel. Außerdem werden die Romanschreiber dafür bezahlt, ich aber muß mich umsonst plagen, weiß der Teufel, wozu?!

Na also: das Wanderleben gefiel mir um so mehr, als ich bald auch Mittel fand, mich unterwegs zu ernähren. Eines Tages sehe ich vor mir ein prächtiges Gebäude aufragen, und auf mich kommen zwischen dürren Kornfeldern drei höchst vornehm und gesittet ausschauende Gestalten zu – ein Herr und zwei Damen.

Der Herr, schon etwas ergraut und mit kleinem Bart und Brille, sah ausgesprochen vornehm aus, die Damen schienen zwar etwas abgenützt, waren aber doch auch sehr anständig. Ich setzte also eine fromme Leidensmiene auf, und als ich sie erreicht hatte, bat ich um Erlaubnis, auf dem Gutshof über Nacht bleiben zu dürfen. Sie gestatteten es und sahen sich dabei vielsagend an. Ich machte eine höfliche Verbeugung, bedankte mich und ging langsam weiter. Die drei kehrten darauf um und gingen mir nach. Wir kamen ins Gespräch: Wer ich sei, woher ich käme und so weiter? Es waren Leute von humaner, liberaler Gesinnung, und sie legten mir die Antworten derart in den Mund, daß ich ihnen, als wir den Hof erreicht hatten, schon, weiß der Teufel, was alles vorgelogen hatte! So ungefähr, daß ich das Volk studieren und belehren wolle, daß meine Seele von allerlei Ideen erfüllt sei und so weiter und so weiter! Und weiß Gott, das kam alles nur, weil sie selbst es hören wollten; ich hinderte sie bloß nicht, mich dafür zu halten, wofür sie mich hielten. Als es mir zum Bewußtsein kam, wie schwierig die Rolle war, die ich zu spielen hatte, wurde mir ein wenig unbehaglich zumute. Aber nach dem Abendessen begriff ich, daß ich ein großes Interesse daran hatte, diese Rolle weiterzuspielen, denn das Essen war geradezu göttlich. Sie aßen nicht nur gut, sondern mit Gefühl – eben wie gebildete Leute! Dann bekam ich ein Zimmer – der Mann besorgte mir eine neue Hose, und überhaupt waren sie sehr human gegen mich! Na, ich ließ denn auch zum Dank dafür meiner Phantasie die Zügel schießen!

Herrgott im Himmel, wie ich log! Was ist ein Chlestakow daneben? Ein Idiot ist es! Ich flunkerte, ohne zu vergessen, daß ich log, und doch bereitete das Lügen mir einen ungeheuern Genuß! Ich sage Ihnen, ich log derartig, daß selbst das Schwarze Meer rot geworden wäre, wenn es das hätte hören können. Die guten Leute hörten mir mit wahrer Wonne zu und fütterten und verwöhnten mich, wie ein eigenes krankes Kind. Und ich dichtete ihnen dafür was zusammen. Da kamen mir einmal die früher gelesenen Bücher zustatten, ebenso wie die Debatten der Pharisäer bei meiner Frau.

Kunstgerecht zu lügen, ist ein großer Genuß, sage ich Ihnen! Wenn man lügt und sieht, daß die anderen einem glauben, – dann fühlt man sich hoch hinausgehoben über die Mitmenschen, und sich anderen überlegen fühlen, – das ist ein seltenes Vergnügen! Man hält ihre Aufmerksamkeit gefangen und denkt dabei: ihr Narren! Und einen Menschen zum Narren halten macht immer Spaß! Dem andern ist es ja auch angenehm, solchen Quatsch zu hören, richtigen guten Quatsch, der ihm das Fell krault! Vielleicht ist auch jedes Geflunker gut oder umgekehrt: alles Gute ist Geflunker. Es gibt nichts Beachtenswertes in der Welt, als was sich die Menschen so ausdenken: alle ihre Träume, Luftschlösser und so weiter. Da ist zum Beispiel die Liebe: ich habe an den Frauen immer gerade das geliebt, was sie nie besaßen und was ich gewöhnlich selbst in sie hineinlegte. Und das war das Beste an ihnen. Mitunter sieht man so ein nettes Weib und denkt sich sofort: so muß sie sein, wenn sie einen umarmt, und so, wenn sie küßt. Wenn sie sich auszieht, ist sie so, wenn sie weint, so, und so ist sie, wenn sie sich freut. Allmählich redet man sich immer mehr ein, daß sie tatsächlich so sein müsse, genau wie man es gerne möchte. Wenn man sie dann wirklich kennenlernt, dann setzt man sich natürlich mit Glanz in die Pfütze! Das schadet aber nichts – man kann doch dem Feuer dafür nicht böse sein, daß es manchmal brennt; man muß daran denken, daß es immer wärmt, nicht wahr? Na also: aus diesem Grunde kann man die Lüge auch nicht schädlich nennen, darf sie nicht schlecht machen und ihr die Wahrheit vorziehen. Man weiß ja auch gar nicht, was das eigentlich ist: Wahrheit! Niemand hat ihren Paß gesehen, und vielleicht ist sie, wenn sie sich ausweisen muß, weiß der Teufel, was!

Aber ich philosophiere wie ein Sokrates, statt bei der Sache zu bleiben.

Ich beschwindelte die guten Leute also weiter, bis zur vollständigen Erschöpfung meiner Phantasie. Als ich begriff, daß ich in Gefahr war, ihnen langweilig zu werden, zog ich weiter, nachdem ich drei Wochen bei ihnen zugebracht hatte. Mit allem, was ich zur Reise brauchte, wohlversorgt, begab ich mich zur nächsten Bahnstation, um von da nach Moskau zu fahren. Von Moskau nach Tula fuhr ich dann umsonst, weil die Schaffner nicht aufpaßten.

Ich erschien also in Tula vor dem Angesicht des dortigen Herrn Polizeichefs. Er sah mich an und sagte:

›Was gedenken Sie denn hier zu tun?‹

›Ich weiß nicht‹, sagte ich.

›Warum hat man Sie aus Petersburg ausgewiesen?‹

›Das weiß ich auch nicht.‹

›Offenbar doch wohl wegen irgendwelcher Handlungen, die im Strafgesetzbuch nicht vorgesehen sind?‹ verhörte er mich weiter.

Ich blieb undurchdringlich.

›Sie sind ein unbequemer Mensch‹, sagte er.

›Jeder hat eben so seine Spezialität, bester Herr.‹

Er dachte lange nach und schlug mir schließlich vor: ›Da Sie Ihren Wohnsitz selbst gewählt haben, so könnten Sie doch, wenn es Ihnen hier nicht gefällt, woanders hinreisen. Es gibt so viele Städte, zum Beispiel: Orel, Kursk, Smolensk, ... Ihnen ist es doch gleich, wo Sie wohnen? Soll ich Ihnen nicht einen neuen Reisepaß ausstellen? Es wäre uns sehr angenehm, wenn wir uns nicht um Ihr Wohlergehen zu kümmern hätten. Wir haben Sorgen genug, und Sie – entschuldigen Sie meine Aufrichtigkeit – Sie scheinen mir ein Mensch, der durchaus geeignet ist, die Sorgen der Polizei zu vermehren! Sie scheinen mir einfach dazu geboren!‹ ›Das mag wohl sein, aber mir gefällt es hier ganz gut.‹ ›Ja, was meinen Sie dazu, wenn ich Ihnen drei Rubel für die Reise gebe.‹ ›Sie scheinen Ihre Tätigkeit nicht eben hoch einzuschätzen! Dann lassen Sie mich doch unter dem Schutz der Tulaer Polizeigewalt bleiben.‹ Er wollte es aber durchaus nicht. Er war ein vernünftiger Mensch. Ich nahm ihm also fünfzehn Rubel ab und begab mich nach der schönen Stadt Smolensk. Sehen Sie nun, wie jede üble Situation, in die ein Mensch gerät, immer auch die Möglichkeit der Besserung in sich trägt. Das sage ich auf Grund einer ausgedehnten Erfahrung und kraft meines unerschütterlichen Glaubens an die Findigkeit der menschlichen Vernunft. Die Vernunft, das ist eine ungeheure Macht! Sie sind noch ein junger Mensch; darum sage ich Ihnen: glauben Sie an Ihre Vernunft, und Sie werden niemals verloren sein. Jeder Mensch trägt in sich einen Narren und einen Schuft: der Narr ist das Gefühl, und der Schuft ist die Vernunft. Das Gefühl ist deshalb dumm, weil es gerade heraus und aufrichtig ist und sich nicht verstellen kann. Aber kann man denn leben, ohne sich zu verstellen? Man muß sich verstellen; und sei es auch nur aus Mitleid mit den Menschen, und die Menschen verdienen unser Mitleid, am meisten gerade dann, wenn sie selber einen anderen bemitleiden.

Ich ging also nach Smolensk mit dem Gefühl, fest auf der Erde zu stehen, und dem Bewußtsein, daß ich einerseits immer auf die Unterstützung humaner Menschen rechnen konnte und andererseits auf die der Polizei. Die einen brauchten mich, um ihre Gefühle an mir zu betätigen, die andern konnten mich nicht gebrauchen, – und darum mußten alle beide mich von ihrem Überfluß bezahlen.

Tja!

Ich kam nach Smolensk, und da es schon kalt wurde, beschloß ich, den Winter über dort zu bleiben. Ich fand bald nette Leute und richtete mich bei ihnen ein. Es war ein recht angenehmer Winter. Aber dann wurde es Frühling, und – ob Sie es glauben oder nicht – es zog mich fort aus der Stadt. Die Landstraße lockte – und wer konnte mich hindern? Ich ging also auf und davon und trieb mich wieder den ganzen Sommer draußen umher. Im Winter geriet ich in die Stadt Jelisawetgrad, konnte aber dort beim besten Willen nichts anfangen. Ich versuchte dies und jenes, endlich fand ich meinen Weg: ich wurde Reporter bei der dortigen Lokalzeitung – eine unbedeutende, aber freie Stellung, die mir auch einiges einbrachte. Dann wurde ich mit den Offiziersaspiranten bekannt – es war dort eine Kavallerieschule –, und ich richtete ihnen eine Spielbank ein.

Das wurde ein gutes Geschäft: in dem einen Winter habe ich ungefähr tausend Rubel eingenommen. Und wieder kam der Frühling. Dieses Mal fand er mich als Gentleman und mit Geld in der Tasche.

Wo sollte ich hin? Ich ging nach Slawjansk zur Kur.

Dort spielte ich mit Erfolg bis zum August, dann aber war ich genötigt, abzureisen. Ich verlebte den Winter in Shitomir in Gesellschaft einer jungen Dame. Sie war ein ziemliches Luder – aber unglaublich schön!

Auf diese Art verbrachte ich die drei Jahre meines Exils und begab mich dann wieder nach Petersburg. Weiß der Teufel, warum es mich immer wieder dorthin zog! Ich kam als Gentleman mit Geldmitteln an. Ich suchte meine Bekannten auf – aber was meinen Sie: alle meine Großtaten unter den fortschrittlichen Leuten der Moskauer Gegend waren bereits bekannt! Alle wußten sie, wie ich bei Jwanows drei Wochen gelebt und ihre hungrigen Seelen mit den Erzeugnissen meiner Phantasie genährt hatte, und wie ich Petrows zum Narren gehalten und wie ich Madame Wassiljewa beleidigt hatte! Na, wenn schon. Es mußte wohl so sein. Und wenn sich sieben Türen vor dir schließen – dann öffnen sich dir eben zehn neue! Aber ich hatte Pech. Ich gab mir große Mühe, mir eine dauerhafte Stellung in der Gesellschaft zu schaffen, aber es gelang mir nicht. Entweder hatte ich selbst in diesen drei Jahren etwas von meiner Anpassungsfähigkeit verloren, oder die Petersburger waren schlauer geworden. Als es mir einmal besonders schlecht ging, ritt mich der Teufel, daß ich der Geheimpolizei meine Dienste anbot. Ich bewarb mich um die Stellung eines Agenten zur Überwachung der Spielsäle. Ich wurde angenommen. Die Bedingungen waren günstig. Mit diesem geheimen Beruf verband ich einen zweiten, öffentlichen – ich wurde Reporter an einer Zeitung. Ich versorgte den lokalen Teil, und mitunter verfaßte ich auch Feuilletons. Und im übrigen spielte ich. Ich spielte leidenschaftlich, so leidenschaftlich, daß ich ganz vergaß, bei der Polizei

Anzeige zu machen. Ich vergaß vollständig, daß das mein eigentlicher Beruf war. Nur wenn ich verlor, fiel es mir ein: du mußt die Leute doch anzeigen! Aber dann dachte ich: erst bringe ich meinen Verlust wieder ein, mit der Anzeige hat es noch Zeit. Und so schob ich die Erfüllung meiner Pflichten immer weiter hinaus, bis mich in einer Nacht die Polizei auf frischer Tat am Spieltisch erwischte. Natürlich blamierten die Polizisten mich auch noch öffentlich, indem sie mich als einen der ihren behandelten. Am nächsten Tage wurde ich vor die Obrigkeit zitiert, mußte eine grimmige Strafrede über mich ergehen, mich einen gewissenlosen Menschen schimpfen lassen und wurde aus Petersburg ausgewiesen – zum zweitenmal! Dieses Mal für die Dauer von zehn Jahren.

Sechs Jahre bin ich nun unterwegs, und es geht mir ganz gut. Ich bin nicht unzufrieden mit meinem Schicksal. Von meinen Erlebnissen in diesen Jahren will ich nichts erzählen, sie sind zu eintönig oder auch zu verschiedenartig. Im ganzen ist dies vogelfreie Leben sehr schön. Nur daß der Vater im Himmel seine Vöglein manchmal etwas knapp ernährt. Man darf aber auch nicht anspruchsvoll sein, wenn man bedenkt, daß selbst Leute, die auf Königsthronen sitzen, nicht immer vergnügt sind. In dem Leben, das ich führe, gibt es keine Pflichten – das ist das Gute daran – und keine Gesetze, außer den Naturgesetzen, das ist das zweite. Natürlich machen die Herren Landgendarmen einem mitunter Ungelegenheiten, – aber auch in guten Gasthöfen gibt es manchmal Flöhe! Dafür kann ich nach rechts oder links, vorwärts oder rückwärts gehen, wohin ich Lust habe, und wenn ich keine Lust habe, dann besorge ich mir beim Bauern Brot – es ist gut und gibt unsereinem immer was – und liege irgendwo im Heu, bis es mich weiterzieht, irgendwohin ...

Wo war ich nicht schon alles! Ich war in den Siedlungen der Tolstoi-Apostel, und ich habe in den Küchen der Moskauer Kaufmannsfrauen gesessen. Ich habe im Kiewer Höhlenkloster gelebt und in Neu-Athos. Ich war in Czenstochau und in Murom. Manchmal kommt es mir vor, als gäbe es im ganzen russischen Reich keinen Pfad mehr, den ich nicht schon einmal mit meinen Füßen getreten habe. Und sobald sich mir eine Gelegenheit bietet, meinen äußeren Menschen wieder etwas aufzumöbeln – dann kneife ich ins Ausland aus. Ich rutsche über die Grenze nach Rumänien – und von da aus stehen mir alle Wege offen. Denn Rußland fängt an, mir langweilig zu werden. ›Was ich tun konnte, habe ich hier getan!‹

Ich glaube wirklich, daß ich in diesen sechs Jahren allerhand geleistet habe! Wieviel wundervolle Reden habe ich gehalten, und was für Wunderdinge habe ich erzählt! Es ist schön, wissen Sie, wenn man so abends in ein Dorf kommt und um ein Nachtlager bittet und dann, wenn man gegessen hat, seine Phantasie spielen läßt! Vielleicht habe ich sogar neue Sekten gegründet, denn ich habe viel, sehr viel aus der Heiligen Schrift vorgepredigt. Und die Bauern haben für die Schrift sehr viel übrig und können auf zwei Worten eine neue Glaubenslehre aufbauen, daß man nur so staunt! Und wieviel Gesetze über Neuverteilung und Einteilung von Grund und Boden habe ich schon erfunden! Ja, ich habe viel Phantasie ins Leben hineingebracht!

So lebe ich nun! Ich lebe, und ich weiß: wenn ich einmal wieder seßhaft werden will, kann ich es auch. Denn ich habe Verstand, und die Weiber haben mich gern.

Wenn ich jetzt nach Nikolajew komme, dann gehe ich in die Vorstadt, dort wohnt die Tochter eines alten Soldaten. Sie ist eine hübsche Frau, Witwe und nicht ohne Geld. Wenn ich zu ihr komme, sage ich: ›Kapotschka, mache mir ein Bad zurecht! Wasche mich und gib mir saubere Kleider! Denn ich gedenke bei dir zu bleiben von einem Mond zum anderen.‹ Und sie wird alles sofort für mich tun. Und wenn sie sich in meiner Abwesenheit einen Liebhaber angeschafft hat, wirft sie ihn hinaus. Und ich bleibe einen Monat bei ihr oder auch länger – wie es mir paßt. Voriges Jahr habe ich im Winter zwei Monate bei ihr zugebracht, vorvoriges Jahr sogar drei. Ich wäre vielleicht auch den ganzen Winter bei ihr geblieben, wenn sie nur etwas klüger wäre, aber so ist sie auf die Dauer zu langweilig. Außer ihrem Gemüsegarten, der ihr fast zweitausend Rubel im Jahr einbringt, will das Frauenzimmer von nichts wissen.

Oder ich gehe ins Kubangebiet, in das Kosakenlager Labiuskaja. Dort wohnt der Kosak Peter Tschornij, der hält mich für einen heiligen Mann – viele halten mich für einen frommen Knecht Gottes. Viele einfältige und gläubige Menschen sagen zu mir: ›Nimm das, Väterchen, und kaufe dafür diesem oder jenem Heiligen eine Wachskerze, wenn du an seinem Grabe bist.‹ Ich nehme das Geld. Ich schätze die Frömmigkeit dieser Menschen und mag ihnen nicht durch die herzlose Wahrheit wehe tun, daß ich für ihr gutgemeintes Opfer keine Kerze für den Heiligen, sondern Tabak für mich zu kaufen gedenke.

Es liegt etwas Herrliches in dem Bewußtsein des Losgelöstseins von der übrigen Menschheit, in der klaren Erkenntnis der Höhe und Festigkeit jener Mauer von Verfehlungen gegen sie, die ich selber freiwillig aufgerichtet habe. Ein eigenartiger und aufreizender Genuß ist auch die ständige Gefahr, entlarvt zu werden. Das Leben ist ein Spiel mit der Gefahr. Ich setze alles auf eine Karte, das heißt Null – und gewinne immer, ohne irgend etwas zu riskieren außer meinen Knochen. Aber ich habe den festen Glauben, daß, wenn ich einmal entdeckt werde, man mich nicht zum Krüppel schlagen, sondern ganz umbringen wird. Das geschieht mir dann recht, und es wäre töricht, davor Furcht zu haben.

So, junger Freund, nun habe ich Ihnen meine Geschichte erzählt. Ich bin vor lauter Eifer sogar philosophisch geworden. Und, wissen Sie, mir gefällt, was ich Ihnen da erzählt habe. Ich finde, ich habe gut erzählt. Wahrscheinlich habe ich allerlei dazugedichtet, aber weiß Gott, wenn ich gelogen habe, dann nur in bezug auf die äußeren Tatsachen. Achten Sie nicht darauf, sondern halten Sie sich an die Art meiner Darstellung, die ist echt, das kann ich Ihnen versichern! Ich habe Ihnen einen Braten aus meiner Phantasie vorgestellt, aber mir einer Soße aus reinster Wahrheit.

Doch weshalb sage ich Ihnen das? Weil ich, mein Lieber, fühle, daß Sie mir nicht recht glauben. Gut so! Das freut mich für Sie!! Glauben Sie nie, was die Menschen reden! Denn sobald einer von sich selbst erzählt, lügt er! Er lügt im Unglück, um mehr Mitgefühl zu erregen, und wenn er glücklich ist, damit man ihn noch mehr beneidet; und in jedem Falle lügt er, um von seinen Mitmenschen mehr beachtet zu werden!«

Gewesene Leute

Die »Zufahrtstraße« besteht aus zwei Reihen einstökkiger, altersschwacher Häuschen mit schiefen Wänden und krummgezogenen Fenstern. Die löcherigen Dächer dieser vom Zahn der Zeit arg mitgenommenen menschlichen Behausungen zeigen zahllose Flickstellen und sind von grünem Moose bewachsen; über ihnen ragen hier und da lange Stangen empor, mit Starkästen darauf, und das staubige Grün der struppigen Holundersträucher und Weiden beschattet sie, – jämmerliche Flora der Vorstadt, der Arme-Leute-Gegend.

Die vom Alter grünlich getrübten Fensterscheiben sehen sich mit spitzbübisch ängstlichen Blicken über die Straße hinweg an. In der Mitte der Straße kriecht die Fahrbahn in Schlangenlinien bergauf, um die tiefen Rinnen herumlavierend, die die sommerlichen Regengüsse ausgespült haben. Hier und da liegen von Unkraut überwachsene Haufen von Bauschutt und allerlei Kehricht, traurige Reste oder Anfänge von Schutzmaßnahmen, die von den Einwohnern in ihrem vergeblichen Kampf gegen die Ströme von Regenwasser versucht wurden, das reißend aus der Stadt herabgeschossen kommt. Dort oben auf dem Berge schimmern stattliche Steinhäuser aus dem üppigen Grün dichter Gärten, Kirchtürme erheben sich stolz zum blauen Himmel empor, und ihre goldenen Kreuze glänzen hell in der Sonne.

Bei Regenwetter läßt die Stadt ihren Schlamm auf die Zufahrtstraße herabströmen, an trockenen Tagen überschüttet sie sie mit Staub; und die krüppeligen Häuschen scheinen ebenfalls von ihr den Berg hinuntergeworfen zu sein, hinabgekehrt von einer Riesenhand, wie altes Gerümpel.

An die Erde geduckt, besetzen sie den ganzen Hang, baufällig, hilflos und durch Sonne und Regen zu jener undefinierbaren schmutziggrauen Farbe verblaßt, die altes Holz im Laufe der Jahrhunderte annimmt.

Am Ende dieser armseligen Straße, scheinbar ganz von der Anhöhe hinabgerutscht, stand ein langes, zweistöckiges Gebäude, das der Kaufmann Petunikow von der Stadt gekauft hatte. Es war das letzte in der Reihe und lag schon am Fuße des Berges; dahinter dehnte sich weithin die Ebene, die, etwa eine halbe Werst vom Hause entfernt, in steilem Abhang nach dem Flusse abfiel.

Das große, uralte Haus machte von allen Gebäuden der Straße den düstersten Eindruck. Es war ganz krummgebogen, unter den zwei Reihen von Fenstern war nicht eines, das auch nur annähernd seine rechteckige Form behalten hatte, und die Reste von Scheiben in den zerbrochenen Rahmen waren grünlich-trübe wie Sumpfwasser. Die Wände zwischen den Fenstern waren voll von Rissen und dunklen Flecken von abgefallenem Putz – als hätte die Zeit mit diesen Hieroglyphen die Lebensgeschichte des Hauses in seine Wände eingegraben. Das Dach, das sich über die Straße neigte, vervollständigte noch das traurige Bild: das Haus schien sich zu ducken und ergeben den letzten Schlag des Schicksals zu erwarten, der es in einen formlosen Haufen von Schutt und halbverfaulten Trümmern verwandelt hätte.

Das Hoftor stand offen; der eine Torflügel lag, aus

den Angeln gebrochen, am Boden, und das üppige Gras, das den weiten verödeten Hof bedeckte, war durch die Ritzen gewachsen. Im Hintergrund des Hofes stand ein kleines verräuchertes Gebäude mit einem Blechdach. Das Haus selbst war unbewohnt, nur in diesem Häuschen, das ursprünglich eine Schmiede gewesen war, befand sich ein »Nachtasyl«, das von dem Rittmeister a.D. Aristid Fomitsch Kuwalda verwaltet wurde.

Im Inneren war dieses Nachtasyl eine lange düstere Höhle von etwa acht Meter Breite und zwanzig Meter Länge; der Raum wurde von vier kleinen quadratischen Fenstern und der breiten Eingangstüre notdürftig erhellt. Die unverputzten Ziegelsteine der Wände waren schwarz von Ruß, auch die aus dem Boden einer Barke angefertigte Decke war schwarz verräuchert. In der Mitte stand ein riesiger Ofen, dessen Grundlage die Schmiedeesse bildete. Rund um den Ofen und an den Wänden entlang zogen sich breite Pritschen mit Haufen von alten Lumpen, die den Bewohnern als Betten dienten. Von den Wänden roch es nach Rauch, vom Erdboden nach Feuchtigkeit, und die Pritschen strömten den Geruch von feuchten, faulenden Lappen aus. Das Lager des Wirtes befand sich oben auf dem Ofen: die Bänke um den Ofen her galten als Ehrenplätze, und auf ihnen übernachteten die Gäste, die sich der besonderen Freundschaft des Besitzers erfreuten.

Tagsüber saß der Rittmeister gewöhnlich vor der Türe des Asyls auf einem lehnstuhlähnlichen Gebilde, das er selbst aus Ziegelsteinen aufgebaut hatte, oder er befand sich in der Schankwirtschaft des Jegor Wawilow schräg gegenüber: dort aß er zu Mittag und trank da seinen Schnaps.

Aristid Kuwalda hatte, ehe er dieses Nachtasyl übernahm, ein Stellenvermittlungsbüro für Hauspersonal in der Stadt geleitet; wenn man weiter in seine Vergangenheit zurückging, erfuhr man, daß er eine Druckerei gehabt hatte, und noch früher hatte er, wie er sagte, »einfach gelebt! Und zwar gut gelebt, hol mich der Teufel! Sozusagen mit Verstand gelebt!«

Er war ein breitschultriger großer Kerl von etwa fünfzig Jahren, mit einem sommersprossigen, von Schnaps gedunsenen Gesicht und breitem schmutzigblonden Bart. Seine großen grauen Augen blickten fröhlich und verwegen; er sprach in tiefem Baß mit einem eigenartigen Glucksen in der Kehle, und fast immer hatte er eine gebogene deutsche Tabakspfeife mit Porzellankopf zwischen den Zähnen. Wenn er zornig wurde, blähten sich die Flügel seiner gebogenen, feuerroten Nase, und die Lippen zuckten, wobei zwei Reihen großer, gelber Wolfszähne sichtbar wurden. Lang und krummbeinig, immer in den gleichen schmutzigen und zerrissenen alten Offiziersmantel gekleidet, mit einer fettigen Mütze mit rotem Rand, aber ohne Kokarde, und in schäbigen Filzstiefeln, die ihm bis zum Knie reichten, – so war Aristid Fomitsch morgens immer in dem Zustand, den man als Brummschädel bezeichnet, und abends angeheitert. Richtig berauscht war er niemals, soviel er auch trank, und niemals verlor er seine fröhliche Gemütsstimmung.

Abends, wenn er, die Pfeife zwischen den Zähnen, auf seinem Ziegelsteinsessel thronte, kamen seine Gäste.

»Was bist du für ein Mensch?« fragte er irgendeinen zerlumpten, gebeugten Kerl, den die Stadt als Säufer ausgestoßen hatte oder der aus einem andern, ebenso triftigen Grunde herabgesunken war.

Der Mann gab Bescheid.

»Kannst du mir als Bestätigung deines Geflunkers ein amtliches Papier vorweisen?«

Das Papier wurde vorgezeigt, sofern eins existierte. Der Rittmeister schob es in seine Jacke, meist ohne sich für den Inhalt zu interessieren, und sagte:

»Alles in Ordnung! Zwei Kopeken die Nacht, einen Zehner für die Woche und für den Monat drei Zehner. Geh hinein und such dir einen Platz, aber keinen, wo schon einer liegt, sonst wirst du verdroschen. Bei mir wohnen Leute, die nicht mit sich spaßen lassen.«

Neulinge fragten ihn: »Kann man bei Ihnen wohl Tee oder Brot oder sonst etwas zum Essen kaufen?«

»Ich verkaufe nur dieses Dach und die Wände und muß selber dem Schurken von Hausbesitzer, dem Kaufmann Judas Petunikow, fünf Rubel im Monat für dieses Loch bezahlen!« erklärte Kuwalda sachlich. »Zu mir kommen Leute, die sich die luxuriösen Ansprüche abgewöhnt haben. Wenn du aber durchaus jeden Tag fressen mußt, dann geh da drüben in die Schenke. Aber es wäre besser, du Auswurf gewöhntest dir das ab! Du bist doch kein vornehmer Herr – was brauchst du da noch zu essen? Friß dich selber auf!«

Für diese und ähnliche Reden, die stets ganz sachlich, dabei aber mit lachenden Augen vorgetragen wurden, und wegen der Aufmerksamkeit, mit der er für seine Schlafgäste sorgte, erfreute sich der Rittmeister einer großen Beliebtheit beim Lumpenproletariat der Stadt. Es kam wohl öfter vor, daß ein ehemaliger Kunde des Rittmeisters auf dem Hofe erschien, nicht mehr zerlumpt und elend, sondern mehr oder weniger anständig angezogen und wohlgenährt:

»Guten Tag, Euer Hochwohlgeboren! Wie geht's?«

»Guten Tag auch! Es geht gut. Und was weiter?«

»Sie kennen mich wohl nicht wieder?«

»Tut mir leid!«

»Sie erinnern sich vielleicht, daß ich vorigen Winter bei Ihnen einen Monat lang gewohnt habe – als die Polizei da war und drei Mann festnahm?«

»Ja, mein Lieber, unter meinem gastfreundlichen Dache hat die Polizei alle paar Tage was zu tun.«

»Ach, du lieber Gott, wissen Sie denn nicht mehr, wie Sie dem Polizeihauptmann die Faust unter die Nase hielten?«

»Ach was, spuck auf all die Erinnerungen und sage einfach, was du willst!«

»Ich wollte mir erlauben, Sie ein wenig zu bewirten! Damals, als ich hier wohnte, haben Sie ja auch ...«

»Die Dankbarkeit muß man unterstützen, denn sie ist selten unter den Menschen. Du scheinst ein netter Kerl zu sein, und wenn ich auch absolut nicht mehr weiß, wer du eigentlich bist, so begleite ich dich doch mit Vergnügen in die Kneipe und will mir auf deine weiteren Erfolge im Leben gerne einen ankümmeln.«

»Sie sind also immer noch der alte Spaßvogel?«

»Was sollte ich wohl sonst unter euch Trauerklößen anfangen?«

Sie gingen also. Mitunter kam der ehemalige Kunde des Rittmeisters völlig aufgelöst und erledigt in die Herberge und blieb über Nacht dort; am nächsten Morgen feierten sie das Wiedersehn weiter, und eines schönen Tages erwachte der Kunde mit dem Bewußtsein, daß er sein Hab und Gut wieder einmal versoffen hatte.

»Euer Wohlgeboren! Nein sowas! Jetzt bin ich also wieder in Ihr Regiment eingereiht! Was machen wir denn da?«

»Eine nicht eben rühmliche Lage, aber auch durchaus kein Grund zu klagen, wenn man so weit gekommen ist«, räsonierte der Rittmeister. »Man muß immer seine Ruhe behalten, mein Lieber, und sich das Leben nicht mit Philosophie und unnützen Fragen schwer machen. Philosophieren ist immer dumm und im Katzenjammer philosophieren erst recht. Gegen Katzenjammer hilft ein Schnaps und nicht Gewissensbisse und Zähneklappern – schone deine Zähne lieber für den Fall, daß dich einer mal in die Fresse haut. Da hast du zwei Zehner, geh rüber und hole einen Becher Schnaps, etwas heißes Gekröse oder Lungenhaschee, ein Pfund Brot und zwei saure Gurken. Wenn wir gefrühstückt haben, wollen wir die Lage der Dinge erwägen.«

Die Lage der Dinge war zwei Tage später durchaus eindeutig, indem von dem Dreirubel- oder Fünfrubelschein, den der Rittmeister vor dem Besuch seines dankbaren Kunden besessen hatte, auch nicht eine Kopeke übrig geblieben war.

»Endstation, aussteigen!« erklärte der Rittmeister dann. »Nachdem wir nun beide – deinetwegen, du Esel – unsern letzten Heller restlos versoffen haben, wollen wir versuchen, wieder auf den Pfad der Mäßigung und Tugend zurückzukehren. Es ist ein wahres Wort: wer nicht sündigt, tut auch keine Buße, – wer keine Buße tut, wird auch nicht erlöst. Gesündigt haben wir schon zur Genüge, das Bußetun ist aber überflüssig, wir wollen also gleich mit der Erlösung anfangen! Geh zum Hafen und arbeite! Wenn du deiner nicht sicher bist, dann sage dem Unternehmer, er solle dein Geld zurückbehalten, oder gib es mir. Wenn wir genügend Kapital zusammen haben, dann kaufe ich dir eine Hose und was sonst noch dazu gehört, damit du wieder als ordentlicher Mitbürger und bescheidener, vom Schicksal verfolgter Arbeitsmann gelten kannst. In einer neuen Hose kannst du wieder weit kommen. Also vorwärts marsch!«

Der Kunde begab sich zum Hafen und lachte im stillen über die langen und weisen Reden des Rittmeisters. Er ahnte die Bosheiten, die darin staken, aber vor sich sah er nur die lustigen Augen, hörte den frischen, aufmunternden Ton und wußte, daß er in dem redegewaltigen Rittmeister eine stützende Hand besaß, die ihn in Notfällen führen konnte. Und tatsächlich: nach ein paar Wochen angestrengter Arbeit befand sich der Kunde dank der strengen Aufsicht des Rittmeisters wieder in der wirtschaftlichen Lage, sich von neuem eine Stufe über die Situation zu erheben, in die er unter Kuwaldas gütigem Beistand geraten war.

»Nun, Freundchen«, sagte der Rittmeister, seinen wiederhergestellten Kunden kritisch betrachtend, »die Jacke und Hose hätten wir! Das sind Dinge von ungeheurer Bedeutung, das kann ich dir aus Erfahrung sagen. Solange ich noch anständige Hosen hatte, galt ich in der Stadt als ordentlicher Mensch, aber, weiß der Teufel, als meine Hosen kaputt waren, da sank ich auch im Ansehen der Menschen und mußte hier in dieses Loch hinabsteigen. Die Leute beurteilen alles nur nach dem Äußeren, mein lieber Hanswurst, das Wesen der Dinge aber bleibt ihnen dunkel, infolge ihrer angeborenen Dummheit. Schreibe dir das hinter die Ohren, und wenn du mir auch nur die Hälfte dessen, was du mir schuldig bist, bezahlen kannst, so geh in Gottes Namen und suche, so wirst du auch finden!«

»Wieviel bin ich Ihnen denn schuldig, Aristid Fomitsch?« fragte der Kunde verwirrt.

»Einen Rubel siebzig – gib mir jetzt einen Rubel oder auch siebzig Kopeken. Das übrige will ich dir stunden, bis du etwas mehr zusammenverdient oder zusammengeklaut hast, als du jetzt besitzt.«

»Ich danke Ihnen ergebenst«, sagte der Klient gerührt, »Sie sind doch ein guter Mensch! Es ist ein Jammer, daß Sie im Leben so schlecht weggekommen sind. Was für ein Mordskerl könnten Sie sein, wenn Sie am richtigen Platz ständen!«

Der Rittmeister konnte nicht leben ohne schwungvolle Reden.

»Was heißt am richtigen Platz? Kein Mensch kennt seinen richtigen Platz im Leben, und alle kriechen sie in ein fremdes Geschirr. Der Kaufmann Judas Petunikow wäre im Zuchthaus am richtigen Platze, statt dessen läuft er am hellichten Tage in der Stadt frei herum und will sogar hier eine Fabrik bauen. Unser Schulmeister wäre am richtigen Platz bei einer hübschen Frau mit einem halbdutzend Kindern, aber er hockt bei Wawilow in der Kneipe. Und du – du gehst dir jetzt eine Stelle als Hausdiener oder Kellner suchen, und dabei sehe ich doch, daß du eigentlich hättest Soldat werden müssen, denn du bist nicht dumm, verträglich und verstehst dich auf Disziplin. Siehst du nun, wie es steht? Das Leben mischt uns durcheinander wie ein Kartenspiel, und nur durch Zufall – und auch dann nicht für lange – kommen wir auf unseren richtigen Platz.«

Mitunter hatten diese Abschiedsreden zur Folge, daß die Bekanntschaft fortgesetzt wurde, was wieder mit einem ordentlichen Gelage anfing und wieder dazu führte, daß der Klient sein ganzes Geld vertrank, worauf der Rittmeister ihm Revanche anbot, bis wieder beide nicht eine Kopeke mehr besaßen.

Derartige Wiederholungen störten das Einvernehmen zwischen beiden Parteien keineswegs. Der oben erwähnte Schulmeister gehörte gerade zu dieser Sorte von Kunden, deren Stellung immer wieder repariert wurde, nur um sofort von neuem zusammenzubrechen. Durch seinen Intellekt stand er dem Rittmeister menschlich am nächsten, und vielleicht war eben dies der Grund, daß er, nachdem er einmal bis zu dem Obdachlosenasyl herabgesunken war, keinen Weg zurückfinden konnte.

Bei ihm allein konnte Aristid Kuwalda sicher sein, daß seine Philosophie verstanden wurde. Er wußte das zu schätzen, und sobald der rehabilitierte Schullehrer genügend Geld zusammen hatte, um das Nachtasyl zu verlassen und sich irgendwo in der Stadt einzumieten, gab ihm Aristid Fomitsch mit so schwermütiger Miene und einem solchen Aufwand von melancholischen Tiraden das Geleit, daß beide sich unweigerlich darüber betranken, bis alles Geld dahin war. Wahrscheinlich richtete es Kuwalda absichtlich so ein, daß es der Schullehrer trotz allem guten Willen nie fertig brachte, aus dem Nachtasyl wegzukommen. Wie hätte Aristid Kuwalda, ein Gentleman mit höherer Bildung, deren letzte Splitter auch jetzt noch gelegentlich in seinen Reden aufblitzten, ein Mensch, dessen Neigung zum Grübeln durch ein widriges Schicksal noch verstärkt worden war, – wie hätte ein solcher Mann nicht wünschen und versuchen sollen, einen ähnlich gearteten Menschen immer bei sich zu behalten?

Der Schulmeister hatte früher an einem Lehrerseminar irgendwo an der Wolga unterrichtet, war aber wegen einer Skandalgeschichte entlassen worden. Dann war er Kontorist in einem Ledergeschäft, wurde aber auch dort hinausgeworfen. Er war dann Bibliothekar an einer Leihbücherei, probierte noch mehrere andere Berufe und ergab sich schließlich, nachdem er noch die Sachwalterprüfung beim Amtsgericht bestanden hatte, dem »Suff aus Weltschmerz«. So kam er in Kuwaldas Asyl. Er war groß, aber kurzhalsig, hatte eine lange spitze Nase und einen völlig kahlen Kopf. Aus seinem gelben knochigen Gesicht mit dem spitzen Bärtchen blitzten große unruhige Augen, die tief in ihre Höhlen zurückgesunken waren, und seine Mundwinkel waren schwermütig nach unten gesenkt. Die Mittel zum Leben, oder besser zum Trinken, beschaffte er sich durch kleine Reporterberichte in den Lokalzeitungen. Es kam vor, daß er in einer Woche bis zu fünfzehn Rubel verdiente. Dann gab er sie dem Rittmeister und sagte:

»Das reicht! Ich kehre zurück an den Busen der Zivilisation! Noch eine Woche Arbeit – und ich kann mich ordentlich anziehen, und dann addio, mio caro!«

»Sehr lobenswert! Ich fühle aus ganzer Seele mit dir, Philipp, und ich gebe dir diese ganze Woche kein einziges Glas Schnaps mehr«, sagte der Rittmeister streng.

»Ich danke dir! Nicht einen Tropfen?«

Der Rittmeister hörte aus seinen Worten etwas wie eine schüchterne Bitte um Nachsicht und wiederholte noch strenger: »Keinen einzigen Tropfen – und wenn du heulst!«

»Ja, natürlich«, seufzte der Schulmeister und begab sich zu seiner Zeitung. Am nächsten Tage, spätestens am übernächsten aber saß er dann erschöpft und durstig in einer Ecke, sah den Rittmeister mit flehenden, traurigen Augen an und wartete bebend darauf, daß das harte Herz seines Freundes sich erweichen möge. Der Rittmeister machte ein grimmiges Gesicht und hielt ihm

Reden, die von tödlicher Ironie durchtränkt waren, über die Verächtlichkeit der Charakterschwäche, über das viehische Laster der Trunksucht und ähnliche zur Situation passende Themata. Man mußte ihm zugestehen, daß er völlig ehrlich von seiner Rolle als Mentor und Moralprediger durchdrungen war; die ständigen Gäste des Nachtasyls waren doch skeptisch gestimmt und blinzelten sich gegenseitig an, während sie beobachten, wie er auf und ab ging und seine Bußpredigten hielt.

»Der Schlauberger! Wie er großtut: Du hast auf mich nicht hören wollen – nun hast du dir's selber zuzuschreiben!«

»Seine Wohlgeboren sind der richtige Krieger: er greift an und hält sich zugleich den Rückzug schon frei.«

Der Schullehrer aber kriegte den Freund irgendwo in einer dunklen Ecke am Zipfel seines schmutzigen Mantels zu fassen und blickte ihm zitternd, die ausgedörrten Lippen leckend, ins Gesicht, mit einem tieftragischen Blick, in dem ein Jammer lag, den Worte niemals hätten ausdrücken können.

»Kannst du nicht mehr?« fragte der Rittmeister mürrisch. Der Lehrer nickte stumm bejahend mit dem Kopf und ließ ihn dann verzweifelt auf die Brust sinken, wobei sein langer hagerer Körper krampfhaft zuckte.

»Halt noch einen Tag aus – vielleicht kommst du durch«, meinte Kuwalda. Der Lehrer seufzte und schüttelte hoffnungslos und verneinend den Kopf. Der Rittmeister sah, wie der magere Körper des Freundes vor Gier nach dem Rauschgift bebte, und er griff in die Tasche und holte ein Geldstück hervor.

»In den meisten Fällen ist es zwecklos, gegen das

Schicksal anzukämpfen«, sagte er dazu, als wollte er sich vor irgend jemand rechtfertigen.

Wenn aber der Schullehrer die ganze Woche lang durchhielt, spielte sich zwischen ihm und dem Rittmeister eine rührende Abschiedsszene ab, die dann gewöhnlich ihren Abschluß in Wawilows Kneipe fand.

Der Schulmeister vertrank übrigens nicht alles, was er verdiente; wenigstens die Hälfte seines Geldes verbrauchte er für die Kinder der Zufahrtstraße. Arme Leute sind immer reich mit Kindern gesegnet, und in dem Staub und den Löchern der Straße lärmten den ganzen Tag über Rudel von schmutzigen, zerlumpten, halbverhungerten Kindern.

Kinder sind wie Blumen; auf der Zufahrtstraße sahen sie aus wie vorzeitig verwelkte Blüten, vielleicht weil der Nährboden, auf dem sie wuchsen, zu arm an gesunden Säften war.

Zuweilen nun sammelte der Lehrer diese Kinder um sich und ging mit ihnen, nachdem er Brötchen, Eier, Äpfel und Nüsse zusammengekauft hatte, hinaus in die Felder an den Fluß. Dort lagerten sie sich auf der Erde und verschlangen zuerst gierig alles, was der Lehrer ihnen gab. Dann spielten sie und erfüllten die Luft auf der Werst im Umkreis mit ihrem sorglosen Lärmen und Gelächter. Die magere lange Gestalt des alten Säufers schien kleiner zu werden inmitten dieser kleinen Leute, die ihn mit völliger Selbstverständlichkeit als einen der ihren behandelten. Sie nannten ihn sogar einfach Philipp, ohne seinem Namen ein »Onkel« oder dergleichen beizufügen. Sie turnten um ihn herum wie die Wiesel, pufften ihn, sprangen ihm auf den Rücken, klatschten ihn auf die Glatze und zogen ihn an der Nase. Er schien das gern zu haben, denn er protestierte nie gegen derartige Freiheiten. Er sprach überhaupt wenig mit ihnen, und wenn er sprach, dann klang es seltsam vorsichtig, geradezu schüchtern, als fürchtete er, seine Worte könnten sie irgendwie beschmutzen oder ihnen sonstwie schädlich sein. Er verbrachte lange Stunden mit ihnen als ihr Kamerad oder Spielzeug, betrachtete ihre lebhaften dreckigen kleinen Gesichter mit seinen traurigen Augen und ging dann nachdenklich und langsam von ihnen zu Wawilows Kneipe, wo er sich rasch und wortlos bis zur völligen Bewußtlosigkeit betrank.

Fast jeden Tag, wenn der Schullehrer von seiner Redaktion zurückkam, brachte er eine Zeitung mit. Um ihn bildete sich dann stets eine allgemeine Versammlung aller Gescheiterten des Nachtasyls. Sobald er erschien, kamen sie aus allen Ecken des Hofes auf ihn zu, in bunte Fetzen gekleidet, betrunken oder nach mangelhaft ausgeschlafenem Rausch, alle aber schmutzig und erbärmlich.

Es kam der dicke Alexej Maximowitsch Simzow, ehemaliger Bezirksförster, jetzt Straßenhändler mit Streichhölzern, Tinte, Stiefelwichse und angefaulten Zitronen. Er war ein Mann von etwa sechzig Jahren, in einen Segeltuchmantel gehüllt, mit einem breiten Schlapphut, dessen ausgefranste Krempe sein dickes rotes Gesicht beschattete. Aus dem dichten weißen Bart lugte ein kleines feuerrotes Näschen lustig in die Welt hinaus. Auch die wulstigen Lippen hoben sich leuchtendrot von dem weißen Bart ab, und die kleinen Triefäuglein blickten spöttisch. Er wurde der »Brummkreisel« genannt, und dieser Spitzname kennzeichnete treffend seine runde Gestalt und seine Art zu sprechen, die wie ein eigenartiges Schnurren klang.

Aus einem anderen Winkel erschien »das Ende« – ein mürrischer, schwarzer, schweigsamer Trunkenbold, der ehemalige Gefängniswärter Luka Antonowitsch Martjanow, ein Mensch, der sich seinen Lebensunterhalt durch Gesellschaftsspiele wie »Knobeln«, »Grad oder ungrad«, »Kümmelblättchen« und ähnliche Künste verdiente, die ebenso geistreich, wie bei der Polizei unbeliebt sind. Er ließ seinen schweren, schon mehrfach von grausamen Prügeln entstellten Körper massig ins Gras sinken, blitzte den Lehrer aus seinen schwarzen Augen an und fragte, während seine Hand nach der Flasche griff, in heiserem Baß: »Ist's gestattet?«

Es erschien auch der Mechaniker Pawel Solnzew, ein schwindsüchtiger Mensch von dreißig Jahren. Seine linke Hüfte war gelähmt von einer Schlägerei, und sein spitzes gelbes Fuchsgesicht verzog sich ständig zu einem giftigen Lächeln. Die schmalen Lippen entblößten zwei Reihen geschwärzter, von Krankheit zerstörter Zähne, und die Lumpen hingen auf seinen schmalen, knochigen Schultern wie auf einem Kleiderständer. Er hieß „der Abgefressene«. Er handelte mit Scheuerbürsten eigener Herstellung und mit Besen aus einer besonderen Art Gras, die sich sehr gut zum Kleiderreinigen eignen sollten.

Es kam weiter ein langer, knochiger, einäugiger Mensch unbekannter Herkunft, mit einem seltsamen erschrockenen Ausdruck in dem runden großen Auge. Er war schweigsam und ängstlich und hatte dreimal wegen Diebstahls im Gefängnis gesessen. Er hieß Kisselnikow, aber man nannte ihn »Anderthalb Taras«, denn er war genau anderthalbmal so groß wie sein bester Freund und unzertrennlicher Begleiter, der Diakon Taras, der für seine Trunksucht und unsittliches Benehmen seiner geistlichen Würde beraubt worden war. Der Diakon war ein kleiner, stämmiger Mann mit einem mächtigen Brustkasten und einem runden Wuschelkopf. Er tanzte erstaunlich gut und schweinigelte noch besser. Die beiden Freunde waren Spezialisten für Holzsägen am Flußufer; in seinen Freistunden aber erzählte der Diakon seinem Freunde, auch sonst jedem, der zuhören wollte, Geschichten, die er, wie er sagte, »selbst gedichtet« hatte. Diese Geschichten, die stets Könige, Heilige, Generale und Priester als Helden hatten, waren derartig, daß sogar die Bewohner des Nachtasyls verächtlich ausspuckten und die Augen aufrissen vor Erstaunen über die Phantasie des Diakons, der mit halbgeschlossenen Augen und leidenschaftsloser Stimme die unanständigsten Dinge und die tollsten schmutzigen Abenteuer erzählte. Die Phantasie dieses Menschen war gewaltig und unerschöpflich; er konnte den ganzen Tag vom Morgen bis zum Abend erzählen, ohne sich je zu wiederholen. An ihm war vielleicht ein ganz großer Dichter verloren gegangen, jedenfalls ein mehr als durchschnittlicher Erzähler, der selbst Steine mit seinen schmutzigen und doch anschaulichen und wirkungsvollen Worten zu beleben und zu beseelen verstand.

Dann war da noch ein tölpelhafter Jüngling, den Kuwalda »Meteor« getauft hatte. Er war eines Abends plötzlich aufgetaucht und lebte seitdem unter den Bewohnern des Nachtasyls, zu deren größtem Erstaunen. Anfangs wurde er kaum beachtet; tagsüber ging er fort, wie alle, sich seinen Lebensunterhalt zu suchen, abends aber lungerte er ständig um den eben geschilderten Freundeskreis herum, und schließlich fiel er dem Rittmeister auf.

»He, Junge, was stellst du vor auf dieser Erde?«

Der Junge erwiderte kurz und mutig: »Ich bin ein Barfüßer.«

Der Rittmeister sah ihn kritisch an. Es war ein langmähniger Bursche mit breitem, dümmlichem Gesicht, das durch eine Stülpnase geziert war. Er trug eine blaue Bluse ohne Gürtel, auf dem Kopf saß der Rest eines Strohhutes. Er lief barfuß.

»Du bist ein Schafskopf«, entschied Aristid Kuwalda. »Was stößt du dich hier herum? Du bist zu nichts zu gebrauchen. Trinkst du Schnaps? Nein! Kannst du stehlen? Auch nicht? Dann geh erst und lerne das und komm wieder, wenn du ein Mensch geworden bist.«

Der Bursche lachte nur. »Nein, ich will lieber hier bleiben!«

»Weshalb?«

»Bloß so.«

»Ach, du Meteor!« sagte der Rittmeister.

»Ich schlage ihm gleich mal ein paar Zähne aus«, erbot sich Martjanow.

»Warum denn?« erkundigte sich der Bursche.

»Bloß so ...«

»Dann nehme ich einen Stein und schlage dir damit den Schädel ein«, erklärte der Junge höflich.

Martjanow hätte ihn wohl verprügelt, wenn nicht Kuwalda sich für ihn eingesetzt hätte.

»Laß ihn doch! Er hat vielleicht eine gewisse Ähnlichkeit mit dir und mit uns allen. Du willst ihm ohne genügende Ursache die Zähne ausschlagen, und er will, ebenso wie du, ohne Grund bei uns leben. Na, so mag er doch, zum Teufel! Wir leben ja alle ohne genügende Ursache. Wir leben! Aber wozu? Bloß so ... Also laß ihn!«

»Sie täten jedenfalls besser, sich wieder hinwegzubegeben, junger Mann«, riet der Schullehrer, den Burschen mit seinen traurigen Augen musternd.

Der Bursche sagte nichts und blieb. Man gewöhnte sich an ihn und beachtete ihn nicht mehr. Er aber lebte unter ihnen und beobachtete alles.

Die eben geschilderten Subjekte stellten den Generalstab des Rittmeisters dar, und er nannte sie mit gutmütiger Ironie die »gewesenen Leute«. Außer ihnen wohnten in dem Nachtasyl noch ständig fünf oder sechs gewöhnliche Vagabunden. Es waren Leute vom Lande, und sie konnten sich keiner auffallenden Vergangenheit rühmen wie die »Gewesenen«, und wenn sie auch nicht weniger hatten vom Schicksal erleiden müssen, so waren sie doch weniger davon angegriffen als diese, nicht so gänzlich zerbrochen.

Es mag richtig sein, daß ein Kulturmensch geistig höher steht als ein Bauer, immer jedoch ist ein verkommener Städter unvergleichlich viel widerlicher und schmutziger als ein verkommener Bauer. Diese Tatsache trat klar hervor, wenn man die ehemaligen »Gebildeten« unter den Bewohnern von Kuwaldas Zufluchtstätte den früheren Bauern gegenüberstellte.

Der offensichtliche Anführer der ehemaligen Bauern war ein alter Lumpensammler namens Tiapa. Er war lang und unglaublich mager und hielt den Kopf immer so weit gesenkt, daß das Kinn die Brust berührte; seine Silhouette erinnerte dadurch an einen Feuerhaken. Von vorne betrachtet, war sein Gesicht fast unsichtbar, und im Profil sah man nur die gebogene Nase, die hängende

Unterlippe und die buschigen Augenbrauen sich abzeichnen. Er war der Zeit seines Aufenthaltes nach der älteste unter den Gästen des Rittmeisters, und man erzählte sich, er habe irgendwo viel Geld versteckt. Um dieses Geldes willen war ihm vor zwei Jahren jemand mit dem Messer »über die Gurgel gefahren«, und seitdem hielt er den Kopf so seltsam schief. Er leugnete die Existenz dieses Geldes und behauptete, man hätte ihn »bloß so, aus Gemeinheit angehackt«; übrigens sei diese Verletzung für ihn sehr vorteilhaft beim Sammeln von Lumpen und Knochen auf der Straße – dabei müsse er den Kopf ja sowieso gesenkt halten. Wenn er mit seinen schwankenden unsicheren Schritten daherkam, ohne den Stock und den Lumpensack, die Abzeichen seines Berufes, – dann glich er einem Menschen, der bis zur Grenze der Bewußtlosigkeit in Gedanken versunken ist. Kuwalda pflegte in solchen Augenblicken auf ihn zu deuten und zu sagen: »Seht mal, da kommt das ausgerissene schlechte Gewissen des Kaufmanns Judas Petunikow daher und sucht eine Zufluchtstätte! Seht doch, was für ein zerlumptes, schäbiges, dreckiges Gewissen das ist!«

Tiapa sprach mit heiserer, kaum verständlicher Stimme, und vielleicht redete er deshalb so wenig und liebte die Einsamkeit. Jedesmal jedoch, wenn in dem Nachtasyl ein neues Individium erschien, das die Not aus dem Dorf vertrieben hatte, geriet Tiapa in traurige Unruhe und Wut. Er verfolgten den Unglücklichen mit bissigen Spottworten, die er mit einem bösen Fauchen aus seiner Gurgel hervorstieß, er hetzte irgendeinen boshaften Bettler auf ihn und drohte schließlich, ihn nachts eigenhändig zu verprügeln und auszurauben, – und erreichte fast jedesmal, daß der verschüchterte und erschrockene Bursche aus dem Nachtasyl verschwand und sich nicht wieder sehen ließ.

Dann wurde Tiapa wieder friedlich und verkroch sich in irgendeinen Winkel, wo er seine Lumpen flickte oder in seiner Bibel las, die ebenso alt, zerfetzt und schmutzig war wie er selber.

Auch wenn der Schulmeister die Zeitung mitbrachte und daraus vorlas, kam er aus seinem Winkel hervor. Meistens hörte Tiapa wortlos zu und seufzte nur hin und wieder tief auf, ohne zu dem Gelesenen irgendwelche Fragen zu stellen. Wenn aber der Lehrer geendet hatte und die Zeitung zusammenfaltete, streckte Tiapa seine knochige Hand aus und sagte:

»Gib mal her!«

»Was willst du damit?«

»Vielleicht steht etwas darin über uns.«

»Über wen?«

»Über unser Dorf.«

Man lachte ihn aus und warf ihm die Zeitung hin. Er nahm sie und las die Berichte darüber, daß in einem Dorfe die Getreideernte vom Hagel vernichtet sei, in einem andern dreißig Gehöfte niedergebrannt seien oder eine Frau ihre ganze Familie vergiftet habe, – kurz alles, was in den Zeitungen über das Dorfleben geschrieben wird, um es so unglücklich, töricht und schlecht darzustellen wie nur möglich. Tiapa las alles, ohne aufzusehen, und brummte dazu, wodurch er vielleicht Mitgefühl, vielleicht aber auch Vergnügen ausdrücken wollte.

Den größten Teil der Sonntage, an denen er niemals zum Lumpensammeln ausging, verbrachte er über der Lektüre seiner Bibel. Er las und brummte oder seufzte dazu. Er hielt das Buch gegen die Brust gestemmt und wurde böse, wenn jemand es anfassen wollte oder ihn sonst beim Lesen störte.

»He, du Schwarzkünstler«, sagte Kuwalda zu ihm. »Schmeiß das Buch weg, du verstehst ja doch nichts!«

»Du verstehst wohl mehr?«

»Das hast du recht, alter Hexenmeister! Ich verstehe auch nichts, aber ich lese auch keine Bücher.«

»Und ich lese!«

»Du bist eben dumm«, entschied der Rittmeister, »wenn einer Krabbeltierchen auf dem Kopf bekommt, dann ist das lästig – aber wenn sich sogar im Kopf Gedanken festsetzen, wie soll man dann leben, du alte Kröte?«

»Ich habe sowieso nicht mehr lange zu leben«, sagte Tiapa ruhig.

Einmal wollte der Schullehrer wissen, wo er lesen gelernt habe. Tiapa erwiderte kurz:

»Im Gefängnis.«

»Hast du denn gesessen?«

»Ja.«

»Wofür?«

»Ach bloß so, aus Versehen. Die Bibel habe ich auch dort mitbekommen. Die hat mir eine feine Dame geschenkt. Es ist schön im Gefängnis.«

»Nanu? Wieso denn?«

»Man lernt viel dabei. Ich habe da lesen gelernt und das Buch bekommen – und alles umsonst!«

Als der Schullehrer im Nachtasyl erschien, hauste Tiapa schon lange dort. Er beobachtete den Lehrer lange Zeit; um ihm ins Gesicht sehen zu können, mußte Tiapa seinen langen Körper schief auf die Seite neigen, und nachdem er längere Zeit seinen Reden zugehört hatte, setzte er sich eines Tages zu ihm.

»Du bist doch früher ein Studierter gewesen, hast du auch die Bibel gelesen?«

»Jawohl.«

»Und weißt du noch, was drin steht?«

»Hm, ich denke, ja ...«

Der Alte bog seinen Oberkörper zur Seite und sah den Lehrer zweifelnd aus seinen grauen, harten Augen an.

»Erinnerst du dich, daß da von den Amalekitern die Rede ist?«

»Na und?«

»Wo sind sie jetzt?«

»Verschwunden, Tiapa, ausgestorben.«

Der Alte schwieg einen Augenblick und fragte dann weiter: »Und die Philister?«

»Die auch.«

»Alle ausgestorben?«

»Ja, alle.«

»So ... und müssen wir auch einmal aussterben?«

»Wenn unsere Zeit gekommen ist, dann sterben wir auch aus«, erklärte der Schulmeister ungerührt.

»Und von welchem Stamme Israels kommen wir her?«

Der Lehrer sah ihn an, dachte eine Weile nach und begann dann von den Kymmeriern, Skythen, Slawen zu erzählen. Der alte Lumpensammler beugte sich noch mehr zur Seite und sah ihn mit erschrockenen Blicken an.

»Das ist alles gelogen«, keuchte er, als der Lehrer geendet hatte.

»Wieso denn?« fragte dieser verblüfft.

»Na, alle die Völker, die du mir genannt hast, die gibt es nicht in der Bibel!«

Er stand auf und ging fort, tief beleidigt und zornig vor sich hin brummend.

»Du wirst langsam kindisch, Tiapa«, rief ihm der Lehrer voll Überzeugung nach.

Da drehte sich der Alte noch einmal nach ihm um und drohte ihm mit seinen knochigen, schmutzigen Hakenfingern.

»Gott schuf Adam, von Adam stammen die Juden, also stammen alle Menschen von den Juden ... und wir auch!«

»Na und?«

»Die Tataren kommen von Ismael – und der stammt auch von den Juden.«

»Ja, was willst du eigentlich?«

»Nichts! Warum lügst du?«

Und er ging davon. Der Lehrer sah ihm ratlos nach. Nach zwei Tagen jedoch setzte sich Tiapa wieder zu dem Lehrer.

»Du hast doch studiert, du mußt das wissen. Was sind wir für ein Volk?«

»Slawen, mein Lieber«, erwiderte der Lehrer und wartete gespannt auf Tiapas Antwort, bemüht, zu verstehen, wo er hinauswollte.

»Rede nach der Bibel! Dort gibt es keine Slawen! Wer sind wir, Babylonier oder Edomiter oder was sonst?«

Der Lehrer fing an, die Bibel zu kritisieren. Der Alte hörte lange aufmerksam zu und unterbrach ihn endlich:

»Halt! Hör auf! Also unter den Völkern, die Gott kennt, sind die Russen nicht? Wir sind also ein Volk, von dem Gott nichts weiß? Das meinst du doch? Die in der Bibel stehen, die hat Gott gekannt. Er hat sie mit Feuer und Schwert geschlagen, ihre Dörfer und Städte verheert. Aber er hat ihnen auch seine Propheten als

Lehrer geschickt – also liebte er sie doch! Die Juden und die Tataren hat er in der Welt zerstreut, aber er hat sie beim Leben erhalten. Und wir? Warum schickt er uns keine Propheten?«

»Ich weiß nicht«, sagte der Lehrer gedehnt. Er gab sich Mühe, den Alten zu verstehen. Der aber legte ihm die Hand auf die Schulter und begann ihn langsam hin und her zu wiegen, wobei er keuchte, als würge ihn etwas:

»Das hättest du gleich sagen sollen! Aber du redest so daher, als wüßtest du alles. Mir wird ganz schlecht, wenn ich dir zuhöre. Du verwirrst mir nur die Seele. Solltest lieber den Mund halten. Wer sind wir? Warum haben wir keine Propheten? Aha? Wo waren wir, als der Herr Christus noch auf Erden wandelte? Siehst du! Und flunkerst noch, daß ein ganzes Volk sterben kann. Das russische Volk kann nicht verschwinden, das ist gelogen! Es steht auch in der Bibel, man weiß nur nicht, unter welchem Namen. Kennst du überhaupt das Volk? Es ist gewaltig! Wie viele Dörfer gibt es auf der Welt? Und überall wohnt das Volk, richtiges, starkes, gesundes Volk. Und du sagst, sie werden aussterben! Ein Volk kann nicht sterben, ein Mensch wohl, aber das Volk ist Gottes Werkzeug, er baut damit die Welt! Auch die Amalekiter sind nicht gestorben, sie heißen heute Deutsche oder Franzosen. Aber du – ach du! Und nun sage mir, warum sieht Gott uns nicht an? Warum schickt er uns weder Strafen noch Propheten? Wer soll uns belehren?«

Die Rede Tiapas war gewaltig und unheimlich. Spott und Vorwurf und ein tiefer Glaube klangen aus ihr. Er sprach noch lange, und der Lehrer, der wie gewöhnlich etwas angetrunken und in friedlicher Stimmung war, hatte ein Gefühl bei dieser Rede, als zersägte man sein Inneres mit einer stumpfen Säge. Er hörte dem Alten zu, sah seinen verkrüppelten Körper vor sich und fühlte die seltsame, erdrückende Gewalt seiner Worte, und auf einmal kam er sich selbst so bemitleidenswert vor, daß ihm sterbenstraurig zumute wurde. Er wollte dem Alten gern auch etwas Kräftiges, Überzeugendes sagen, etwas, was Tiapa wieder zu seinen Gunsten eingenommen, ihn veranlaßt hätte, nicht mehr in diesem vorwurfsvollen Tone mit ihm zu reden, sondern anders, mehr väterlich und freundlich. Und der Lehrer fühlte, wie es in seinem Herzen aufstieg, ihm in die Kehle drängte – aber die gewaltigen Worte wollten sich nicht formen.

»Was bist du für ein Mensch! Deine Seele ist zerrissen, du sprichst von allen Dingen, als ob du was wüßtest. Du solltest lieber schweigen ...«

»Ach, Tiapa«, rief der Lehrer mißmutig, »du hast ganz recht. Und das vom Volk ist auch richtig! Es ist gewaltig – aber ich bin ihm entfremdet, es versteht mich nicht. Das ist die Tragödie meines Lebens! Aber was tut's! Ich muß es leiden! Und Propheten sind keine da – keine! Ich rede zu viel, das ist wahr, und es nützt keinem was. Aber ich werde nun schweigen. Nur rede nicht so mit mir. Ach, Tiapa, du weißt ja nicht, du weißt ja nicht ... Du kannst das nicht verstehen!«

Schließlich fing der Lehrer an zu weinen. Er weinte frei und leicht mit reichlichen Tränenströmen, so daß ihm ganz wohl dabei wurde.

»Du solltest aufs Land gehen. Du könntest da Lehrer sein oder Schreiber. Dann hättest du satt zu essen, und es täte dir gut. Wozu jammerst du denn hier herum?« krächzte Tiapa.

Der Lehrer aber weinte unaufhaltsam und labte sich an seinen Tränen. Seit jener Zeit waren sie Freunde, und die »Gewesenen«, die sie zusammen sahen, fragten:

»Der Lehrer schmeißt sich dem Tiapa an den Hals – er zielt auf sein Geld.«

»Dazu hat ihn Kuwalda aufgehetzt. Er soll herauskriegen, wo der Alte seine Kapitalien versteckt hat.«

Vielleicht dachten sie anders, als sie sprachen. Diese Menschen hatten einen seltsamen Zug: sie machten sich voreinander gern schlechter, als sie in Wirklichkeit waren.

Ein Mensch, der keine guten Eigenschaften besitzt, ist mitunter nicht abgeneigt, mit seiner Schlechtigkeit zu prahlen ...

Wenn alle um den Lehrer versammelt sind, beginnt die Zeitungslektüre.

»Na«, sagt der Rittmeister, »was gibt es heute Neues in der Zeitung? Ist ein Feuilleton dabei?«

»Nein«, meldet der Lehrer.

»Euer Verleger ist ein Geizkragen. Ist denn ein Leitartikel da?«

»Ja, ich glaube, er ist von Gulajew.«

»Aha! Also los damit! Der Halunke versteht zu schreiben! Hol ihn der Teufel!«

»Die vor mehr als fünfzehn Jahren erfolgte Werteinschätzung des Grundbesitzes bildet auch heute noch die Grundlage für die Festlegung der städtischen Steuern ...«

»Das ist naiv«, kommentiert Kuwalda, »dient auch heute noch als Grundlage! Lächerlich! Weil es den Kaufleuten, die die Stadt kommandieren, so paßt, darum dient sie eben heute noch!«

»Davon handelt ja der Artikel«, sagt der Lehrer.

»So? Merkwürdig! Das ist aber mehr ein Thema fürs Feuilleton. Darüber muß man viel gepfefferter schreiben!«

Es entsteht eine kleine Diskussion. Das Publikum hört aufmerksam zu, denn es ist erst eine Flasche Schnaps aufgekorkt worden. Nach dem Leitartikel liest man die Lokalnachrichten, dann die Gerichtszeitung. Wenn im Kriminalbericht ein Kaufmann als handelnde oder leidende Person auftritt, dann frohlockt Aristid Kuwalda. Ein Kaufmann ist bestohlen worden – herrlich! Schade nur, daß sie ihm nicht mehr abgeknöpft haben! Ist er mit seinem Wagen verunglückt – sehr angenehm. Zu bedauern ist nur, daß er mit dem Leben davongekommen ist. Hat ein Kaufmann einen Prozeß verloren – ausgezeichnet! Nur hätte er die doppelten Gerichtskosten zahlen sollen.

»Das wäre ungesetzlich!« sagt der Lehrer.

»Ungesetzlich! Ja, ist denn der Kaufmann selber gesetzlich?« fragt Kuwalda bitter. »Was ist ein Kaufmann? Betrachten wir diese unkultivierte, sinnlose Erscheinung einmal etwas näher. Zunächst ist jeder Kaufmann ein Bauer. Er kommt in die Stadt, und nach einiger Zeit wird er Kaufmann! Dazu muß er Geld haben – und woher bekommt ein Bauer Geld? Bekanntlich niemals durch ehrliche Arbeit! Das heißt also, der Bauer hat gemaust oder geschwindelt! Mit anderen Worten: ein unehrlicher Bauer!«

»Gut gesagt!« stimmt das Publikum der Beweisführung des Redners zu.

Tiapa reibt sich brummend die Brust. Genauso brummt er, wenn er morgens mit schmerzendem Schädel das erste Glas Schnaps zu sich nimmt. Der Rittmeister strahlt. Es folgt die Rubrik: »Man schreibt uns.«

СТЕРЕДЬ

Hier ist der Rittmeister erst recht »in seinem Element«, wie er sagt. Er sieht überall, wie die Kaufleute das Leben verunstalten, wie geschickt sie ihre Nebenmenschen zu vergewaltigen und ins Elend zu bringen wissen. Seine dröhnende Rede vernichtet den Kaufmann in Grund und Boden. Man hört ihm mit Vergnügen zu, denn er flucht so saftig.

»Wenn ich für Zeitungen schriebe«, schreit er, »dann würde ich den Kaufmann in seiner wahren Gestalt aufzeigen! Ich würde zeigen, daß er nur ein Vieh ist, das zeitweise die Rolle eines Menschen spielt. Ich kenne ihn! Er ist dumm und roh, er hat kein Gefühl für die Schönheit des Lebens, hat keinen Begriff vom Vaterland und kennt überhaupt nichts Höheres als seine Groschen!«

Der Abgefressene, der die schwache Seite des Rittmeisters kennt und dem es Freude macht, andere zu reizen, ruft giftig dazwischen: »Ja, seit die Edelleute geschlossen verhungern, gibt es keine ordentlichen Menschen mehr in der Welt!«

»Du hast recht, du Bastard von Spinne und Kröte; seit die Edelleute nichts mehr bedeuten, gibt es keine Menschen mehr! Es gibt nur noch Kaufleute, und die hasse ich!«

»Das kann man verstehen, sie haben dich ja auch in den Dreck getreten!«

»Mich? Ich bin zugrunde gegangen an meiner Liebe zum Leben, du Esel! Ich habe das Leben geliebt – der Kaufmann aber saugt es aus. Eben darum ist er mir so unerträglich – nicht, weil ich ein Edelmann bin! Ich bin auch gar kein Edelmann, sondern einfach ein gewesener Mensch. Jetzt ist mir all das ganz wurst, und ich spucke darauf. Das Leben ist für mich nichts weiter als eine Geliebte, die mich sitzengelassen hat, wofür ich sie tief verachte. Es ist mir alles ganz gleichgültig.«

»Quatsch«, sagt der Abgefressene.

»Quatsch?« brüllt Aristid Kuwalda, krebsrot vor Wut.

»Was schreit Ihr so?« ertönt der kalte, dumpfe Baß Martjanows, »worum streitet Ihr? Kaufmann oder Edelmann – was geht uns das an!«

»Sintemalen wir nicht bäh, nicht mäh, nicht kikeriki mehr sagen können«, fällt der Diakon Taras ein.

»Hör doch auf, Abgefressener«, sagt der Lehrer versöhnlich. »Wozu den Hering noch salzen?«

Er mag keinen Streit und überhaupt ist ihm jeder Lärm zuwider. Wenn um ihn herum die Leidenschaften toben, verziehen sich seine Lippen zu einer schmerzlichen Grimasse, und er versucht, ruhig und sachlich die Streitenden zu versöhnen. Wenn ihm das nicht gelingt, entfernt er sich aus der Gesellschaft. Der Rittmeister weiß das und sucht sich daher zu beherrschen, wenn er nicht sehr betrunken ist, denn er schätzt den Lehrer als besten Zuhörer seiner Reden.

»Ich wiederhole«, fährt er ruhiger fort, »die Feinde halten das Leben in ihren Klauen. Sie haben es nicht nur auf den Adel abgesehen, sondern auf alles Edle und Vornehme. Sie sind gierig und unfähig, das Leben zu schmücken ...«

»Aber du mußt doch nicht vergessen, Kuwalda«, sagt der Lehrer, »daß die Kaufleute Genua, Venedig und das ganze Holland geschaffen haben; die englischen Kaufleute haben Indien erobert, und die Stroganows ...«

»Was gehen mich jene Kaufleute an?! Ich meine Judas Petunikow und Konsorten!«

»Und was gehen die dich an?« fragt der Lehrer leise.

»Ja, lebe ich denn nicht auch? Und wenn ich lebe, dann muß ich mich aufregen, wenn ich sehe, wie das Leben von diesen Menschenfressern verhunzt wird, die es beherrschen ...«

»... und sich um die ehrenwerte Entrüstung des Herrn Rittmeister und Menschen außer Dienst einen Dreck kümmern«, hetzt der Abgefressene.

»Schön! Es mag töricht sein, sich aufzuregen, ich gebe das zu! Als gewesener Mensch muß ich alle meine früheren Gefühle und Gedanken auswischen. Das ist völlig richtig. Aber was soll denn ich, was sollen denn wir alle an Stelle unserer Gefühle setzen?«

»Jetzt redest du vernünftig«, lobt ihn der Lehrer.

»Wir brauchen etwas anderes, eine neue Anschauung vom Leben, neue Gefühle. Wir brauchen etwas ganz Neues, Großes. Denn auch wir sind in der Welt etwas Neues.«

»Das ist sicher so«, sagt der Lehrer.

»Wozu denn!« fragt das »Ende«. – »Ist es nicht ganz einerlei, was wir reden und denken? Wir haben alle nicht mehr lange zu leben. Ich bin vierzig, du fünfzig – unter dreißig Jahren ist keiner von uns. Und auch mit zwanzig lebt keiner lange, wenn er's so treibt wie wir.«

»Und was ist Neues an uns?« spottet der Abgefressene, »Landstreicher hat es immer gegeben!«

»Und sie haben Rom gegründet«, sagt der Lehrer.

»Ja eben«, jubelt der Rittmeister, »Romulus und Remus, was waren sie anders als Vagabunden? Und wenn unsere Zeit gekommen ist, schaffen auch wir, schaffen wir ...«

»Eine Störung der öffentlichen Ruhe und Ordnung«, fällt ihm der Abgefressene ins Wort. Er lacht selbstzufrieden. Sein Lachen klingt häßlich und ätzend. Mit ihm lachen Simzow, der Diakon und Anderthalb Taras. Die naiven Augen des »Meteors« glühen, und seine Wangen röten sich. Dann sagt das »Ende«, als schlüge es mit einem Hammer auf die erhitzten Köpfe der anderen:

»All das ist Unsinn – Träume – dummes Zeug!«

Es war seltsam, diese vom Leben ausgestoßenen, zerlumpten, von Haß und Bosheit, Branntwein und Schmutz verseuchten Menschen so diskutieren zu sehen. Für den Rittmeister bedeuteten diese Gespräche jedesmal ein Fest. Er sprach mehr als alle anderen, und das gab ihm die Möglichkeit, sich für den Klügsten unter ihnen zu halten. Wie weit auch ein Mensch gesunken ist, er wird sich immer gern stärker oder klüger oder auch nur satter gegessen fühlen als seine Mitmenschen. Aristid Kuwalda trieb Mißbrauch mit diesem Gefühl, konnte sich aber nie an ihm übersättigen, zum großen Mißvergnügen des Abgefressenen, des Brummkreisels und anderer »Gewesener«, die sich wenig für solche Fragen interessierten.

Dafür war die Politik ein allgemein beliebtes Thema. Gespräche über die Notwendigkeit, Indien zu erobern oder Englands Weltgeltung zu schmälern, konnten sich bis in die Unendlichkeit hinziehen. Mit der gleichen Leidenschaft wurde die Frage der verschiedenen Methoden zur radikalen Vertilgung der Juden von der Erdoberfläche erörtert. In diesen Gesprächen triumphierte jedesmal der Abgefressene, der unglaublich barbarische Vorschläge machte; der Rittmeister, der überall gern der erste sein wollte, vermied daher dieses Thema. Viel, gern und in sehr schmutziger Weise wurde auch von Frauen gesprochen, doch trat dann gewöhnlich der Schulmeister für sie ein. Er geriet immer in Zorn, wenn man es zu toll trieb. Man gab ihm nach, denn alle fühlten, daß er kein Dutzendmensch war. Außerdem borgten sie sich am Sonnabend von ihm das Geld, das er in der Woche verdient hatte.

Er genoß überhaupt mancherlei Vorrechte: zum Beispiel wurde er nicht verprügelt, wenn, wie das häufig geschah, die Diskussion mit einer allgemeinen Keilerei endete. Er hatte auch die Erlaubnis, Frauen in das Nachtasyl mitzubringen – außer ihm besaß keiner das Recht dazu, denn der Rittmeister warnte jeden Neuankömmling sofort: »Daß mir keiner hier Weiber mit herbringt! Weiber, Kaufleute und Philosophie sind die Ursachen meines Unglücks. Ich verprügele jeden, den ich mit einem Weibstück hier ankommen sehe. Das Frauenzimmer wird auch verdroschen, und wer philosophiert, dem drehe ich den Hals um!«

Er wäre imstande dazu gewesen: trotz seiner Jahre besaß er erstaunliche Kräfte. Außerdem kam ihm bei Prügeleien jedesmal Martjanow zu Hilfe. Sonst düster und schweisam, wie ein Grabdenkmal, stellte sich das »Ende« bei allgemeinen Schlachten mit dem Rücken gegen den Rücken Kuwaldas, und so bildeten sie zusammen eine alles vernichtende und zugleich unangreifbare Kriegsmaschine.

Einmal hatte der betrunkene Simzow mir nichts, dir nichts den Lehrer am Schopf gefaßt und ihm ein Büschel Haare ausgerissen. Kuwalda schleuderte ihn mit einem Faustschlag bewußtlos zu Boden, und als er wieder zu sich kam, zwang er ihn, die Haare des Lehrers zu verschlucken. Simzow verschlang sie, weil er sonst hätte befürchten müssen, Kuwalda würde ihn totschlagen.

Außer der Zeitung, den Diskussionen und den Prügeleien war das Kartenspiel als Unterhaltung sehr beliebt. Man spielte ohne Martjanow, denn dieser war außerstande, ehrlich zu spielen, was er übrigens, nachdem er ein paarmal beim Mogeln erwischt worden war, selbst zugab.

»Ohne Mogeln kann ich nicht spielen! Ich bin das einmal so gewohnt.«

»So was kommt vor«, bestätigte der Diakon Taras. »Ich hatte z.B. die Gewohnheit, sonntags nach der Frühmesse meiner Frau den Buckel vollzuhauen. Als sie dann gestorben war, war ich an den Sonntagen ganz unglücklich und verzweifelt. Der erste Sonntag verging – ich sah schon: es steht schlimm! Den zweiten hielt ich es noch aus! Am dritten haute ich der Köchin eine rein. Sie wurde wütend und wollte mich beim Friedensrichter anzeigen! Stellt euch meine unglückliche Lage vor! Am vierten Sonntag verdrosch ich sie nach Noten, ganz wie meine Selige. Danach zahlte ich ihr zehn Rubel und prügelte sie seitdem jeden Sonntag in aller Form Rechtens, bis ich mich wieder verheiratete.«

»Du lügst ja, Diakon«, unterbrach ihn der Abgefressene. »Wie kannst du als Geistlicher zum zweitenmal heiraten?«

»Was! Ach so – na ja, ich heiratete sie nicht richtig, sie führte mir nur die Wirtschaft.«

»Hattet Ihr Kinder?« fragte der Lehrer.

»Fünf Stück. Eins ist ertrunken, der Älteste, ein zu spaßiger Bengel! Zwei sind an Diphtheritis gestorben. Eine Tochter hat einen Studenten geheiratet und ist mit ihm nach Sibirien gefahren, die andere wollte in Petersburg studieren und ist da gestorben – an der Schwindsucht, sagt man. Jawohl, fünf Kinder! Wir Geistlichen sind fruchtbar.«

Er setzte nun auseinander, woher diese Fruchtbarkeit käme, und entfesselte damit ein homerisches Gelächter.

Als keiner mehr lachen konnte, fiel es Alexej Maximowitsch Simzow plötzlich ein, daß auch er eine Tochter gehabt hatte.

»So eine dicke ... Sie hieß Lida.«

Weiter wußte er offenbar nichts mehr von ihr, denn er sah alle an, lächelte schuldbewußt und verstummte.

Diese Menschen sprachen wenig über ihre Vergangenheit, sie erwähnten sie nur selten und nur ganz allgemein und in mehr oder weniger spöttischem Ton. Vielleicht war diese Stellung zur Vergangenheit auch ganz vernünftig, denn bei den meisten Menschen schwächt die Erinnerung an das Vergangene die Energie in der Gegenwart und die Hoffnung auf die Zukunft.

An kalten trüben Regentagen im Herbst versammelten sich die »Gewesenen« in der Wirtschaft Wawilows. Dort waren sie bekannt, etwas gefürchtet als Diebe und Raufbolde, ein wenig verachtet als Säufer, aber trotzdem schätzte man sie und hörte ihnen zu, denn sie galten als kluge, erfahrene Leute. Wawilows Kneipe war das Klublokal der Zufahrtstraße, und die Bewohner des Nachtasyls waren die Intelligenz dieses Klubs.

An den Sonnabendabenden und während des ganzen Sonntags war das Lokal immer gleich voll, und die »Gewesenen« waren die Ehrengäste. Unter die von Armut und Leid gebeugten Bewohner der Straße trugen sie ihren verwegenen Geist, der etwas Tröstendes, Hoffnungsvolles für diese Menschen hatte, die durch die Jagd nach dem täglichen Stückchen Brot zermürbt und verwirrt waren. Sie waren ja meist ebensolche Trunkenbolde wie die Gäste Kuwaldas und wie diese der Auswurf der Stadt, den sie aus ihren Toren hinausgekehrt hatte. Die Fähigkeit, über alles und jedes zu reden, alles zu verspotten, die Kühnheit ihrer Meinungsäußerungen, die Schärfe des Urteils, das Fehlen jeglichen Respektes vor all dem, was die Straße sonst fürchtete, das unverschämte, bramarbasierende Draufgängertum dieser Leute – all das mußte der Straße imponieren. Außerdem wußten sie alle mit dem Gesetzbuch Bescheid, konnten jeden erdenklichen Rat geben, Gesuche aufsetzen und angeben, wie man bei allerlei Schwindelmanövern straflos ausgehen könne. Für alles das belohnte man sie mit Schnaps und der schmeichelnden Bewunderung ihrer Talente.

Die Straße zerfiel nach ihren Sympathien in zwei fast gleich starke Parteien: die eine behauptete, der Rittmeister Kuwalda sei »bei weitem schneidiger als der Lehrer, ein richtiger Krieger«. Sein Verstand und seine Courage seien riesengroß. Die andern waren überzeugt, daß der Lehrer dem Kuwalda in jeder Beziehung überlegen sei. Die Anhänger Kuwaldas gehörten zu der Gruppe von Kleinbürgern, die in der Straße als unverbesserliche Säufer, Diebe und Raufbolde bekannt waren, denen allen der Weg zum Gefängnis mehr oder weniger unvermeidlich bevorstand. Der Lehrer wurde von den Gemäßigten geschätzt, die immer in unbestimmten Hoffnungen und Erwartungen lebten, immer große Pläne wälzten und nie zu essen hatten.

Die Art der Beziehungen Kuwaldas und des Lehrers zu den Einwohnern der Straße wird durch folgendes Beispiel gut gekennzeichnet: eines Tages wurde in der Wirtschaft eine Verordnung der Stadtverwaltung diskutiert, die den Einwohnern der Zufahrtstraße vorschrieb, die Gräben und Löcher ihrer Straße auszufüllen, dabei aber weder Mist noch Kadaver von Haustieren zu verwenden, sondern nur Holzabfälle, Schutt von Bauplätzen und dergleichen.

»Wo soll ich denn Bauschutt hernehmen, wenn ich in meinem ganzen Leben noch nie etwas anderes habe bauen wollen als einen Starkasten und auch mit dem nicht fertig geworden bin?« beklagte sich Mokej Anissimow, ein Mann, der mit Kringeln handelte, die seine Frau backen mußte.

Der Rittmeister fühlte sich genötigt, sich zu den Fragen zu äußern. Er schlug mit der Faust auf den Tisch, um die Aufmerksamkeit auf sich zu lenken.

»Woher ihr den Bauschutt nehmen sollt? Geht in die Stadt, Kerls, alle miteinander und reißt das Rathaus ab! Es ist ja doch so schäbig, daß es zu nichts anderm mehr zu brauchen ist. Damit macht ihr euch doppelt verdient um die Verschönerung der Stadt. Die Zufahrtstraße bekommt ein anständiges Aussehen, und es wird ein neues Rathaus gebaut werden müssen. Die Pferde dazu holt ihr euch beim Bürgermeister und nehmt auch gleich seine drei Töchter mit: solche Mädels sind zum Dreckfahren grade gut genug. Oder ihr reißt das Haus des Judas Petunikow ab und pflastert die Straße mit dem Holz. Übrigens, Mokej, weiß ich, worauf deine Frau heute ihre Kringel gebacken hat: auf dem Laden vom dritten Fenster und zwei Treppenstufen von Judas' Hause.«

Als das Publikum sich satt gelacht und genügend über den Vorschlag des Rittmeisters gewitzelt hatte, fragte der friedliche Gärtner Pawliugin: »Ja, was sollen wir nun aber wirklich tun, Euer Wohlgeboren? Was meinst du?«

»Ich? Kein Finger wird gerührt! Wenn die Straße vom Regen weggespült wird, mag sie's meinetwegen!«

»Einige Häuser werden bald einstürzen.«

»Laßt sie doch einstürzen! Wenn sie zusammenkrachen, dann schindet aus der Stadt Unterstützungen heraus! Kriegt ihr nichts, so prozessiert! Wo kommt denn das Wasser her? Aus der Stadt! Also ist die Stadt verantwortlich für die Zerstörung der Häuser.«

»Sie werden sagen, das Wasser käme vom Regen.«

»Na, in der Stadt fallen die Häuser vom Regen doch nicht ein! Nicht wahr? Sie quetschen euch mit Steuern aus, aber über eure Rechte mitreden dürft ihr nicht! Sie ruinieren euch Leben und Eigentum, und dann schicken sie euch eine Verfügung, ihr sollt alles selber wieder in Ordnung bringen! Zwickt sie nur von allen Seiten!«

Und die eine Hälfte der Straße beschloß, überzeugt von dem Radikalismus Kuwaldas, abzuwarten, bis ihre Häuser vom Regenwasser der Stadt zum Einstürzen gebracht würden.

Die Gemäßigten fanden im Lehrer einen Berater, der ihnen ein ganz ausgezeichnetes und überzeugendes Gesuch an die Stadtverwaltung abfaßte.

In diesem Gesuch war die Weigerung der Straße, die Verordnung der Stadtverwaltung auszuführen, so gut begründet, daß die Stadtverwaltung nachgab. Der Straße wurde gestattet, den vom Umbau der Kasernen übriggebliebenen Schutt zu verwenden, und es wurden ihr fünf Pferdegeschirre der Feuerwehr zur Verfügung gestellt. Noch mehr: es wurde die Notwendigkeit anerkannt, bei Gelegenheit eine Kanalisationsröhre durch die Straße zu legen. Dies und vieles andere verschaffte dem Lehrer eine große Beliebtheit bei den Bewohnern der Straße. Er schrieb Gesuche und veröffentlichte Berichte in der Zeitung. So fiel es z.B. den Gästen Wawilows einmal auf, daß die Heringe und sonstigen Lebensmittel in der Wirtschaft ihrer Bestimmung keineswegs mehr entsprachen. Und siehe da, zwei Tage später tat Wawilow mit der Zeitung in der Hand öffentlich Buße hinter seiner Theke.

»Es ist richtig – ich kann nichts anderes sagen! Wirklich, meine Heringe waren schimmelig, sie waren nicht mehr tadellos. Und auch das Sauerkraut, ja, das war auch schon etwas altersschwach geworden. Es ist eben doch so, daß jeder Mensch versucht, soviel als möglich aus seinem Geschäft herauszuschlagen. Na, und was habe ich davon gehabt? Es ist gerade umgekehrt gekommen: ich habe versucht zu schwindeln, und da hat ein kluger Mensch mich für meine Geldgier angeprangert! Das ist die Strafe!«

Dieses Sündenbekenntnis machte auf die Kundschaft einen sehr guten Eindruck und gab Wawilow die Möglichkeit, seinen Gästen sowohl die Heringe als auch das Sauerkraut in aller Stille wieder vorzusetzen; und die Leute verzehrten unter dem erschütternden Eindruck seines Besserungswillens alles unbesehen. Dieses Ereignis war von großer Wichtigkeit, denn es hob nicht nur das Ansehen des Lehrers, sondern überzeugte auch die Bewohner der Straße von der Macht des gedruckten Wortes. Zuweilen hielt der Lehrer in der Wirtschaft auch praktischen Moralunterricht ab.

»Ich habe vorhin gesehen«, sagt er zu dem Maler Jaschka Tiurin, »wie du, Jakob, deine Frau geschlagen hast.«

Jaschka, der sich mit zwei Glas Wodka ein wenig »untermalt« hat, ist in angeregter Stimmung. Die Anwesenden sehen ihn an und erwarten, daß er gleich »ein Ding loslassen wird«. Es wird ganz still in der Kneipe.

»Du hast zugesehen? Na, war es schön?« fragt Jaschka. Das Publikum lacht halblaut.

»Nein, es war nicht schön!« sagt der Lehrer. Sein Ton ist so eindrucksvoll ernst, daß das Publikum verstummt.

»Ich dachte, ich hätte mich ganz ordentlich angestrengt«, brüstet sich Jaschka, der zu ahnen beginnt, daß der Lehrer ihn »absägen« wird. »Meine Frau ist zufrieden, heute wird sie kaum aufstehen können.«

Der Lehrer malt nachdenklich mit dem Finger allerlei Figuren auf den Tisch und sagt, während er sie betrachtet:

»Siehst du, Jaschka, mir hat das gar nicht gefallen. Wir wollen einmal ganz genau überlegen, was du tust, und was die Folgen davon sein können. Deine Frau ist in anderen Umständen – du hast sie auf den Bauch und in die Hüften geschlagen – du schlägst also nicht nur sie, sondern dein Kind. Du hättest es töten können, und bei der Geburt wäre deine Frau gestorben oder schwer krank geworden. Eine kranke Frau ist unbequem und lästig, und kostet dich auch noch Geld, denn sie braucht Arzneien, und Arzneien müssen mit Geld bezahlt werden. Wenn du aber das Kind nicht getötet hast, so hast du es doch ganz gewiß verletzt, und es kann als Krüppel zur Welt kommen: es wird vielleicht hüftlahm oder bucklig werden. Es wird dann unfähig sein zu arbeiten, und für dich ist es doch wichtig, daß es arbeiten kann. Und wenn es auch nur krank ist bei der Geburt – auch das ist schlimm: es wird ärztlich behandelt werden müssen, und die Mutter wird sich ständig darum zu kümmern haben. Siehst du nun, was du dir selber damit antust? Menschen, die von ihrer Hände Arbeit leben, müssen gesund sein und gesunde Kinder haben. Habe ich nicht recht?«

»Er hat recht!« stimmen die Zuhörer bei.

»Na, das wird doch wohl nicht gleich ...«, sagt Jaschka etwas verschüchtert von der Perspektive, die der Lehrer ihm ausmalt. »Sie ist eine kräftige Frau – durch sie hindurch kann ich das Kind doch gar nicht treffen, was denkst du wohl? Und sie ist doch die reine Hexe, hol mich der Teufel! Kaum rühr ich mich, so fängt sie an mir zu fressen an, wie der Rost am Eisen!« schreit er erbittert.

»Ich verstehe wohl, Jakob, warum du deine Frau schlägst«, ertönt wieder die ruhige, nachdenkliche Stimme des Lehrers, »du hast Grund genug dazu. Nicht der Charakter deiner Frau ist der Grund, daß du sie so unvorsichtig schlägst, sondern dein ganzes trauriges und sinnloses Leben.«

»Das ist wohl wahr«, ruft Jakob, »unser Leben ist wirklich finster wie beim Schornsteinfeger die Tasche!«

»Du bist unzufrieden mit deinem Dasein, und das läßt du an deiner Frau aus, an dem Menschen, der dir am nächsten steht und ohne Schuld leiden muß, nur weil du der Stärkere bist. Sie ist immer in deiner Nähe und kann sich vor dir nicht bergen. Siehst du nicht, wie dumm das ist?«

»Du hast schon recht – hol sie der Teufel! Aber was soll ich denn anfangen? Ich bin doch auch nur ein Mensch!«

»Ja, du bist auch nur ein Mensch ... Dann will ich dir was sagen: schlage sie meinetwegen, wenn du nicht anders kannst, aber sei vorsichtig! Denke immer, daß du ihr oder dem Kinde schaden kannst. Man soll schwangere Frauen überhaupt nie auf den Bauch, auf die Brust oder in die Hüften schlagen – schlage sie ins Genick oder nimm ein Tauende und schlage die weichen Stellen!«

Der Schulmeister hat seine Rede beendet, und seine dunklen, tiefliegenden Augen gleiten über die Zuhörer hin und scheinen sich bei ihnen zu entschuldigen oder etwas fragen zu wollen.

Diese aber lärmen angeregt durcheinander. Die einfache Moral der »Gewesenen« ist ihnen verständlich, die Moral der Kneipe und der Armut.

»Na, Freund, hast du's begriffen?«

»Siehst du wohl, so muß man's machen!«

Jakob hat es begriffen. Es war unvorsichtig, die Frau zu schlagen; er hat sich selbst damit geschadet.

Er schweigt und erwidert die Späße seiner Kameraden mit verlegenem Lächeln.

»Und weiter: was ist deine Frau?« philosophiert der Bäcker Mokej Anissimow, »deine Frau ist dein Freund, wenn du es genau betrachtest. Sie ist sozusagen mit einer Kette an dich gefesselt – ihr seid beide zusammen wie zwei Zuchthaussträflinge. Du mußt dir Mühe geben, im gleichen Schritt mit ihr zu gehen, sonst kriegst du die Kette zu spüren.«

»Halt mal«, sagt Jakob, »du haust doch deine auch?«

»Habe ich das jemals geleugnet? Gewiß haue ich sie – anders geht es nicht! Was soll ich denn machen? Soll ich gegen die Wände trommeln, wenn es nicht mehr zum Aushalten ist?«

»Na, und so ist es bei mir auch«, sagt Jakob.

»Ach, Leutchen, was ist unser Leben doch enge und armselig! Nirgendwo kann man ordentlich ausholen.«

»Sogar seine Frau muß man mit Vorsicht prügeln!« scherzt einer bekümmert.

Und so schwatzen sie weiter, bis in die späte Nacht

oder bis eine Keilerei entsteht, wenn alle betrunken oder durch die Gespräche in die geeignete Stimmung geraten sind.

Vor den Fenstern der Wirtschaft rauscht der Regen, und der kalte Herbstwind heult wild und kläglich. Die Luft in der Kneipe ist dick und vollgeraucht, aber warm; draußen dagegen ist es kalt, naß und dunkel. Der Wind klopft an die Scheiben, als riefe er alle diese Menschen aus der Kneipe heraus und drohe, sie über die Erde zu zerstreuen wie Staub. Mitunter tönt aus dem Sausen ein unterdrückter, hoffnungsloser Seufzer, dann wieder ein kaltes, grausames Gelächter. Diese Musik weckt traurige Gedanken an den kommenden Winter, an die verfluchten, kurzen Tage ohne Sonne, an die langen Nächte und die Notwendigkeit warmer Kleider und ausgiebigen Essens. Mit leerem Magen schläft es sich schlecht in den endlosen Winternächten. Und der Winter kommt näher und näher. Wovon soll man leben?

Diese traurigen Gedanken steigerten den Durst der Bewohner der Zufahrtstraße; bei den »Gewesenen« vermehrten sie die Zahl der Seufzer in ihren Reden und der Runzeln auf den Gesichtern, die Stimmen wurden heiserer, die gegenseitigen Beziehungen stumpfer.

Und plötzlich brach dann unter ihnen jener tierische Haß, jene sinnlose Erbitterung der vom Schicksal zu Tode Gehetzten, Verzweifelten aus. Sie fühlten die Nähe des unerbittlichen Feindes, der ihr ganzes Leben zu einer grausamen Sinnlosigkeit gemacht hatte. Aber der Feind blieb unangreifbar, denn sie vermochten ihn nicht zu erkennen.

Und dann fielen sie übereinander her, barbarisch und wild wie Tiere, versöhnten sich wieder, betranken sich daraufhin, vertranken alles, was der genügsame Wawilow als Pfand annehmen wollte. So verbrachten sie den Herbst in stummer Wut, in trüber Schwermut, die ihr Herz zu erdrücken schien, und ohne Hoffnung auf einen Ausweg aus diesem jämmerlichen Dasein. Dahinter aber stand drohend die Aussicht auf die noch härteren Tage des Winters.

Kuwalda versuchte in solchen Zeiten ihnen mit seiner Philosophie zu helfen: »Nur Mut, Brüder! Alles hat sein Ende – das ist das Beste an diesem Leben! Wenn der Winter vorüber ist, kommt der Sommer –, die gute Zeit, wo, wie man sagt, auch der Spatz sein Bier hat!« Aber seine Reden wirkten nicht; auch das reinste Wasser sättigt einen Hungrigen nicht!

Der Diakon Taras versuchte gleichfalls die Leute aufzuheitern, indem er ihnen Lieder vorsang und seine Geschichten erzählte. Er hatte mehr Erfolg. Mitunter erreichte er durch seine Bemühungen, daß plötzlich eine wilde, verzweifelte Fröhlichkeit in der Kneipe aufflackerte: man sang, tanzte, lachte, und für einige Stunden schienen alle den Verstand verloren zu haben.

Und dann fielen sie wieder in die stumpfe, verzweifelte Gleichgültigkeit zurück und saßen an den Tischen der Kneipe bei der schmauchenden Lampe in dickem Tabaksrauch, mürrisch, zerlumpt und schweigsam, ab und zu träge einander ein Wort zuwerfend, horchten auf das siegessichere Heulen des Windes und dachten, wie schön es jetzt wäre, sich zu betrinken, bis zum völligen Verlust des Bewußtseins.

Und alle waren sie einander grenzenlos zuwider, und jeder fühlte in sich einen sinnlosen Haß gegen alle anderen.

Alles ist relativ in dieser Welt, und es gibt keine Lebenslage, die so schlimm ist, daß sie nicht noch schlimmer werden könnte.

An einem schönen Sommertage saß der Rittmeister Aristid Kuwalda wie gewöhnlich in seinem Sessel vor der Tür der Herberge, betrachtete das neue Gebäude, das der Kaufmann Petunikow neben Wawilows Schenke aufführen ließ, und grübelte.

Das Gebäude, um das noch die Gerüste standen, sollte eine Kerzenfabrik werden, und seine dunklen Fensterreihen und das Netz von Gerüstbalken, von dem es bis zum Dach hinauf umsponnen war, waren dem Rittmeister schon lange ein Dorn im Auge. Mit seinen roten, wie mit Blut beschmierten Mauern glich es einer unmenschlichen Maschine, die noch nicht arbeitete, aber bereits eine Reihe von tiefen, gierig leuchtenden Schlünden geöffnet hielt, bereit, alles zu verschlingen und zu zermalmen. Der Holzbau der Schenke, mit seinem schiefen, moosbewachsenen Dach, lehnte sich gegen eine der Ziegelmauern der Fabrik und glich einem großen Parasiten, der sich daran festgesaugt hatte.

Der Rittmeister dachte daran, wie bald auch an der Stelle, wo jetzt noch das verfallene Wirtshaus stand, ein Neubau aufgerichtet werden würde. Dann würde auch das Nachtasyl fallen. Er müßte sich ebenfalls ein anderes Quartier suchen, und ein so bequemes, billiges Plätzchen würde sich kaum finden lassen. Es war traurig, den altgewohnten Platz verlassen zu müssen. Und das bloß deshalb, weil irgendein Kaufmann durchaus Seife und Kerzen herstellen wollte. Der Rittmeister fühlte: wenn sich ihm jetzt eine Gelegenheit böte, seinem Feind auch nur für kurze Zeit das Leben recht gründlich zu verleiden – oh, mit welcher Wonne würde er das tun!

Gestern war der Kaufmann Iwan Andrejewitsch Petunikow auf dem Hofe der Herberge gewesen und hatte das ganze Gelände ausgemessen. Überall waren kleine Pflöcke in den Boden gesteckt worden, die der »Meteor« auf Anordnung des Rittmeisters sofort nach dem Weggang Petunikows wieder ausreißen und durcheinander werfen mußte. Der Rittmeister sah den Kaufmann noch deutlich vor sich: einen kleinen, dürren Kerl in einem langschößigen Überzieher, der ebensogut als Gehrock wie als Mantel angesehen werden konnte, mit einer Samtmütze und in spiegelblank geputzten Kanonenstiefeln. Sein breitknochiges Gesicht mit dem grauen Spitzbart und der hohen Stirn war von zahllosen Runzeln durchfurcht, und die schmalen, grauen Äuglein blinzelten lauernd daraus hervor. Er hatte eine spitze Nase und einen kleinen Mund mit schmalen Lippen. Der Gesamteindruck seiner Erscheinung war Raubgier und Bosheit unter der Maske erfurchtheischender Salbung und Würde.

»Ein verdammter Mischling von Fuchs und Schwein!« fluchte der Rittmeister vor sich hin und dachte an seine erste Begegnung mit Petunikow. Der Kaufmann war in Begleitung eines Stadtrates erschienen, um über den Ankauf des Hauses zu verhandeln. Als er den Rittmeister erblickte, fragte er seinen Begleiter: »Das ist wohl jener Kerzenstumpf ... Ihr Mieter?«

Und seitdem wetteiferten sie schon anderthalb Jahre in der Kunst, sich gegenseitig Bosheiten zu sagen.

Auch gestern hatten sie wieder eine kleine »Übung im Wortgefecht«, wie der Rittmeister seine Gespräche mit Petunikow zu nennen pflegte. Der Kaufmann hatte den Architekten verabschiedet und ging auf Kuwalda zu.

»Sitzt du noch immer da?« fragte er und fuhr mit der Hand an den Mützenschirm, so daß nicht recht zu erkennen war, ob er bloß die Kopfbedeckung zurechtrücken oder grüßen wollte.

»Und du bist immer noch geschäftig?« sagte der Rittmeister im selben Tone und machte eine Bewegung mit der Kinnlade, so daß sein Bart sich bewegte, was ein anspruchsloser Mensch zur Not als Andeutung eines Grußes auffassen konnte oder aber als bloßen Versuch, die Pfeife aus einem Mundwinkel in den andern zu schieben.

»Ich habe viel Geld, da muß man geschäftig sein. Das Geld will umlaufen, also lasse ich es rollen«, neckt der Kaufmann den Rittmeister und blinzelt listig.

»Dann dient nicht der Rubel dir, sondern du dienst dem Rubel«, ergänzt Kuwalda und kämpft mit dem Wunsche, dem Kaufmann einen Tritt vor den Bauch zu versetzen.

»Ist das nicht einerlei? Wenn man Geld hat, ist alles gut. Wenn man aber keins hat ...«

Und der Kaufmann sieht den Rittmeister mit unverschämt heuchlerischem Mitgefühl an. Kuwaldas Oberlippe beginnt zu zucken und entblößt das große Raubtiergebiß.

»Wer Verstand hat und ein gutes Gewissen, der kann auch ohne Geld leben. Das Geld häuft sich meist erst, wenn das Gewissen anfängt einzuschrumpfen. Je weniger Gewissen, je mehr Geld.«

»Stimmt! Es gibt aber auch Leute, die haben weder Geld noch Gewissen.«

»So einer warst du wohl in jüngeren Jahren?« fragt

Kuwalda harmlos. Jetzt zuckt Petunikows Nasenspitze. Er seufzt, zwinkert mit den Augen und sagt: »Als ich jung war, hab ich's so-o schwer gehabt!«

»Kann's mir denken.«

»Ich habe gearbeitet ... Ach, wie ich gearbeitet habe!«

»Und hast wohl viele bearbeitet?«

»Solche wie dich? Edelleute ohne Geld? Nun, es langt. So mancher hat durch mich das Beten gelernt.«

»Du hast sie also bloß gerupft und nicht umgebracht?« greift der Rittmeister an. Petunikow wird grün im Gesicht und hält es für ratsam, das Thema zu wechseln.

»Du bist ein schlechter Hausherr, du sitzt, und dein Gast muß stehen.«

»Er kann sich ja setzen«, gestattet Kuwalda.

»Wohin denn, es ist ja nichts da.«

»Auf die Erde, die Erde nimmt jeden Dreck an.«

»Das sieht man an dir. Doch ich will mich nicht länger mit dir aufhalten, du Schandmaul«, sagt Petunikow ruhig und gleichmütig, aber seine Augen bespritzen den Rittmeister mit kaltem Gift.

Er ging und hinterließ Kuwalda das angenehme Gefühl, daß der Kaufmann sich vor ihm fürchtete.

Wenn er nicht Angst vor ihm gehabt hätte, hätte er ihn längst aus der alten Schmiede hinausgeworfen. Wegen der fünf Rubel im Monat behielt er ihn ganz gewiß nicht! Und es war ein angenehmes Gefühl, den Rücken Petunikows zu betrachten, als er langsam aus dem Hofe hinausging. Der Rittmeister beobachtete weiter, wie der Kaufmann um sein Fabrikgebäude herumging und die Gerüste hinauf- und herabstieg. Er wünschte sehnlichst, der Kaufmann möchte abstürzen und sich die Knochen brechen. Wieviel geistreiche Möglichkeiten für diesen Sturz, wie viele Arten von Verletzungen hatte er sich schon ausgemalt, wenn er zusah, wie Petunikow auf den Gerüsten seiner Fabrik herumkletterte wie eine Spinne in ihrem Netz. Gestern war es ihm sogar vorgekommen, als krachte das Brett unter den Füßen des Kaufmanns, und der Rittmeister war vor Aufregung von seinem Sitz aufgesprungen. Aber es hatte sich nichts ereignet. Und auch heute wie immer mußte Aristid Kuwalda dieses rote Gebäude anstarren, das so solide und massig dastand, so fest mit der Erde verwachsen war, als sauge es schon Nahrung aus ihr. Und es schien, als lachten seine klaffenden Fensterhöhlen grausam und düster über den ohnmächtigen Rittmeister. Die Herbstsonne goß ihre Strahlen mit der gleichen Freigebigkeit darüber aus wie über die armseligen Häuschen der Zufahrtstraße.

»Wenn nun ...«, dachte der Rittmeister, während er seine Blicke an den Mauern der Fabrik entlanggleiten ließ. »Ach, hol mich der Teufel! Wenn ...«

Und Aristid Kuwalda fuhr auf, ganz erschüttert von einem wilden Gedanken, und lief, leise vor sich hin murmelnd und kichernd, eilig hinüber in die Wirtschaft Wawilows.

Wawilow begrüßte ihn hinter seiner Theke mit dem freundlichen Zuruf: »Euer Hochwohlgeboren sind herzlich willkommen!«

Wawilow war mittelgroß, hatte eine von einem Kranz wuscheligen Haares umrahmte Glatze, glattrasierte Backen und einen abstehenden Schnurrbart, der aussah wie eine Zahnbürste; seine stramme und bewegliche Gestalt unter der Lederjacke verriet durch jede ihrer Bewegungen den ehemaligen Unteroffizier.

»Jegor! Hast du eine Kaufurkunde und einen Plan von deinem Hause?« fragte Kuwalda hastig.

»Jawohl.«

Wawilows Spitzbubenaugen wurden schmäler und richteten sich scharf auf den Rittmeister, der heute so sonderbar erregt schien.

»Zeig her!« rief Kuwalda und schlug mit der Faust auf den Tisch, während er sich auf einen Schemel niederließ.

»Wozu denn?« fragte Wawilow, der angesichts der Erregung Kuwaldas beschlossen hatte, auf der Hut zu sein.

»Hanswurst! Bring sofort den Plan!«

Wawilow runzelte die Stirn und blickte zweifelnd an die Decke.

»Wo hab ich sie bloß, die Papiere?«

An der Decke war keine Antwort auf diese Frage zu lesen; darauf richtete der Unteroffizier seinen Blick auf seinen eigenen Bauch und begann sorgenvoll und nachdenklich auf die Tischplatte zu trommeln.

»Nun hör schon auf, Komödie zu spielen!« fuhr ihn der Rittmeister an, der Wawilow nicht leiden konnte, weil er fand, daß es sich für einen ehemaligen Soldaten besser schicke zu stehlen, als Schnaps zu verkaufen.

»Ja warte, Aristid Fomitsch, jetzt fällt es mir ein. Ich glaube, ich habe sie auf dem Amtsgericht liegen lassen! Als ich dies Geschäft übernahm ...«

»Jegorka, hör auf! Um deines eigenen Vorteils willen zeig mir sofort den Plan, die Kaufurkunde und alles, was dazu gehört. Du kannst vielleicht ein paar hundert Rubel dabei profitieren – verstanden!«

Wawilow hatte nichts verstanden, aber der Rittmeister sprach so eindringlich, mit so ernsthafter Miene, daß die Augen des Unteroffiziers vor Neugierde aufglühten, und er ging hinaus, um, wie er sagte, nachzusehen, ob die Papiere nicht in dem Vorratsraum hinter der Theke liegen könnten.

Nach zwei Minuten war er wieder da, mit den Papieren in der Hand und dem Ausdruck äußersten Erstaunens auf dem Gesicht.

»Ei, verflucht, ich habe sie wirklich zu Hause gehabt!«

»Ach, du Hanswurst aus 'ner Jahrmarktsbude! Und sowas war mal Soldat!« brummte Kuwalda und griff hastig nach der Wachstuchmappe mit dem blauen Aktenpapier darin. Er breitete die Papiere vor sich aus und begann zu lesen und zu vergleichen, wobei er vielsagend vor sich hin brummte.

Wawilows Spannung stieg immer mehr. Endlich erhob sich der Rittmeister entschlossen und ging auf die Türe zu. Die Papiere ließ er auf der Theke liegen mit der kurzen Bemerkung: »Laß sie liegen, ich brauche sie noch!«

Wawilow packte die Papiere zusammen, tat sie in den Kasten, in dem er die täglichen Einnahmen aufbewahrte, schloß zu und probierte mit der Hand, ob das Schloß auch richtig gefaßt hatte. Dann trat er, seine Glatze kraulend, vor die Türe der Kneipe. Dort sah er den Rittmeister die Fassade der Wirtschaft langsam abschreiten. Als er am Ende angekommen war, schnalzte er mit den Fingern und maß, zurückgehend, die gleiche Strecke noch einmal ab. Er schaute besorgt und doch zufrieden drein.

Das Gesicht Wawilows wurde angespannt, dann wurde es lang, und plötzlich verzog es sich zu einem freudigen Grinsen.

»Aristid Fomitsch! Stimmt es wirklich?« rief er, als der Rittmeister zu ihm trat.

»Ob es stimmt? Mehr als einen Arschin hat er zu weit gebaut! Das ist die Fassade, und die Tiefe will ich gleich auch noch messen.«

»Die Tiefe? Zweiunddreißig Arschin!«

»Hast du's nun begriffen, rasiertes Affengesicht?«

»Gewiß, Aristid Fomitsch. Was Sie für ein Augenmaß haben! Sie sehen noch drei Arschin unter die Erde hinein!« rief Wawilow begeistert.

Einige Minuten später saßen sie im Wohnzimmer Wawilows einander gegenüber, und der Rittmeister, der mit großen Schlucken sein Bier vertilgte, erklärte dem Schenkwirt seinen Plan.

»Die ganze Mauer der Fabrik steht auf deinem Grundstück! Du mußt schonungslos vorgehen! Wenn der Schulmeister kommt, wollen wir eine Beschwerde an die Stadtverwaltung aufsetzen. Den Wert des Grundstücks wollen wir recht billig angeben, um nicht zuviel Stempelsteuer bezahlen zu müssen; wir klagen auf Abbruch! Das nennt man Grenzversetzung und Schädigung fremden Eigentums, mein Lieber ... ein äußerst erfreuliches Ereignis für dich! Soll er doch abreißen! So eine Mauer abzureißen und zu versetzen – das kostet Geld! Also ein Vergleich! Und dann quetsch ihn an die Wand, den Judas! Wir wollen ganz haargenau ausrechnen, wieviel der Abbruch kosten würde mit dem Wert der verbauten Ziegelsteine und den Ausschachtungen für das neue Fundament. Alles berechnen wir! Sogar die Zeit setzen wir mit ein! Und dann, mein frommer Herr Judas, – her mit zweitausend Rubeln!«

»Das gibt er nicht!« sagte Wawilow, dessen vor Geldgier glühende Augen ängstlich zwinkerten.

»Er muß! Streng doch dein Gehirn ein bißchen an! Was soll er sonst tun? Abreißen? Aber paß auf, Jegorka, nicht nachlassen! Er wird dich kaufen wollen – verkaufe dich nicht zu billig! Er wird dir Angst machen wollen – laß dich nicht einschüchern! Verlaß dich auf uns!«

Die Augen des Rittmeisters glühten in grimmiger Freude, und sein vor Erregung krebsrotes Gesicht zuckte krampfhaft. Er stachelte die Geldgier des Schenkwirtes auf, und nachdem er ihm eingeschärft hatte, sofort zu handeln, ging er triumphierend und unerbittlich in seinem Grimm hinaus.

Am Abend erfuhren alle »Gewesenen« von der Entdeckung des Rittmeisters und diskutierten eifrig die zu erwartenden Taten Petunikows; sie malten sich in den grellsten Farben seine Wut und Verblüffung an dem Tage aus, an dem der Gerichtsbote ihm die Klage überreichen würde. Der Rittmeister fühlte sich als Held des Tages. Er war glücklich, und alle um ihn waren zufrieden. Eine große Gruppe zerlumpter, armseliger Gestalten lag auf dem Hof im Gras und lärmte und jubelte über das große Ereignis. Alle kannten den Kaufmann Petunikow, der oft genug an ihnen vorübergegangen war. Mit verächtlichem Augenzwinkern sah er sie an, wie all den sonstigen Schutt und Kehricht, der auf dem Hofe herumlag. Ein aufreizender Zug von Sattheit ging von ihm aus, sogar seine blanken Stiefel schienen seine Verachtung für die »Gewesenen« auszudrücken. Jetzt aber sollte einer von ihnen diesen Kaufmann schmerzhaft an seinem Stolz und seinem Geldbeutel treffen. War das nicht herrlich?

Die Bosheit war in den Augen dieser Leute etwas

sehr Verlockendes. Sie war die einzige Waffe, die sie noch zu führen verstanden. Jeder von ihnen hatte seit langem einen halb unbewußten, verschwommenen Haß gegen alle satten, nicht zerlumpten Menschen in sich großgezogen, und je nach dem Charakter des einzelnen war dieses Gefühl in jedem von ihnen mehr oder weniger stark entwickelt.

Aus diesem Haß erklärte sich das brennende Interesse aller »Gewesenen« an dem Kriege, den Kuwalda dem Kaufmann Petunikow erklärt hatte.

Vierzehn Tage lang lebte das Nachtasyl von der Erwartung neuer Ereignisse, und während dieser ganzen Zeit ließ sich Petunikow nicht ein einziges Mal auf dem Neubau blicken. Es wurde festgestellt, daß er verreist und die Schadenersatzklage ihm noch nicht zugestellt worden sei. Kuwalda donnerte gegen die Methoden der Rechtspflege in der Stadt. Wahrscheinlich war der Kaufmann in seinem ganzen Leben noch nie mit so sehnsüchtiger Ungeduld erwartet worden wie jetzt von den Barfüßern.

»Mein Schä-ä-ätzchen, wa-arum kommst du nicht? Du lie-iebst mich wohl nicht me-ehr ...«, sang der Diakon Taras, stützte den Kopf in die Hand und blickte mit parodistischer Sehnsucht den Berg hinauf.

Und endlich, eines Abends, erschien Petunikow. Er kam in einem soliden Korbwagen mit seinem Sohn als Kutscher – einem rotbäckigen Burschen in einem langen karierten Mantel und mit einer blauen Brille auf der Nase. Sie banden das Pferd ans Baugerüst an, der Sohn zog ein Meßband aus der Tasche, und sie begannen zu messen, beide schweigsam und mit besorgten Gesichtern.

»Aha!« triumphierte der Rittmeister.

Alle Anwesenden strömten hinaus aus dem Hoftor und sahen zu, wobei sie laut ihre Meinung über das, was vorging, äußerten.

»Da sieht man, wie das Stehlen zur Gewohnheit werden kann. Der Mensch stiehlt zu guter Letzt aus Versehen, wenn er gar nicht will, und riskiert, mehr zu verlieren, als er gemaust hat«, sagte der Rittmeister mitleidig und rief damit bei seinem Gefolge lautes Gelächter und eine Reihe ähnlicher Bemerkungen hervor.

»He, mein Junge«, rief endlich Petunikow, dem die Geduld ausgegangen war, »paß auf, daß ich dich nicht für deine Reden vors Gericht bringe!«

»Ohne Zeugen kann keiner was beweisen – der eigene Sohn gilt nicht als Zeuge für seinen Vater«, warnte Kuwalda.

»Paß auf, du bist ein guter Räuberhauptmann, aber auch mit dir wird man fertig werden können.«

Und Petunikow drohte mit dem Finger. Der Sohn, der völlig ruhig und in seine Berechnungen vertieft war, beachtete die Vagabunden überhaupt nicht, die sich so boshaft über seinen Vater lustig machten. Er sah nicht ein einziges Mal zu ihnen hinüber.

»Der junge Blutegel hält sich gut«, bemerkte der Abgefressene, der allen Bewegungen des jungen Petunikow genau gefolgt war.

Nachdem sie alles ausgemessen hatten, stieg Iwan Andrejewitsch mit finsterem Gesicht wortlos in seinen Wagen und fuhr ab; sein Sohn jedoch ging mit entschlossenen Schritten zur Schenke Wawilows und verschwand darin.

»Oho, er hat Schneid, der junge Spitzbube! Was wird er nun tun?« fragte Kuwalda.

»Was er tun wird? Jetzt wird Petunikow-Sohn den

Jegorka kaufen«, sagte der Abgefressene überzeugt und schmatzte behaglich mit den Lippen. Sein spitzes Gesicht drückte völlige Zufriedenheit aus.

»Du freust dich wohl darüber?« fragte Kuwalda schroff.

»Es freut mich immer, zu sehen, wenn Leute sich verrechnet haben!« erklärte der Abgefressene schmunzelnd und rieb sich die Hände.

Der Rittmeister spuckte wütend aus und sagte nichts. Die ganze Gesellschaft stand im Torweg des halbverfallenen Hauses und beobachtete stumm die Tür der Schankwirtschaft. Eine Stunde verging in erwartungsvollem Schweigen. Dann öffnete sich die Tür, und Petunikow trat ebenso ruhig heraus, wie er hineingegangen war. Er hielt einen Augenblick inne, hustete, schlug den Kragen seines Mantels hoch, warf noch einen raschen Blick auf die Leute, die ihn beobachteten, und ging dann die Straße hinauf nach der Stadt.

Der Rittmeister sah ihm nach und machte sich lächelnd an den Abgefressenen.

»Du scheinst recht gehabt zu haben, Sohn eines Skorpions und einer Kellerassel! Du hast eine gute Nase für jede Gemeinheit. Man sieht's diesem jungen Spitzbuben schon an der Fresse an, daß er sein Stück durchgesetzt hat. Was mag er dem Jegorka geboten haben? Er hat es angenommen, – der und der Kaufmann sind einerlei Dreck! Verflucht will ich sein, er hat es bestimmt angenommen! Und ich hab ihm dazu verholfen! Es tut weh, seine eigene Dummheit einsehen zu müssen. Ja, das Schicksal ist gegen uns, liebe Freunde und Spitzbuben! Sogar wenn du deinem lieben Nächsten in die Fratze spucken willst, fliegt die Spucke auf dich selbst zurück!«

Nachdem er sich durch diese Sentenz getröstet hatte, überblickte der ehrenwerte Rittmeister sein Gefolge. Alle waren enttäuscht, denn alle fühlten, daß der Handel nicht so abgelaufen war, wie sie es erwartet hatten. Und alle waren gekränkt darüber. Das Bewußtsein der Unfähigkeit, seinem Nächsten wehezutun, ist viel kränkender als die Unmöglichkeit, ihm Gutes zu erweisen, denn das Wehtun scheint doch viel leichter und einfacher.

»Wozu stehen wir hier herum? Wir haben nichts mehr zu erwarten, – außer dem Trinkgeld, das ich aus dem Jergorka noch herauspressen werde«, sagte der Rittmeister und sah wütend nach der Schenke hinüber. »Unser friedliches, behagliches Dasein unter dem Dache des Judas hat nun ein Ende. Er wird uns hinauswerfen! Was ich hiermit dem mir unterstehenden Departement von Sansculotten bekanntgeben möchte!«

Das »Ende« lachte grimmig.

»Was willst du, Gefängniswärter?« fragte Kuwalda. »Wo soll ich dann hin?«

»Das ist ein schwieriger Fall, mein Herzchen. Du wirst es schon erleben, keine Sorge«, antwortete der Rittmeister nachdenklich und ging in den Hof zurück. Die anderen folgten ihm unlustig.

»Wir wollen den kritischen Moment abwarten«, sagte der Rittmeister. »Wenn wir hinausgeschmissen werden, suchen wir uns einen neuen Schlupfwinkel. Einstweilen hat es keinen Sinn, sich mit solchen Gedanken die Laune zu verderben. Im entscheidenden Augenblick wird der Mensch energisch. Wenn das menschliche Leben als Ganzes ein permanenter kritischer Augenblick sein könnte, wenn der Mensch unausgesetzt um seine heilen Knochen zittern müßte – weiß

Gott, das Leben wäre dann viel lebendiger und die Menschen viel interessanter.«

»Das heißt, sie würden sich mit noch größerer Wut gegenseitig die Kehlen durchschneiden«, erklärte der Abgefressene lächelnd.

»Und wenn schon!« rief der Rittmeister streitlustig. Er mochte keine Kommentare zu seinen Reden.

»Na ja, es wäre sogar ganz nett. Wer schnell ans Ziel kommen will, der haut auf die Pferde ein oder überheizt die Maschinen.«

»Mag doch alles zum Teufel gehen! Ich würde mich freuen, wenn auf einmal die ganze Welt in Flammen aufginge oder in Stücke zerplatzte, – wenn ich nur der letzte wäre, der umkommt, und die anderen alle noch sehen könnte!«

»Wie blutrünstig!« lachte der Abgefressene.

»Na, und? Ich bin ein erledigter Mensch, nicht wahr? Ich bin von der Menschheit ausgestoßen, also frei von allen Hemmungen und Banden. Ich kann auf alles spukken! Ich muß, so wie ich jetzt lebe, alles Vergangene hinter mich werfen – alle Manieren und alle Angewohnheiten im Verkehr mit andern Menschen, mit den Satten und ordentlich Angezogenen, die mich verachten, weil ich in meiner Kleidung und Ernährung nicht mit ihnen Schritt halten kann. Ich muß mir etwas Neues schaffen – verstehst du wohl? So etwas Neues, weißt du, daß die Herrschaften aus dem früheren Leben, wie dieser Judas Petunikow, beim Anblick meiner imponierenden Gestalt ein kaltes Gruseln im Bauche verspüren.«

»Du hast aber ein gehöriges Mundwerk«, lachte der Abgefressene.

»Ach, du Jammergestell!« Kuwalda sah ihn verächtlich an. »Was verstehst du davon? Was weißt du überhaupt? Verstehst du zu denken? Ich habe nachgedacht, und ich habe Bücher gelesen, von denen du kein Wort verstanden hättest!«

»Sicher nicht! Es kann nicht jeder seine Suppe mit dem Pantoffel essen! Aber wenn du auch nachgedacht und gelesen hast und ich weder das eine noch das andere getan habe, bist du doch nicht viel weiter gekommen als ich.«

»Scher dich zum Teufel!« schrie Kuwalda.

Seine Gespräche mit dem Abgefressenen endeten immer so. Überhaupt, wenn der Lehrer nicht da war, verdarben seine Reden, wie er selbst gut fühlte, nur die Luft und zerflatterten, ohne die verdiente Beachtung und Würdigung zu finden. Aber er konnte nicht schweigen. Und jetzt, nachdem er den Abgefressenen angeschnauzt hatte, fühlte er sich plötzlich einsam unter seinen Genossen. Reden mußte er, daher wandte er sich an Simzow mit der Frage: »Na, Alexej Maximowitsch, wo wirst du wohl dein graues Haupt hinbetten?«

Der Alte lächelte gutmütig, wischte sich die Nase mit dem Ärmel und sagte: »Ich weiß noch nicht – man wird ja sehen! Unsereiner braucht nicht viel: man trinkt ein Gläschen und noch eins!«

»Eine ehrenwerte, wenn auch einfache Lebensaufgabe!« lobte der Rittmeister.

Simzow fügte nach einer Weile hinzu, er würde wohl am leichtesten von allen ein Unterkommen finden, da er bei den Frauen sehr beliebt wäre. Das stimmte: der Alte hatte immer zwei oder drei Freundinnen unter den Prostituierten, die ihn mitunter drei oder vier Tage hintereinander von ihren spärlichen Einkünften ernährten. Sie prügelten ihn oft, aber er trug das mit stoischer Geduld; ihn krumm und lahm zu schlagen, brachten sie auch nicht fertig, vielleicht aus Mitleid. Er war ein leidenschaftlicher Schürzenjäger und sagte, die Weiber seien an all seinem Unglück schuld. Seine engen Beziehungen zu den Frauen äußerten sich auch darin, daß er einerseits häufig krank war, andererseits aber seine Kleider immer geflickt und etwas sauberer waren als die der Genossen. Und jetzt saß er auf dem Boden vor der Tür der Herberge und berichtete prahlend, das »Radieschen« hätte ihn schon lange gebeten, bei ihr zu wohnen, er gehe aber nicht hin, weil er sich von den Genossen nicht trennen wolle.

Man hörte ihn interessiert und nicht ohne Neid an. Alle kannten das »Radieschen«; sie wohnte auch in der Vorstadt und hatte erst kürzlich ein paar Monate wegen wiederholten Diebstahls gesessen.

Sie war eine »ehemalige« Amme, eine große kräftige Person vom Lande mit Sommersprossen und schönen, aber immer betrunkenen Augen.

»Seh einer den alten Teufel!« fluchte der Abgefressene und musterte den selbstgefällig lächelnden Simzow von oben bis unten.

»Und warum haben sie mich lieb? Weil ich weiß, wonach ihr Herz verlangt.«

»So?« fragte Kuwalda.

»Ich verstehe, sie dazu zu bringen, daß sie mich bemitleiden. Und wenn eine Frau erst Mitleid hat – dann kann sie dich aus Mitleid sogar umbringen. Weine ihr was vor, bitte sie, dir den Hals abzuschneiden – und sie tut's!«

»Ich schneide auch jemanden den Hals ab!« erklärte Martjanow entschieden, mit finsterem Lächeln.

»Wem?« fragte der Abgefressene und rückte von ihm weg.

»Gleichviel, – Petunikow oder Jegorka – oder auch dir!«

»Wozu denn?« erkundigte sich Kuwalda.

»Ich will nach Sibirien. Ich habe das satt hier, dies erbärmliche Dasein. Dort weiß man wenigstens, wie man zu leben hat!«

»Ja, da werden sie dich's schon lehren«, bestätigte der Rittmeister melancholisch.

Von Petunikow und der bevorstehenden Kündigung der Herberge wurde nicht weiter gesprochen. Alle waren schon überzeugt, daß ihre Ausweisung nahe bevorstand, und hielten es für überflüssig, sich das Leben durch lange Erörterungen darüber schwer zu machen. Durch Reden wurde nichts gebessert, außerdem war es auch noch nicht kalt, wenn auch die Herbstregen schon anfingen: man konnte auf jedem beliebigen Fleckchen Erde vor der Stadt übernachten.

Im Kreise gelagert, führten sie träge ein endloses Gespräch über allerlei Kleinigkeiten, ohne Schwierigkeiten das Thema wechselnd, wobei sie einander gerade so viel Aufmerksamkeit zuwandten, wie nötig war, um die Unterhaltung nicht einschlafen zu lassen. Schweigend dazusitzen, war langweilig aufmerksam zuzuhören aber auch. Diese Gesellschaft »gewesener Leute« hatte einen großen Vorzug: niemand zwang sich dazu, besser scheinen zu wollen, als er war, und verlangte dies auch von keinem andern.

Die Augustsonne drang wärmend durch die Lumpen der im Grase Liegenden, die ihr den Rücken und die ungekämmten Köpfe darboten, und bestrahlte das chaotische Durcheinander von Pflanzenwelt, Mineralwelt und belebten Wesen des Hofes. In den Ecken des

Hofes wuchsen üppiger Sauerampfer, hohe Kletten, über und über bedeckt mit den hakigen Fruchtstauden, und noch allerlei unnützes Unkraut, das mit seinen Blüten die Blicke der ebenso unnützen Menschen erfreute.

In Wawilows Schenke aber hatte sich folgende Szene abgespielt:

Petunikow junior trat ohne Hast ein, sah sich um, runzelte verächtlich die Stirn, nahm langsam seinen grauen Hut vom Kopf und fragte den Wirt, der ihn mit ehrerbietiger Verbeugung und freundlichem Lächeln begrüßte:

»Jegor Terentjewitsch Wawilow – sind Sie das?«

»Allerdings!« erwiderte der Unteroffizier, sich mit beiden Händen auf die Theke stützend, als wollte er über sie hinwegspringen.

»Ich muß Sie sprechen«, erklärte Petunikow.

»Sehr begreiflich! Wollen Sie eintreten?«

Sie gingen in das Wohnzimmer und setzten sich – der Gast auf das Wachstuchsofa vor dem runden Tisch, der Wirt auf einen Stuhl ihm gegenüber. In einer Ecke des Zimmers brannte ein Lämpchen vor einem riesengroßen dreiteiligen Heiligenbilderschrein, an der Wand daneben hingen auch noch einige Ikonen. Der Metallbeschlag war blankgeputzt; sie glänzten wie neu. Im Zimmer, das mit Truhen und allerlei alten Möbeln ganz vollgestellt war, roch es nach Baumöl, Tabak und Sauerkraut. Petunikow blickte sich um und verzog abermals das Gesicht, Wawilow warf seufzend einen Blick auf die Ikonen, dann musterten sie sich gegenseitig sehr scharf und schienen beide miteinander zufrie-

den. Petunikow gefielen die aufrichtig-schlauen Augen Wawilows und diesem das offene, kalte und entschlossene Gesicht Petunikows mit den breiten kräftigen Kinnbacken und den dichten weißen Zähnen.

»Nun, ich meine, Sie kennen mich und erraten, worüber ich reden will«, begann Petunikow.

»Wegen der Klage ... nehme ich an«, sagte der Unteroffizier ehrfürchtig.

»Ganz recht. Es freut mich, daß Sie keine Sperenzien machen, sondern als aufrechter Mann gleich zur Sache kommen wollen«, meinte Petunikow aufmunternd.

»Ich bin eben Soldat«, erwiderte der Schenkwirt bescheiden.

»Das sieht man. Also wollen wir einfach und offen verhandeln, damit wir bald fertig werden.«

»Sehr richtig.«

»Schön. Ihre Klage ist durchaus begründet und Sie werden den Prozeß unzweifelhaft gewinnen. Das möchte ich Ihnen vor allem mitgeteilt haben.«

»Besten Dank«, sagte der Unteroffizier und zwinkerte mit den Augen, um ein Lächeln zu verbergen.

»Aber sagen Sie, bitte, was haben Sie davon, die Bekanntschaft mit uns, Ihren zukünftigen Nachbarn, so schroff ... gleich vor dem Gericht einzuleiten?«

Wawilow zuckte die Achseln und schwieg.

»Wäre es nicht einfacher gewesen, zu uns zu kommen und alles friedlich zu erledigen? Wie? Was meinen Sie?«

»Gewiß ist das angenehmer! Aber sehen Sie ... dabei ist ein Haken ... Ich habe nicht aus eigenem Willen gehandelt ... sondern weil man mich dazu trieb. Hinterher begriff ich, daß es andersherum besser gewesen wäre, aber da war es schon zu spät.«

»So ... Sie haben sich wohl von einem Advokaten belehren lassen?«

»Ja, so ähnlich ...«

»Aha! Nun also – wollen Sie die Sache friedlich beilegen?«

»Mit dem größten Vergnügen!« rief der Soldat.

Petunikow schwieg einen Augenblick, sah ihn an und fragte dann plötzlich kühl und trocken: »Und warum wollen Sie das?«

Wawilow hatte die Frage nicht erwartet und fand nicht sofort eine Antwort. Seiner Ansicht nach war es eine müßige Frage, und im Bewußtsein seiner Überlegenheit lachte der Soldat Herrn Petunikow junior ins Gesicht.

»Das ist doch klar. Man soll mit seinem Nebenmenschen in Frieden leben.«

»Na«, unterbrach ihn Petunikow, »das stimmt nicht ganz. Sie wissen offenbar selbst nicht recht, warum Sie mit uns Frieden haben wollen. Ich will es Ihnen sagen.«

Der Soldat war einigermaßen erstaunt. Dieser Bursche, der in seinem karierten Anzug recht komisch aussah, redete in einem Ton, wie der Kompanieführer Rakschin, der, wenn er einmal in Wut geriet, den Gemeinen mit einem Hieb drei Zähne ausschlagen konnte.

»Sie wollen Frieden mit uns, weil unsere Nachbarschaft für Sie sehr vorteilhaft ist! Und vorteilhaft ist sie, weil in unserer Fabrik mindestens hundertundfünfzig Arbeiter beschäftigt sein werden, später noch mehr. Wenn hundert von ihnen nach jeder Wochenlohnzahlung bei Ihnen auch nur je ein Gläschen Schnaps trinken, setzen Sie in einem Monat vierhundert Gläschen mehr ab als bisher. Ich habe dabei nur die Mindestzahl genommen. Dann haben Sie auch das Speisehaus. Sie scheinen mir ein gescheiter, erfahrener Mann und werden den Vorteil einer solchen Nachbarschaft wohl zu schätzen wissen.«

»Das stimmt«, sagte Wawilow und nickte mit dem Kopf. »Das habe ich alles gewußt.«

»Na, und ...?« fragte der Kaufmann mit lauter Stimme.

»Nichts – schließen wir Frieden!«

»Sehr angenehm, daß Sie so schnell bereit sind. Hier habe ich eine Eingabe an das Gericht aufgesetzt, daß Sie Ihre Forderung an meinen Vater zurücknehmen. Lesen Sie es durch und unterschreiben Sie!«

Wawilow starrte seinen Gast mit großen Augen an und zuckte, Böses ahnend, zusammen.

»Unterschreiben? Wie denn das?«

»Ganz einfach! Sie setzen Ihren Namen hierhin und weiter nichts«, erklärte Petunikow und wies zuvorkommend mit dem Finger auf die Stelle, wo die Unterschrift hingesetzt werden sollte.

»Nein ... das meine ich nicht. Ich meine, was erhalte ich als Entschädigung für das Grundstück?«

»Sie können doch mit diesem Grundstück nichts anfangen!« sagte Petunikow beschwichtigend.

»Es gehört aber doch mir!« rief der Soldat.

»Gewiß. Was wollen Sie denn haben?«

»Nun, meinetwegen wie in der Klage ... was dort gefordert wird«, meinte Wawilow schüchtern.

»Sechshundert?« Petunikow lachte sanft. »Sie sind ein wunderlicher Kauz.«

»Ich habe das Recht. Ich kann sogar zweitausend verlangen! Ich kann darauf bestehen, daß Sie die Bauten niederreißen ... darum habe ich doch den Betrag so gering angesetzt. Ich verlange, daß Sie niederreißen.«

»Nur zu! Vielleicht reißen wir auch nieder. Nach drei

Jahren, wenn der Prozeß Ihnen schon ein gutes Stück Geld gekostet hat. Und dann, wenn wir bezahlt haben, machen wir unsere eigene Schenke auf. Da wird es anders zugehen als bei Ihnen. Und im Handumdrehen sind Sie kaputt. Ganz kaputt, mein Lieber, dafür wollen wir schon sorgen. Wir könnten schon um die Schankkonzession streiten, aber das ist eine langwierige Geschichte, und wir wollen unsere Zeit besser anwenden. Und es wäre uns auch um Sie leid. Warum soll man einen braven Mann mir nichts, dir nichts brotlos machen?«

Jegor Terentjewitsch sah mit fest zusammengebissenen Zähnen seinen Gast an und fühlte, daß dieser Gast Herr über sein Schicksal sei. Wawilow empfand Mitleid mit sich selbst angesichts dieser kalt-ruhigen, unerbittlichen Gestalt im karierten Anzug.

»In so naher Nachbarschaft mit uns und in freundschaftlichem Einvernehmen könnten Sie hübsch verdienen, mein Lieber! Dafür würden wir schon sorgen. Ich empfehle Ihnen schon jetzt, einen kleinen Laden aufzumachen. Wissen Sie, Tabak, Streichhölzer, Brot, Gurken usw. Das alles würde guten Absatz finden.«

Wawilow hörte zu, und da er kein Dummkopf war, sah er ein, daß das Beste sei, sich völlig der Großmut des Gegners zu überantworten. Damit hatte er von Rechts wegen gleich anfangen sollen. Und um seinen Ärger und seine Wut an irgendjemand auszulassen, schimpfte der Soldat laut auf den Rittmeister Kuwalda.

»Ach, du Saufaus, du Hundsfott, – daß der Teufel dich holen möge!«

»Sie meinen den Advokaten, der Ihr Gesuch verfaßt hat?« fragte Petunikow ruhig und fügte mit einem Seufzer hinzu: »In der Tat, er hätte Ihnen einen schlimmen

Streich spielen können, wenn wir nicht Mitleid mit Ihnen gehabt hätten.«

»Ach«, brummte der Soldat mit einer betrübten Geste, »es waren ihrer zwei. Der eine hat sich's ausgedacht, der andere hat's geschrieben. Dieser verfluchte Korrespondent!«

»Wieso Korrespondent?«

»Er schreibt für Zeitungen. Alles Ihre Mieter! Das ist ein Pack! Schmeißen Sie die Bande hinaus, um Christi willen! Räuber sind sie! Alle Leute in der Straße hetzen sie auf. Das Leben verbittern sie einem! Leute, die nichts mehr zu verlieren haben! Eines schönen Tages plündern sie mich aus oder stecken mir das Haus überm Kopf an!«

»Und dieser Korrespondent, was ist das für ein Mann?« fragte Petunikow interessiert.

»Der? Ein Saufaus! War früher Lehrer, wurde rausgeschmissen, alles wegen Suffs. Nun schreibt er für Zeitungen und setzt Bittschriften auf. Ein ganz gemeiner Kerl.«

»Hm, also der hat Ihr Gesuch verfaßt? So, so, so ... Offenbar hat auch er über die Mißstände beim Bau berichtet. Er fand, daß die Gerüste nicht richtig aufgestellt seien, und Ähnliches.«

»Natürlich war er's! Ich kenne den Hund! Er hat's ja selber hier vorgelesen und geprahlt. Nun, sagt er, hab ich den Petunikow gründlich hineingelegt!«

»Soso ... Also schließen wir Frieden!«

»Frieden?« Der Soldat senkte den Kopf und überlegte.

»Ach, was weiß unsereiner vom Leben!« rief er im Ton eines schwer Gekränkten und kratzte sich den Scheitel.

»Man muß es eben lernen«, empfahl Petunikow und steckte sich eine Zigarette an.

»Lernen? Das ist das wenigste! Keine Freiheit haben wir, das ist's! Was hab ich denn für ein Leben? Ewig muß ich zittern ... muß mich umschauen ... bin nicht Herr über mich selbst! Und weswegen? Weil ich mich vor allem fürchten muß! Da setzt dieser Teufel von Lehrer was über mich in die Zeitung, da kommt mir die Sanitätspolizei auf den Hals, ich muß Strafe zahlen. Ihre Mieter, die Bande, können mich jederzeit bestehlen, umbringen, mein Haus anzünden! Komme ich gegen die auf? Vor der Polizei haben sie keine Angst. Werden sie eingelocht, so freuen sie sich nur, weil sie dann freie Kost und Wohnung haben!«

»Wir wollen sie schon wegschaffen, wenn wir beide uns erst geeinigt haben«, versprach Petunikow.

»Worauf sollen wir uns denn einigen?« fragte Wawilow düster und traurig.

»Sagen Sie mir Ihre Bedingungen!«

»Was ist da viel zu sagen? Sechshundert, wie in meiner Forderung steht.«

»Wollen sie hundert haben?« fragte der Kaufmann ruhig und musterte seinen Gegner von oben bis unten. Dann fügte er mit einem sanften Lächeln hinzu: »Ich gebe auch nicht einen Rubel mehr.«

Er nahm die Brille ab und putzte die Gläser mit dem Taschentuch. Wawilow sah ihn betrübten Herzens an, empfand aber zugleich eine große Hochachtung vor ihm. Aus dem ruhigen Gesicht des jungen Petunikow, den großen grauen Augen, den breiten Kinnbacken, der ganzen stämmigen Figur sprach eine große, selbstbewußte, von einem scharfen Verstand gebändigte Kraft. Auch die Art, wie Petunikow mit ihm sprach, gefiel

Wawilow: schlicht, freundschaftlich, ohne Vornehmtuerei, wie mit seinesgleichen, obwohl Wawilow sich darüber klar war, daß er, der einfache Soldat, tief unter diesem Mann stand. Als er ihn so, fast schon mit Bewunderung, betrachtete, konnte er sich schließlich nicht mehr beherrschen und in einem plötzlichen Anfall von Neugier, der für den Augenblick alle anderen Empfindungen in ihm erstickte, fragte er ehrerbietig: »Wo haben Sie Ihre Bildung erhalten?«

»Im Polytechnikum. Wieso?« Petunikow sah ihn lächelnd an.

»Ach, ich wollte nur wissen ... Verzeihen Sie!« Der Soldat senkte den Kopf und rief plötzlich begeistert und neidisch zugleich: »Ja! Das nennt man Bildung! Da ist nichts zu sagen! Wissenschaft, Aufklärung! Und unsereins ist wie eine Eule im Sonnenschein! Ach, Euer Hochwohlgeboren, machen wir Schluß!«

Mit entschiedener Gebärde hielt er Petunikow die Hand hin und sagte mit gedämpfter Stimme: »Also – fünfhundert!«

»Nicht mehr als hundert Rubel, Jegor Terentjewitsch«, erwiderte Petunikow achselzuckend, als bedauerte er, nicht mehr zahlen zu können, und klatschte mit seiner großen weißen Hand auf den behaarten Arm des Soldaten.

Sie wurden bald einig, denn der Soldat kam den Wünschen Petunikows in immer größeren Sprüngen entgegen, während dieser unerschütterlich fest blieb. Und als Wawilow seine hundert Rubel erhalten und das Schriftstück unterzeichnet hatte, warf er die Feder erbittert auf den Tisch und schrie: »Nun muß ich sehen, wie ich mit der Bande fertig werde! Sie werden mich auslachen, die Teufel!«

»So sagen Sie ihnen doch, ich hätte den ganzen geforderten Betrag gezahlt!« meinte Petunikow und blickte gleichgültig den dünnen Rauchstreifen nach, die von seiner Zigarette aufstiegen.

»Werden sie es denn glauben? Das sind kluge Schufte, ebenso wie ...«

Wawilow stockte verlegen, noch ehe er den gefährlichen Vergleich ausgesprochen hatte, und blickte ängstlich zu dem Kaufmannssohn auf. Der aber rauchte weiter und schien ganz vertieft in diese Beschäftigung. Bald darauf ging er und versprach Wawilow noch zum Abschied, das Nest der unruhigen Leute in allernächster Zeit auszuheben. Wawilow blickte ihm seufzend nach. Er empfand den heißen Wunsch, Petunikow etwas recht Böses und Kränkendes nachzurufen, während dieser mit festen Schritten über die Schutthaufen und die Löcher der Straße hinwegstieg.

Am Abend erschien der Rittmeister in der Schenke. Seine Brauen waren streng gefurcht und die rechte Hand energisch zur Faust geballt. Wawilow lächelte ihn schuldbewußt an.

»Nun, du würdiger Nachkomme des Kain und Judas, erzähle!«

»Wir sind einig«, sagte Wawilow und schlug die Augen nieder.

»Das kann ich mir denken. Wieviel Silberlinge hast du bekommen?«

»Vierhundert Rubel!«

»Du lügst natürlich! Um so besser für mich. Also kurz und gut, Jegorka, – zehn Prozent bekomme ich für die Entdeckung, fünfundzwanzig Rubel kriegt der Lehrer für die Abschaffung des Gesuchs, und für uns alle spendierst du einen Eimer Schnaps nebst Imbiß in entsprechender Quantität. Das Geld sofort, den Schnaps und das übrige um acht Uhr.«

Wawilow wurde grau vor Wut und starrte Kuwalda mit weit aufgerissenen Augen an.

»So was gibt es nicht! Das ist Raub und Diebstahl bei hellichtem Tage! Was fällt Ihnen ein, Aristid Fomitsch? Nein, bitte schön, sparen Sie sich Ihren Appetit bis zum nächsten Feiertag! So was! Nein, jetzt brauche ich Sie nicht mehr zu fürchten. Ich kann jetzt ...«

Kuwalda sah nach der Uhr.

»Ich gebe dir zehn Minuten für dein blödes Geschwätz. Bis dahin mußt du deine Weisheit ausgespieen haben. Und dann gibst du mir, was ich verlange. Tust du's nicht, so fresse ich dich auf. Hat das ›Ende‹ dir etwas verkauft? Hast du in der Zeitung vom Diebstahl bei Basow gelesen? Verstehst du? Wir lassen dir keine Zeit, etwas zu verstecken! Und heute nacht! ... Verstanden?!«

»Aristid Fomitsch! Wofür?« brüllte der Unteroffizier.

»Kein Wort mehr! Hast du verstanden oder nicht?«

Der große, grauhaarige, grimmig dreinblickende Kuwalda sprach mit halblauter Stimme, und sein heiserer Baß tönte unheimlich durch den leeren Raum der Schenke. Wawilow hatte sich vor ihm als ehemaligem Militär und als Mensch, der nichts mehr zu verlieren hatte, immer etwas gefürchtet. Und nun zeigte sich ihm Kuwalda in ganz neuer Gestalt: er redete nicht mehr viel und lustig, wie immer, sondern aus den im Ton eines an Gehorsam gewöhnten Kommandeurs hervorgestoßenen Worten sprach eine ernsthafte Drohung. Und Wawilow fühlte, daß der Rittmeister ihn zugrunde richten könne, wenn er wolle, und daß er es sogar mit Vergnügen tun werde. Es blieb nichts übrig, als sich der

Gewalt zu fügen. Aber von bösen Ahnungen geschüttelt, versuchte der Soldat noch einmal der Strafe zu entgehen. Er seufzte tief auf und begann sanftmütig:

»Das Sprichwort hat schon recht: Untreue schlägt den eigenen Herrn. Ich habe Sie belogen, Aristid Fomitsch. Ich wollte klüger scheinen, als ich bin. Hundert Rubel habe ich bloß bekommen ...«

»Weiter«, knurrte Kuwalda.

»Nicht vierhundert, wie ich vorhin sagte, also ...«

»Was heißt also? Ich weiß nicht, wann du geflunkert hast, jetzt oder vorhin. Ich habe von dir fünfundsechzig Rubel zu bekommen. Das ist sehr bescheiden. Nun?«

»Ach, mein Gott und Herr! Aristid Fomitsch! Ich bin Euer Wohlgeboren immer sehr entgegengekommen ...«

»Na und? Laß das Geschwätz! Jegorka, Judas-Enkel!«

»Zu Befehl. Ich will zahlen. Aber Gott wird Sie dafür strafen.«

»Schweig still, du Eiterblase auf dem Antlitz der Erde!« schrie der Rittmeister mit grimmigem Augenrollen. »Gott hat mich schon gestraft. Er zwingt mich, mit dir zu reden. Ich klatsche dich tot wie eine Fliege.«

Er schüttelte die Faust dicht vor Wawilows Nase und fletschte knirschend die Zähne.

Als er gegangen war, verzog Wawilow den Mund zu einem schiefen Lächeln und zwinkerte heftig mit den Augen. Dann rannen zwei große Tränen über seine Wangen. Sie sahen schmutzig-grau aus, und als sie in seinem Schnurrbart verschwunden waren, zeigten sich zwei neue an ihrer Statt. Wawilow ging in sein Zimmer, trat vor die Heiligenbilder und stand lange da, ohne zu beten, ohne sich zu bewegen und ohne die Tränen von seinen runzligen, braunen Wangen zu wischen.

Der Diakon Taras, der immer eine Vorliebe für Wälder und Wiesen gehabt hatte, schlug den »Gewesenen« vor, aus der Stadt heraus nach einer Schlucht zu gehen und dort am Busen der Natur Wawilows Schnaps zu trinken. Allein der Rittmeister und alle anderen überschütteten einmütig den Diakon und die Natur mit Schimpfwörtern und beschlossen, den Schnaps daheim auf dem Hofe zu vertilgen.

»Eins, zwei, drei ...«, zählte Kuwalda. »Insgesamt sind wir dreizehn. Der Lehrer ist nicht da. Na, es kommen aber sicher noch ein paar Lumpenkerle hinzu. Sagen wir also, zwanzig Personen. Zweiundeinehalbe Gurke pro Nase, je ein Pfund Brot und Fleisch ... nicht übel! Schnaps muß jeder eine Flasche kriegen, dann haben wir noch Sauerkraut, Äpfel und Wassermelonen. Was zum Teufel brauchen wir mehr, ihr Hundsfötter, lieben Freunde? Also, machen wir uns bereit, den Jegorka Wawilow zu verschlingen, denn das alles ist sein Fleisch und sein Blut!«

Auf dem Boden wurden etliche Kleiderreste ausgebreitet; darauf stellte man die Getränke und Speisen und setzte sich im Kreise herum, in feierlichem Schweigen; das kaum noch zu bändigende gierige Verlangen nach dem Getränk leuchtete in aller Augen.

Der Abend kam. Seine Schatten senkten sich auf den von Abfällen verunzierten Boden des Hofes, und die letzten Sonnenstrahlen beleuchteten das Dach des verfallenen Hauses. Es war kühl und still.

»Ans Werk, Brüder!« kommandierte der Rittmeister. »Wieviel Becher haben wir? Sechs! Und wir sind dreizehn. Alexej Maximowitsch, schenk ein! Fertig? Nun – erste Kompanie, Feuer!«

Man trank, räusperte sich und machte sich ans Essen.

»Und der Lehrer ist nicht da. Ich habe ihn schon drei Tage nicht gesehen. Weiß jemand was von ihm?« fragte Kuwalda.

»Nein.«

»Das paßt gar nicht zu seinem Charakter. Na, gleichviel. Trinken wir. Trinken wir auf das Wohl des Aristid Kuwalda, meines einzigen Freundes, der mich nicht einen Augenblick in meinem ganzen Leben allein gelassen hat. Zwar, hol ihn der Teufel, wär's vielleicht gut für mich gewesen, wenn er mich für einige Zeit von seiner werten Gesellschaft befreit hätte.«

»Das ist witzig«, sagte der Abgefressene und bekam einen Hustenanfall. Der Rittmeister sah sich im Gefühl seiner Überlegenheit im Kreise der Genossen um, sagte aber nichts, weil er mit Essen beschäftigt war. Nachdem man zweimal getrunken hatte, wurde die Gesellschaft mit einemmal lebhaft, denn die Portionen waren recht groß. Anderthalb Taras sprach den schüchternen Wunsch aus, eine Geschichte zu hören; doch der Diakon stritt gerade mit dem »Brummkreisel« über die Vorzüge der schlanken Weiber vor den dicken und überhörte die Bemerkung des Freundes. Er trug dem Brummkreisel seine Meinung mit dem hitzigen Eifer eines von der Richtigkeit seiner Anschauung tief überzeugten Mannes vor. Die naive Fratze des »Meteors«, der neben ihm auf dem Bauche lag, bekam jedesmal, wenn der Diakon ein besonders kräftiges Wörtlein fallen ließ, einen Ausdruck tiefer Rührung. Martjanow hatte seine riesigen, mit schwarzer Wolle dicht bewachsenen Arme um die Kniee geschlungen, blickte stumm und finster auf die Schnapsflaschen und bemühte sich, sein eines Schnurrbartende mit der Zunge zu fassen und zwischen die Zähne zu schieben. Der Abgefressene neckte Tiapa: »Ich bin dahintergekommen, wo du dein Geld versteckt hältst, Zauberer.«

»Sei glücklich!« grunzte Tiapa.

»Ich stibitz dir's weg, mein Lieber.«

»Nimm's nur!«

Kuwalda langweilte sich. Es fand sich in der Gesellschaft nicht ein einziger, der würdig gewesen wäre, seinen Reden zu lauschen, und fähig, sie zu verstehen.

»Wo mag bloß der Schulmeister stecken?« dachte er laut. Martjanow sah ihn an und sagte: »Er kommt schon gegangen.«

»Ich bin überzeugt, daß er gegangen und nicht gefahren kommt. Trinken wir auf deine Zukunft, mein lieber Sträfling in spe. Wenn du einen Geldmenschen umbringst, dann teile mit mir. Ich gehe dann nach Amerika in die – wie heißen sie doch? Pumpas? Pampas? Ich gehe dahin und werde eines Tages Präsident der Vereinigten Staaten. Und dann erkläre ich ganz Europa den Krieg und verdresche es tüchtig. Eine Armee kaufe ich mir ... in Europa selbst. Ich dinge mir Franzosen, Deutsche, Türken usw. und schlage ihre Verwandten mit ihnen tot. Wie Ilja von Murom die Tataren mit der Leiche des Tataren schlug. Wer Geld hat, kann auch ein Ilja werden ... und Europa vernichten und den Judas Petunikow zu seinem Lakaien machen. Er kommt sicher! Gib ihm hundert Rubel monatlich, und er nimmt die Stelle an. Aber er wird ein schlechter Lakai sein, denn er wird lange Finger machen.«

»Und auch insofern ist eine schlanke Frau besser als eine dicke, weil sie weniger kostet«, predigte der Diakon, »meine erste Frau brauchte für ein Kleid immer zwölf Arschin Stoff, die zweite nur zehn. Ebenso ist es mit dem Essen.«

Anderthalb Taras lachte verschämt, drehte den Kopf nach dem Diakon hin, starrte ihm aus seinem einen Auge gerade ins Gesicht und erklärte verlegen: »Ich hatte auch eine Frau ...«

»Das kann jedem passieren«, bemerkte Kuwalda, »flunkere weiter!«

»Sie war schlank, aber sie aß viel. Und ist sogar daran gestorben.«

»Du hast sie vergiftet, Einaug!« sagte der Abgefressene im Tone tiefster Überzeugung.

»Nein, bei Gott nicht! Sie hat sich an Fisch übergessen«, erzählte Anderthalb Taras.

»Ich sage dir aber, du hast sie vergiftet«, wiederholte der Abgefressene mit Nachdruck.

Das kam oft bei ihm vor: wenn er irgendeinen Unsinn gesagt hatte, wiederholte er ihn, ohne irgendwelche Beweise anzuführen, und zwar fing er meist im Ton eines launenhaften Kindes an, um sich nach und nach in rasende Wut hineinzureden.

Der Diakon trat für seinen Freund ein. »Nein, er kann sie nicht vergiftet haben. Er hatte ja gar keinen Grund.«

»Maul halten!« schrie der Rittmeister herrisch. Die Langeweile ging bei ihm in sanfte Erbitterung über. Er musterte seine Genossen mit grimmigen Blicken, und da er in ihren halbberauschten Gesichtern nichts fand, was seinem Ingrimm noch mehr Nahrung hätte geben können, ließ er den Kopf auf die Brust sinken, saß einige Minuten so da und legte sich dann rücklings auf die Erde. Der »Meteor« kaute an einer Gurke. Er nahm sie in die Hand, stopfte sie, ohne hinzusehen, bis über die Mitte in den Mund und zerbiß sie mit seinen großen gelben Zähnen, so daß die Salzlake nach allen Seiten spritzte und seine Wangen benetzte. Er hatte offenbar keinen Appetit mehr, aber diese Prozedur machte ihm Spaß. Martjanow saß unbeweglich da, wie eine Bildsäule, immer in der gleichen Stellung, in der er Platz genommen hatte, und sah immer noch so starr und finster auf die einen halben Eimer fassende Schnapsflasche, die schon zur Hälfte geleert war. Tiapa blickte auf den Boden und kaute laut an einem Stück Fleisch, das für seine alten Zähne zu hart war. Der Abgefressene lag auf dem Bauch und hustete, wobei sein ganzer kleiner Körper sich zusammenkrümmte. Die übrigen, lauter schweigsame, finstere Gestalten, saßen und lagen in den verschiedensten Posen da, und ihre Lumpen machten sie unheimlichen Tieren ähnlich, die eine rohe, phantastische Kraft erschuf, um die Menschen zu verhöhnen.

»In Susdal lebte mal
Ein äußerst feines Dämchen,
Das tät sich einen Schnaps
Am Sonntag früh genehmigen«,

sang der Diakon halblaut und umarmte Alexej Maximowitsch, der ihn selig anlächelte. Anderthalb Taras kicherte lüstern.

Die Nacht zog herauf. Am Himmel flammten leise die Sterne auf, in der Stadt oben die Laternen. Vom Fluß her tönte das klagende Pfeifen der Dampfschiffe, kreischend und mit den Scheiben klirrend ging die Tür der Schenke auf und zu. In den Hof traten zwei dunkle Gestalten, näherten sich der um die Schnapsflasche sitzenden Gruppe, und eine heisere Stimme fragte: »Ihr sauft hier?«

Und die zweite Stimme fügte halblaut, neidisch und freudig zugleich hinzu: »Teufelskerle!«

Dann reckte sich eine Hand über den Kopf des Diakons hinweg, ergriff die Flasche, und alsbald vernahm man das charakteristische Glucksen der aus der Flasche strömenden Flüssigkeit. Dann ein lautes Ächzen.

»Gott, wie langweilig!« rief der Diakon. »Einauge! Versetzen wir uns in vergangene Zeiten, singen wir: An Wasserflüssen Babylons!«

»Kann er denn singen?« fragte Simzow.

»Na und ob! Er war Solist im erzbischöflichen Domchor! Los, Einauge! An Wa-a-asserflü–ü–ü ...«

Der Diakon hatte eine rauhe, heisere, stockende Stimme; sein Freund sang in winselnden Falsettönen ...

In Dunkelheit gehüllt, schien das zum Tode verurteilte Haus größer geworden oder mit seinen halbverfaulten Holzmassen näher an die Leute herangerückt zu sein, die mit ihrem wilden Geheul ein dumpfes Echo in ihm weckten. Eine üppige finstere Wolke am Himmel zog langsam über ihnen hin. Einer der »Gewesenen« schnarchte, die anderen, die immer noch nicht berauscht genug waren, aßen und tranken entweder schweigend oder unterhielten sich halblaut mit langen Pausen. Allen war diese gedrückte Stimmung bei einem Festmahl, das eine so seltene Fülle von Speise und Trank aufzuweisen hatte, fremd und ungewohnt. Die wilde Lebhaftigkeit, von der die Bewohner der Herberge erfaßt zu werden pflegten, wollte sich dieses Mal nicht einstellen.

»Ihr Hunde, hört auf zu heulen!« sagte der Rittmeister zu den Sängern, den Kopf vom Boden erhebend und aufhorchend. »Da kommt eine Droschke gefahren!«

Eine Droschke um diese Zeit in der Zufahrtstraße mußte allgemeines Aufsehen erregen. Wer von den Bewohnern der Stadt hatte den Mut, die Fahrt über Löcher und Schutthaufen im Dunkeln zu wagen? Was suchte er hier? Alle hoben die Köpfe und horchten. Durch die Stille der Nacht drang deutlich das Kratzen der gegen die Kotflügel des Wagens stoßenden Räder. Er kam immer näher. Eine rauhe Stimme fragte: »Na, wo denn?«

Eine andere antwortete:

»Wohl das Haus dort.« »Ich fahre nicht weiter.«

»Der will zu uns«, sagte der Rittmeister.

»Polizei!« flüsterte jemand erschrocken.

»In einer Droschke! Schafskopf!« sagte Martjanow dumpf.

Kuwalda stand auf und ging durch das Tor. Der Abgefressene streckte den Hals lang und horchte.

»Ist hier das ›Nachtasyl‹?« fragte eine knarrende Stimme.

»Ja, Aristid Kuwalda!« ertönte ungehalten die Baßstimme des Rittmeisters.

»Jawohl, ja. Hat hier der Reporter Titow gewohnt?«

»Aha! Sie bringen ihn wohl mit?«

»Ja.«

»Betrunken?«

»Krank!«

»Also schwer besoffen! Heda, Schulmeister! Steh auf!«

»Warten Sie, ich will Ihnen helfen! Es geht ihm sehr schlecht. Er hat zwei Tage bei mir gelegen. Fassen Sie ihn unter den Armen! Der Arzt war auch schon da. Es steht sehr schlimm ...«

Tiapa erhob sich und ging langsam auf das Tor zu. Der Abgefressene lachte auf und nahm noch einen Schnaps zu sich.

»Macht Licht drinnen!« schrie der Rittmeister.

Der »Meteor« ging ins Haus und zündete die Lampe an. Nun fiel durch die Haustür ein langer Lichtstreifen über den Hof, und in seinem Schein sah man den Rittmeister und einen fremden kleinen Mann den Schulmeister langsam auf das Haus zuführen. Der Kopf des Kranken hing schlaff auf die Brust herab, die Füße glitten haltlos über den Boden, und die Arme baumelten in der Luft, als hätten sie gar keine festen Knochen mehr. Mit Tiapas Hilfe legte man ihn auf eine Pritsche; sein ganzer Körper zuckte zusammen; dann streckte er sich mit einem leisen Stöhnen lang aus.

»Wir haben für dieselbe Zeitung gearbeiet. Ein sehr unglücklicher Mensch. Ich sage: Bleiben Sie doch bei mir, Sie genieren mich durchaus nicht. Er aber fleht und bittet: Bringt mich nach Hause! Er war so aufgeregt. Ich dachte, es könnte ihm schaden, da brachte ich ihn hierher, nach Hause! Das ist doch hier. Ja?«

»Sie meinen wohl, er wäre anderswo zu Hause?« fragte Kuwalda grob, während er seinen kranken Freund aufmerksam betrachtete. »Tiapa, bring mal kaltes Wasser!«

»Ja, also ...«, sagte der kleine Mann verlegen, »ich meine ... ob er mich noch braucht?«

»Sie?« Der Rittmeister sah ihn kritisch an.

Der Fremde hatte ein abgetragenes, bis ans Kinn zugeknöpftes Jackett an. Seine Hose war unten ausgefranst, der Hut ausgeblichen und verdrückt, genauso wie sein mageres, hungriges Gesicht.

»Nein, Sie braucht er nicht. Leute Ihres Schlages gibt's hier genug«, sagte der Rittmeister, sich abwendend.

»Also dann auf Wiedersehn!« Der Kleine ging bis zur

Türe, blieb dort noch einmal stehen und bat leise: »Wenn was passieren sollte, benachrichtigen Sie die Redaktion. Mein Name ist Ryschow. Ich würde dann einen kleinen Nekrolog schreiben. Er war immerhin ein Vertreter der Presse, wissen Sie ...«

»Hm ... Einen Nekrolog, sagen Sie? Zwanzig Zeilen – vierzig Kopeken. Ich weiß was Besseres: wenn er stirbt, schneide ich ihm ein Bein ab und schicke es an die Redaktion auf Ihren werten Namen. Davon haben Sie mehr als von einem Nekrolog. Das langt für drei Tage! Er hat dicke Beine. Ihr habt an ihm gefressen, als er lebte, da wird der Tote euch sicher auch schmecken.«

Der Kleine kicherte sonderbar und verschwand. Der Rittmeister setzte sich zu dem Lehrer auf die Pritsche, betastete seine Stirn und seine Brust und rief seinen Namen:

»Philipp!«

Der Ruf hallte dumpf wider von den schmutzigen Wänden der Nachtherberge und erlosch.

»Dummes Zeug, Bruder«, sagte der Rittmeister und strich die zerzausten Haare des regungslos daliegenden Lehrers mit der Hand leise zurecht. Dann horchte er auf den heißen, stockenden Atem des Kranken, betrachtete sein eingefallenes erdfarbenes Gesicht, seufzte, runzelte finster die Brauen und sah sich im Zimmer um. Die Lampe taugte nicht viel; die Flamme flackerte, und an den Wänden hüpften schweigsame schwarze Schatten. Der Rittmeister verfolgte mit starren Blicken ihr stummes Spiel und strich sich den Bart. Tiapa kam mit einem Eimer Wasser, stellte ihn neben dem Kopf des Lehrers auf die Pritsche, ergriff die Hand des Kranken und hob sie empor, als ob er ihr Gewicht prüfen wollte.

»Er braucht kein Wasser«, wehrte der Rittmeister ab.

»Einen Geistlichen braucht er«, erklärte der alte Lumpensammler überzeugt.

»Nichts mehr braucht er«, entschied der Rittmeister.

Sie blickten stumm auf den Lehrer.

»Komm, trinken wir eins, alter Teufel!«

»Und er?«

»Kannst du ihm helfen?«

Tiapa kehrte dem Lehrer den Rücken zu, und beide gingen auf den Hof, wo die Zecher beisammen saßen.

»Wie sieht's drinnen aus?« fragte der Abgefressene, dem Rittmeister seine spitze Schnauze zukehrend.

»Nichts Besonderes! Ein Mensch stirbt«, meldete Kuwalda kurz.

»Haben sie ihn verprügelt?« fragte der Abgefressene weiter. Der Rittmeister gab keine Antwort, weil er gerade beim Trinken war.

»Als wenn er gewußt hätte, daß wir ihm gerade jetzt ein anständiges Totenmahl abhalten können!« sagte der Abgefressene und zündete sich eine Zigarette an.

Einer lachte, ein anderer seufzte schwer. Im großen und ganzen schien der Wortwechsel zwischen dem Rittmeister und dem Abgefressenen auf die Leute keinen besonderen Eindruck gemacht zu haben, wenigstens war nicht zu merken, daß er auch nur einen von ihnen erregt, interessiert oder zum Nachdenken gereizt hätte. Alle schätzten den Lehrer als einen ungewöhnlichen Menschen, aber in diesem Augenblick waren viele schon betrunken, während die anderen nach außen hin ihre Ruhe wahrten. Nur der Diakon richtete sich plötzlich auf, schnalzte mit den Lippen, rieb sich die Stirn und heulte wild auf:

»Die Gere-e-chten, die in Frie-i-ieden ruhen ...«

»Du!« brüllte der Abgefressene. »Was brüllst du?«

»Hau ihm eins in die Fresse!« riet der Rittmeister.

»Dummkopf!« krächzte Tiapa, »wenn ein Mensch im Sterben liegt, muß man schweigen ... auf daß Stille sei.«

Es war auch so recht still: sowohl am Himmel, der mit Wolken bedeckt war und Regen erwarten ließ, als auf der Erde, die in das schwarze Dunkel der Herbstnacht gehüllt war. Hin und wieder hörte man das Schnarchen der Schlafenden, das Glucksen des Schnapses, das Schmatzen der Essenden. Der Diakon murmelte etwas vor sich hin. Die Wolken hingen so tief herab, daß es aussah, als müßten sie jeden Augenblick am Dach der alten Schmiede hängen bleiben und es auf die Zecher herabreißen.

»Ah ... ein ekelhaftes Gefühl, wenn einer stirbt, den man gern gehabt hat«, sagte der Rittmeister stottend und ließ den Kopf auf die Brust hängen.

Keiner antwortete ihm.

»Von euch allen war er der Beste. Der Klügste und Anständigste. Es ist mir leid um ihn!«

»Gi-i-ib ihm den Fri-i-ieden deiner Hei-i-eiligen! ... So sing doch, einäugiges Luder!« schrie der Diakon Taras und gab dem neben ihm schlummernden Freund einen Rippenstoß.

»Halt's Maul, du!« brüllte der Abgefressene wütend und sprang auf.

»Ich hau ihm eins auf den Deetz!« sagte Martjanow, den Kopf hebend.

»Schläfst du nicht?« fragte Kuwalda in auffallend freundlichem Ton. »Hast du gehört: unser Schulmeister ...«

Martjanow richtete sich schwerfällig empor, sprang auf, blickte nach den Lichtstreifen, die durch Fenster und Tür der Herberge fielen, schüttelte den Kopf und setzte sich schweigend neben den Rittmeister.

»Trinken wir noch eins?« schlug Kuwalda vor.

Sie tasteten nach den Gläsern, schenkten ein und tranken.

»Ich will mal nachsehen«, sagte Tiapa, »vielleicht hat er was nötig.«

»Nur noch einen Sarg«, lachte der Rittmeister auf.

»Redet nicht davon!« bat der Abgefressene mit dumpfer Stimme.

Nach Tiapa erhob sich der »Meteor«. Der Diakon wollte auch aufstehen, fiel aber um und stieß einen lauten Fluch aus.

Als Tiapa gegangen war, klopfte der Rittmeister Martjanow auf die Schulter und fing mit halblauter Stimme an: »So ist's, Martjanow! Du müßtest es am ehesten fühlen. du warst ... na, zum Teufel damit! Tut der Philipp dir leid?«

»Nein«, sagte Martjanow nach kurzem Schweigen. »Ich fühle nichts dergleichen mehr, Bruder. Hab mir's abgewöhnt! Es ist scheußlich, dieses Leben. Ich denke ernstlich daran, jemand umzubringen ...«

»So?« meinte der Rittmeister. »Na, und dann? Trinken wir noch eins!«

»Wir sind kleine Le-eu-te, saufen morgen und heute!«

Es war Simzow, der, plötzlich erwacht, das mit seliger Miene vor sich hin sang.

»Brüderlein! Ist jemand da? Gönnt einem alten Mann noch ein Schlückchen!«

Man schenkte ein und reichte ihm das Glas. Er trank es leer und fiel wieder um, mit dem Kopf gegen die Hüfte seines Nachbars stoßend.

Etwa zwei Minuten herrschte Schweigen, düster und unheimlich, wie die Herbstnacht. Dann fing einer an zu flüstern.

»Was sagst du?« fragte ein anderer.

»Ich sage, er war ein feiner Kerl. Ein kluger Kopf. Und so sanft ...« fuhr die Flüsterstimme fort.

»Ja, und Geld hatte er auch! Und teilte es gern mit seinesgleichen.«

Und wieder trat Schweigen ein.

»Er stirbt!« tönte Tiapas Krächzen über dem Kopf des Rittmeisters.

Kuwalda stand auf und ging mit forciert festen Schritten in die Herberge.

»Wo willst du hin?« hielt ihn Tiapa an. »Geh nicht! Du bist besoffen. Das ist nicht gut.«

Der Rittmeister blieb stehen und überlegte.

»Was ist denn gut auf dieser Welt? Scher dich zum Teufel!« Er stieß den Lumpensammler beiseite.

An den Wänden der Herberge hüpften noch immer die Schatten, als kämpften sie schweigend miteinander. Auf der Pritsche lag lang ausgestreckt der Lehrer und röchelte. Seine Augen waren weit aufgerissen, die entblößte Brust ging heftig auf und nieder, an den Mundwinkeln hing der Schaum, und sein Gesicht zeigte einen so gespannten Ausdruck, als wenn er noch etwas Großes, Schweres sagen wollte und nicht konnte, was ihm unsagbaren Schmerz bereitete.

Der Rittmeister stand vor ihm, die Hände auf dem Rücken, und betrachtete ihn eine Minute lang schweigend. Dann sprach er mit krampfhaft gefurchter Stirn:

»Philipp! Sag mir etwas ... ein Trostwort dem alten Freund ... hörst du? Ich hab dich lieb, Bruder. Alle Menschen sind Viehzeug, du aber warst für mich ein wirklicher Mensch, wenn du auch ein Säufer warst. Ach, was du saufen konntest, Philipp! Das hat dich ja zugrunde gerichtet. Und weswegen? Du hättest dich beherrschen und mir gehorchen sollen. Sagte ich nicht oft genug zu dir ...«

Die geheimnisvolle, alles vernichtende Macht, die man »Tod« nennt, schien, gekränkt durch die Anwesenheit des Betrunkenen bei ihrem finsteren und feierlichen Kampf mit dem Leben, beschlossen zu haben, ihr leidenschaftsloses Werk schneller zu vollenden: der Lehrer holte noch einmal tief Atem, stöhnte leise, zuckte zusammen, reckte sich lang aus und erstarrte.

Der Rittmeister wankte und wäre fast hingefallen. Er richtete sich aber wieder auf und redete weiter.

»Was meinst du? Soll ich dir einen Schnaps bringen? Aber besser ist's, du trinkst nicht, Philipp. Nimm dich zusammen! Oder nimmst du doch einen Schluck? Was hat man von der Enthaltsamkeit, ehrlich gesagt? Hat ja keinen Zweck, Philipp. Nicht wahr? Keinen Zweck!«

Er faßte das Bein des Toten und zerrte daran.

»Bist wohl eingeschlafen, Philipp? Na, schlaf nur! Gute Nacht! Morgen erkläre ich dir alles, und du wirst einsehen, daß es keinen Sinn hat, sich Entbehrungen aufzuerlegen. Und jetzt sollst du schlafen ... wenn du nicht schon tot bist.«

Er ging hinaus, von tiefem Schweigen begleitet. Als er wieder bei der Gesellschaft war, verkündete er:

»Er ist eingeschlafen ... oder gestorben. Ich weiß nicht genau. Ich bin ein wenig besoffen.«

Tiapa krümmte sich noch mehr zusammen und machte das Kreuzeszeichen über seiner Brust. Martjanow zog schweigend die Schultern hoch und legte sich auf die Erde. Der Abgefressene warf sich unruhig hin und her und murmelte in bissig-wehmütigem Ton: »Hol euch allesamt der Teufel! Quälgeister! Na schön, er ist tot! Was ist denn dabei? Wozu brauche ich das zu wissen? Wozu mir davon erzählen? Wenn die Zeit gekommen ist, sterbe ich auch. Gerade so gut wie er! Ich bin gerade so gut wie die andern!«

»Das stimmt«, sagte der Rittmeister und ließ sich schwerfällig auf den Boden fallen. »Wenn die Zeit gekommen ist, sterben wir alle so gut wie die andern. Hahaha! Wie wir leben, das ist Nebensache. Aber sterben tun wir genauso wie alle. Das ist der Zweck des Lebens, glaubt meinen Worten. Denn der Mensch lebt, um zu sterben. Und stirbt. Und wenn dem so ist, – ist es nicht ganz gleich, woran er stirbt, und wie er gelebt hat? Martjanow, hab ich recht? Trinken wir noch eins ... und noch eins, solange wir noch leben!«

Es fing leise zu regnen an. Dichte, dumpfe Finsternis umhüllte die Gestalten der Menschen, die auf dem Boden lagen, gebannt von Schlaf oder Rausch. Der Lichtreif aus dem Hause wurde blaß, zuckte und erlosch plötzlich. Offenbar hatte der Wind die Lampe ausgeblasen, oder das Petroleum war aufgebraucht. Regentropfen hämmerten zaghaft und unentschlossen auf das Blechdach der Herberge. Von oben aus der Stadt tönte in langen Abständen wehmütiges Glockengeläute herüber – zum Zeichen, daß die Kirche bewacht wurde.

Der metallene Klang, der sich vom Kirchturm gelöst hatte, schwamm langsam durch die Finsternis und erstarb allmählich; doch noch ehe das Dunkel seinen letzten zitternden Seufzer verschlingen konnte, ward ein neuer Ton geboren, und wieder zog durch die Stille der Nacht das melancholische Seufzen des Metalls.

Am nächsten Morgen war Tiapa zuerst erwacht.

Er drehte sich um, so daß er auf dem Rücken zu liegen kam, und starrte zum Himmel empor. Sein verkrüppelter Hals machte es ihm nur in dieser Stellung möglich, den Himmel über seinem Kopf zu sehen.

Der Himmel an diesem Morgen war eintönig grau. Hoch oben ballte sich ein feuchter, kalter Nebel zusammen, er hatte die Sonne ausgelöscht, die blaue Unendlichkeit verhängt und goß eine unsagbar trübe Stimmung über die Erde aus. Tiapa bekreuzigte sich und richtete sich halb auf, um zu sehen, ob nicht noch Schnaps übrig geblieben sei. Die Flasche stand noch da, aber sie war leer. Über seine Genossen hinwegsteigend, untersuchte Tiapa die Tassen, aus denen man getrunken hatte. Eine war noch ziemlich voll, er trank sie leer, wischte sich die Lippen mit dem Ärmel und begann dann den Rittmeister an den Schultern zu schütteln. »Heda! Aufstehen! Hörst du?«

Der Rittmeister hob den Kopf und sah ihn mit trübem Blick an.

»Man muß der Polizei Meldung machen. Steh auf!«

»Was ist denn los?« fragte der Rittmeister schläfrig und ärgerlich.

»Er ist doch gestorben.«

»Wer?«

»Der Gelehrte.«

»Philipp? Ach ja!«

»Hattest es wohl vergessen? Ach du!« krächzte Tiapa vorwurfsvoll.

Der Rittmeister erhob sich, gähnte laut und reckte sich so, daß seine Knochen knackten.

»So geh hin und melde es!«

»Ich gehe nicht hin. Ich mag sie nicht«, sagte Tiapa

finster. »So weck den Diakon! Ich will inzwischen nach ihm sehen.«

»Recht so. Diakon, steh auf!«

Der Rittmeister ging ins Haus und blieb am Fußende der Lagerstätte des Lehrers stehen. Der Tote lag lang ausgestreckt da; die linke Hand ruhte auf der Brust, der rechte Arm war so weit zurückgeworfen, daß es aussah, als holte er zu einem Schlage aus. Der Rittmeister dachte, wenn der Lehrer jetzt aufstünde, würde er ebenso groß sein wie Anderthalb Taras. Dann setzte er sich zu Füßen seines Freundes auf die Pritsche und seufzte tief auf beim Gedanken, daß sie fast drei Jahre zusammen verlebt hatten.

Tiapa trat ein, den Kopf vorgebeugt wie ein Bock, der stoßen will. Er setzte sich ebenfalls zu Füßen des Toten nieder, sah in sein dunkles, ruhiges und ernstes Gesicht mit den fest zusammengekniffenen Lippen und krächzte:

»Ja, nun ist er tot. Und ich werde auch bald sterben.«

»Für dich ist's auch Zeit«, sagte der Rittmeister finster.

»Freilich wird's Zeit«, stimmte Tiapa ein. »Und du könntest auch sterben. Immer noch besser als so ...«

»Vielleicht ist es aber schlechter? Was weißt du denn?«

»Schlechter kann es nicht werden. Wenn du stirbst, bekommst du es mit Gott zu tun. Und hier hast du's mit den Menschen. Und was sind die Menschen?«

»Na, schon gut, krächze nicht!« fiel ihm Kuwalda zornig ins Wort.

Und im Dämmerlicht, das die Herberge erfüllte, wurde es feierlich still.

Lange saßen sie schweigend zu Füßen des toten Genossen und musterten ihn hin und wieder mit ihren Blicken, beide in Gedanken versunken. Dann fing Tiapa wieder an:

»Wirst du das Begräbnis ausrichten?«

»Ich? Nein! Das ist Sache der Polizei!«

»Wirklich? Du solltest es doch tun. Es war doch sein Geld, das du für die Beschwerde von Wawilow bekommen hast. Ich gebe dir noch was dazu, wenn es nicht langt.«

»Sein Geld habe ich allerdings. Aber das Begräbnis richte ich nicht aus.«

»Das ist nicht recht. Einen Toten berauben. Ich sage es allen, daß du sein Geld einsacken willst«, drohte Tiapa.

»Du bist ein alter Esel«, sagte Kuwalda verächtlich.

»Ich bin kein Esel. Aber es ist nicht recht, es ist unfreundschaftlich.«

»Und wenn schon! Laß mich in Ruhe!«

»Soso! Wieviel Geld war es denn?«

»Fünfundzwanzig«, warf Kuwalda zerstreut hin.

»Oho! Könntest mir wohl einen Fünfer geben.«

»Ein richtiger Schweinehund bist du, Alter«, fluchte der Rittmeister und sah Tiapa gleichgültig an.

»Du könntest mir's vielleicht geben.«

»Scher dich zum Teufel! Ich will ihm für das Geld ein Denkmal errichten.«

»Was hat er davon?«

»Ich kaufe einen Mühlstein und einen Anker. Den Mühlstein lege ich aufs Grab, und den Anker schmiede ich mit einer Kette dran. Das wird sehr schwer wiegen ...«

»Und was soll das? Narrenpossen!«

»Das geht dich nichts an.«

»Ich sag's den Leuten aber doch«, drohte Tiapa noch einmal.

Kuwalda sah ihn stumpfsinnig an und sagte kein Wort. Und wieder saßen sie lange da in jenem tiefen Schweigen, das vor einem Toten immer so feierlich und geheimnisvoll wirkt.

»Horch! Da kommen sie gefahren«, sagte Tiapa, erhob sich und ging hinaus.

Gleich danach erschienen der Polizeihauptmann, der Untersuchungsrichter und der Arzt. Alle drei traten der Reihe nach vor die Leiche, betrachteten sie und gingen hinaus, dem Rittmeister argwöhnische Blicke zuwerfend. Er saß da, ohne sie zu beachten, bis der Polizeihauptmann, mit einer Kopfbewegung nach dem Toten hin, die Frage an ihn stellte: »Woran ist er gestorben?«

»Fragen Sie ihn selber! Ich glaube, er war es nicht gewohnt.«

»Was soll das heißen?« fragte der Untersuchungsrichter.

»Er ist gestorben, meine ich, weil er sich an die Krankheit nicht gewöhnen konnte, von der er ergriffen wurde.«

»Hm ... ja! Wie lange war er denn krank?«

»Man sollte ihn ins Freie hinaustragen, hier kann man nichts sehen«, sagte der Arzt gelangweilt. »Vielleicht sind noch irgendwelche Spuren ...«

»Rufen Sie jemand, der die Leiche hinaustragen kann«, befahl der Polizeibeamte dem Rittmeister.

»Rufen Sie doch selbst! Mich stört er hier nicht«, sagte Kuwalda gleichmütig.

»Nu-u-u!« schrie der Polizeihauptmann ergrimmt.

»Brr!« parierte Kuwalda, ohne sich zu rühren, mit ruhiger Bosheit und fletschte die Zähne.

»Teufel noch einmal!« brüllte der Polizeihauptmann. Das Blut stieg ihm vor Ärger ins Gesicht. »Das lasse ich mir nicht gefallen!«

»Guten Morgen wünsche ich, verehrte Herrschaften!« ertönte plötzlich eine ölige Stimme. In der Tür stand der Kaufmann Petunikow.

Er überflog den Raum mit einem einzigen scharfen Blick, zuckte zusammen, trat zurück, nahm die Mütze ab und bekreuzigte sich inbrünstig. Dann verzog sich sein Gesicht zu einem triumphierend schadenfrohen Lachen, und den Rittmeister fixierend, fragte er in verbindlichstem Tone: »Was ist denn hier geschehen? Hat man einen ermordet?«

»Ja, so was Ähnliches«, erwiderte der Untersuchungsrichter.

Petunikow seufzte tief, bekreuzigte sich noch einmal und sagte betrübt:

»Ach, du lieber Gott! Das habe ich immer gefürchtet! Jedesmal, wenn ich hierher kam ... o je, o je, o je! War ich dann wieder zu Hause, so ging mir Gott weiß was alles durch den Kopf ... Der Herr bewahre jeden von uns in Gnaden! ... Wie oft habe ich dem Herrn da ... dem Höchstkommandierenden der Goldenen Horde, kündigen wollen, aber ich habe mich immer gefürchtet. Wissen Sie, das ist ein Völkchen ... Lieber nachgeben, dachte ich, denn sonst kann man sich auf Dinge gefaßt machen ...«

Er fuhr mit der Hand durch die Luft, strich sich dann über das Gesicht, glättete seinen Bart und seufzte abermals.

»Gefährliche Leute. Und der Herr da ist so eine Art Kommandeur. Der richtige Räuberhauptmann.«

»Den wollen wir mal ein bißchen abtasten«, sagte der

Polizeihauptmann in vielversprechendem Ton und sah den Rittmeister rachsüchtig an. »Ich kenne ihn schon seit langem sehr genau.«

»Ja, wir sind alte Bekannte, mein Lieber«, bestätigte Kuwalda in familiärem Ton. »Wieviel Schmiergelder hast du und deinesgeichen schon von mir bezogen!«

»Meine Herren!« rief der Polizeihauptmann, »haben Sie gehört? Ich bitte, merken Sie sich's! Ich lasse mir das nicht gefallen ... So, so, so. Na, du wirst noch daran denken müssen! Ich mache dich ganz klein, mein Lieber!«

»Ja, Vorschußlorbeeren sind nichts wert, teurer Freund«, sagte Kuwalda sehr ruhig.

Der Arzt, ein junger Mensch mit einer Brille auf der Nase, betrachtete den Rittmeister mit großer Neugier, der Untersuchungsrichter mit unheilverkündender Aufmerksamkeit, Petunikow mit triumphierendem Lächeln, der Polizeihauptmann aber rannte schreiend und fluchend im Zimmer hin und her.

In der Tür erschien die finstere Gestalt Martjanows. Er trat leise ein und stellte sich hinter Petunikow, so daß sein Kinn fast den Scheitel des Kaufmanns berührte. Neben ihm lugte der Diakon hervor, die kleinen, rotverquollenen Augen weit aufreißend.

»Wir müssen aber doch etwas tun, meine Herren!« sagte der Arzt.

Martjanow schnitt eine scheußliche Grimasse und nieste plötzlich gerade über Petunikows Kopf. Der Kaufmann schrie auf, knickte zusammen, sprang zur Seite und hätte beinahe den Polizeihauptmann umgerissen, wenn dieser ihn nicht noch rechtzeitig in seinen Armen aufgefangen hätte.

»Sehen Sie?« sagte Petunikow, mit dem Finger auf Martjanow zeigend. »Solche Leute sind das!«

Kuwalda lachte aus vollem Halse. Der Arzt und der Untersuchungsrichter schmunzelten, in der Tür aber erschienen immer neue Gestalten. Verschlagene, geschwollene Physiognomien mit roten, entzündeten Augen und zerzausten Haaren musterten ungeniert den Arzt, den Richter und den Polizeihauptmann.

»Wo wollt ihr hin?« redete der inzwischen herbeigekommene Schutzmann ihnen zu, zerrte sie an ihren Lumpen und riß sie von der Tür weg. Er war aber allein, und ihrer waren viele, und so beachteten sie ihn nicht, sondern drängten vorwärts, schweigsam, drohend und Schnapsdünste ausatmend. Kuwalda sah erst sie an, dann die durch ein so zahlreiches unheimliches Publikum etwas verwirrten Beamten und sagte zu diesen mit spöttischem Lächeln:

»Meine Herren! Wünschen Sie vielleicht die nähere Bekanntschaft meiner Mieter und Freunde zu machen? Wünschen Sie? Früher oder später werden Sie sie doch von Amts wegen kennen lernen müssen!«

Der Arzt lachte verlegen. Der Untersuchungsrichter biß die Lippen fest zusammen, der Polizeihauptmann aber begriff, was jetzt geschehen mußte, und rief in den Hof hinaus:

»Sidorow, pfeif mal! Und wenn die Leute kommen, sag ihnen, daß sie einen Wagen herbeischaffen!«

»Ich will jetzt gehen«, sagte Petunikow, der sich in einen Winkel verzogen hatte und nun plötzlich wieder auftauchte.

»Die Wohnung wollen Sie, bitte, heute noch räumen, Verehrtester. Ich will den Kasten niederreißen. Richten Sie sich gefälligst danach! Andernfalls werde ich mich an die Polizei wenden müssen.«

Draußen ertönte ein gellendes Pfeifensignal des Polizisten, vor der Tür des »Nachtasyls« standen dichtgedrängt dessen Insassen, kratzten sich die Köpfe und gähnten.

»Sie wollen die Herrschaften also nicht kennen lernen? Das ist unhöflich!« lachte Aristid Kuwalda.

Petunikow zog seinen Geldbeutel aus der Tasche, suchte darin, nahm zwei Fünfkopekenstücke heraus und legte sie, nachdem er sich bekreuzigt hatte, zu Füßen des Toten hin.

»Gott erbarme sich seiner Seele ... Das stifte ich für das Begräbnis der sterblichen Überreste ...«

»Wa-a-as?« brüllte der Rittmeister. »Du willst etwas für das Begräbnis stiften? Nimm es sofort wieder zurück! Nimm es zurück, sag ich dir, du ... Schweinehund! Du wagst es, deine Diebsgroschen für das Begräbnis eines Ehrenmannes zu stiften? Ich haue dich in Stücke!«

»Euer Wohlgeboren!« schrie der Kaufmann entsetzt und klammerte sich an den Arm des Polizeihauptmanns. Der Arzt und der Untersuchungsrichter stürzten hinaus, der Polizeihauptmann rief laut: »Hierher, Sidorow!«

Die »Gewesenen« standen wie eine Mauer in der Tür und verfolgten die Vorgänge mit lebhaftestem Interesse.

Kuwalda schüttelte die Fäuste über dem Kopf des Kaufmanns, brüllte wie ein wildes Tier und rollte die blutunterlaufenen Augen.

»Schuft und Dieb, der du bist! Nimm dein Geld zurück! Du gemeines Vieh! Nimm es, sag ich dir, oder ich drücke dir mit diesen Fünfern deine Glotzaugen aus! Nimm's zurück!«

Petunikow streckte die eine zitternde Hand nach seinem Scherflein aus, während er mit der andern die Fäuste Kuwaldas abzuwehren suchte und murmelte: »Sie sind mein Zeuge, Herr Hauptmann, und ihr guten Leute auch!«

»Wir sind keine guten Leute, Krämer«, ertönte die kreischende Stimme des Abgefressenen.

Der Polizeihauptmann blies die Backen bis zum Platzen auf, um seiner Pfeife die wildesten Töne zu entlokken. Die andere Hand hielt er ausgestreckt über dem Kopfe Petunikows, der sich vor ihm krümmte und wand, als wenn er in seinen Bauch hineinkriechen wollte.

»Was meinst du, wenn ich dich, verdammtes Ottergezücht, zwinge, diesem Toten die Füße zu küssen? Was meinst du dazu?«

Kuwalda packte den Hauptmann beim Kragen und warf ihn wie eine junge Katze zur Tür hinaus.

Die »Gewesenen« traten schnell zur Seite, damit der Kaufmann Platz zum Hinfallen habe. Er blieb längelang vor ihren Füßen liegen und brüllte vor Angst und Wut:

»Mord und Totschlag! Zu Hilfe! Zu Hilfe-e-e!«

Martjanow hob langsam den einen Fuß. Er zielte auf den Kopf Petunikows. Der Abgefressene spuckte mit wollüstigem Lächeln dem Kaufmann ins Gesicht. Petunikow war zu einem ganz kleinen Klumpen zusammengeschrumpft und rollte unter wildem Gelächter der ganzen Bande, sich mit Händen und Füßen gegen den Boden stemmend, auf den Hof hinaus. Dort waren aber inzwischen noch zwei Schutzleute erschienen, und der Polizeihauptmann rief ihnen triumphierend zu, indem er auf Kuwalda zeigte:

»Arretiert ihn! Bindet ihn!«

»Bindet ihn, liebe Leute!« jammerte Petunikow.

»Untersteht euch nicht! Ich laufe nicht davon. Ich komme von selber mit«, sagte der Rittmeister, die auf ihn eindringenden Leute abwehrend.

Die »Gewesenen« verschwanden einer nach dem anderen. Nun kam auch der Wagen in den Hof gefahren. Ein paar zerlumpte Kerle mit traurigen Gesichtern schleppten die Leiche des Lehrers hinaus.

»Ich werde dich schon Mores lehren, mein Lieber! Warte nur!« drohte der Polizeihauptmann dem Rittmeister.

»Nun, Herr Räuberhauptmann?« fragte Petunikow höhnisch, erregt und glücklich beim Anblick des Feindes, dem die Hände gefesselt wurden. »Haben sie dich? Warte nur, es kommt noch viel besser!«

Allein Kuwalda schwieg. Er stand zwischen den beiden Schutzleuten, aufrecht und schauerlich, und sah zu, wie man den toten Lehrer auf den Karren legte. Der Mann, der den Leichnam unter den Achseln gefaßt hatte, war sehr klein von Wuchs und vermochte den Kopf des Toten nicht in demselben Augenblick auf den Wagen zu legen, als die Füße bereits darauf lagen. So kam es, daß der Lehrer kurze Zeit eine Stellung einnahm, die so aussah, als wenn er sich mit dem Kopf nach unten vom Wagen stürzen wollte und sich vor all diesen bösen, dummen Leuten, die ihn nicht in Ruhe lassen konnten, in die Erde verkriechen.

»Führt ihn weg!« kommandierte der Polizeihauptmann, auf den Rittmeister zeigend.

Ohne zu protestieren, stumm und gesenkten Hauptes, ging Kuwalda über den Hof. Als er beim Lehrer vorbeikam, senkte er den Kopf noch tiefer, sah den Toten aber nicht an. Martjanow mit seinem versteinerten Gesicht ging hinter ihm her. Der Hof war bald ganz menschenleer.

»Na, vorwärts!« rief der Kutscher und schwenkte seine Peitsche über den Kruppen der Pferde.

Der Karren setzte sich in Bewegung und rasselte über den unebenen Boden des Hofes. Der mit schmutzigen Lumpen zugedeckte Leichnam lag mit der Brust nach oben, und sein Bauch zitterte. Es war, als ob der Lehrer leise und zufrieden darüber lachte, daß er nun endlich das Asyl verlasse und nie mehr, wirklich nie mehr, dahin zurückzukehren brauche. Petunikow blickte ihm nach, bekreuzigte sich andächtig und begann danach Schmutz und Staub, die an seinem Anzug klebten, mit der Mütze abzuwischen. Und wie der Staub von seinem Rock verschwand, nahm sein Gesicht immer mehr den Ausdruck ruhiger Selbstzufriedenheit und ruhigen Selbstbewußtseins an. Vom Hof aus konnte er sehen, wie der Rittmeister Aristid Fomitsch Kuwalda, mit auf den Rücken gebundenen Händen, groß, grau, die Mütze mit der roten Kante auf dem Kopf, die Straße bergauf ging.

Petunikow lächelte siegesfroh und ging auf das Gebäude der Herberge zu. Plötzlich aber zuckte er zusammen und blieb stehen. In der Tür ihm gegenüber stand ein schrecklicher alter Mann mit einem Stock in der Hand und einem Sack auf dem Rücken. Seine zerlumpten Kleider hingen wie ein zottiges Fell von seinem langen Körper herab, er bückte sich tief unter seiner schweren Last und hatte den Kopf so auf die Brust gesenkt, als wollte er sich gleich auf den Kaufmann stürzen und ihn umrennen.

»Was willst du?« schrie Petunikow. »Wer bist du?«

»Ein Mensch«, erwiderte eine heiser krächzende

Stimme. Dieses Krächzen machte den Kaufmann wieder froh und ruhig. Er lächelte sogar.

»Ein Mensch? Ach du! ... Gibt es denn solche Menschen?«

Er trat zur Seite, ließ den Alten vorbei, der gerade auf ihn zuging und dumpf murmelte: »Es gibt verschiedene ... wie Gott will ... Es gibt auch schlechtere als ich ... noch viel schlechtere ... ja!«

Der trübe Himmel blickte schweigend auf den schmutzigen Hof hinab und auf den sauberen Mann mit dem grauen Spitzbart, der hin und her ging und mit seinen Schritten und seinen scharfen Äuglein irgendwelche Entfernungen abmaß. Auf dem Dach des alten Hauses saß eine Krähe und krächzte feierlich, den Hals lang reckend und mit dem Kopf wackelnd.

In den grauen, strengen Wolken, die den ganzen Himmel bedeckten, war etwas Angespanntes und Unerbittliches, als wären sie fest entschlossen, wenn sie sich jetzt in einem Guß entlüden, allen Schmutz von dieser unseligen, gemarterten, traurigen Erde wegzuwaschen.

Zu dieser Ausgabe

insel taschenbuch 2219: Der Text des vorliegenden Taschenbuches folgt in unveränderter Form der Ausgabe: Maxim Gorki, Der Landstreicher und andere Erzählungen. Mit einer Einführung von Stefan Zweig und Illustrationen von András Karakas. Insel Verlag Frankfurt am Main 1984 (it 749).

Russische Literatur
im insel taschenbuch

Alexander N. Afanasjew: Russische Volksmärchen. Übertragen von Werner von Grimm. Herausgegeben von Imogen Delisle-Kupffer. Mit farbigen Illustrationen von Ivan Bilibin. it 1058

Tschingis Aitmatow: Dshamilja. Aus dem Russischen von Gisela Drohla. Mit einem Vorwort von Louis Aragon und Zeichnungen von Hans G. Schellenberger. Großdruck. it 2323

Andrej Belyj: Petersburg. Roman. Aus dem Russischen übertragen von Gisela Drohla. it 1342

Fjodor Michailowitsch Dostojewski: Aufzeichnungen aus einem Totenhause. Aus dem Russischen von Hermann Röhl. it 966

– Aus dem Dunkel der Großstadt. Aufzeichnungen. Aus dem Russischen von Hermann Röhl. it 967

– Die Brüder Karamasow. Roman. Dritter und vierter Teil. 2 Bde. Aus dem Russischen von Hermann Röhl. it 974

– Die Dämonen. Roman. Aus dem Russischen von Hermann Röhl. it 972

– Erniedrigte und Beleidigte. Ein Roman in vier Teilen. Mit einem Epilog. Aus dem Russischen von Hermann Röhl. it 965

– Das Gut Stepantschikowo und seine Bewohner. Aus den Aufzeichnungen eines Unbekannten. Roman. Aus dem Russischen von Hermann Röhl. it 964

– Helle Nächte. Ein empfindsamer Roman. Aus dem Russischen von Hermann Röhl. Großdruck. it 2328

– Der Idiot. Roman. Aus dem Russischen von Hermann Röhl. it 970

– Der Jüngling. Aus dem Russischen von Hermann Röhl. it 1890

– Der lebenslängliche Ehemann. Erzählung. Aus dem Russischen von Hermann Röhl. it 971

– Onkelchens Traum. Aus der Chronik der Stadt Mordassow. Roman. Aus dem Russischen von Hermann Röhl. it 963

– Die Sanfte. Eine phantastische Erzählung. Aus dem Russischen von Wolfgang Kasack. it 1138

– Schuld und Sühne. Roman. Aus dem Russischen von Hermann Röhl. it 969

– Der Spieler. Aus den Aufzeichnungen eines jungen Mannes. Aus dem Russischen von Hermann Röhl. it 1634 und Großdruck. it 2350

– Der Traum eines lächerlichen Menschen. Und andere Erzählungen. Aus dem Russischen von Hermann Röhl. it 976

– Werdejahre. Roman. Aus dem Russischen von Hermann Röhl. it 973

Nikolai Wassiljewitsch Gogol: Aufzeichnungen eines Wahnsinnigen. Erzählungen. Aus dem Russischen von R. Fritze-Hanschmann und G. Schwarz. it 1513

154/1/12.96

Russische Literatur
im insel taschenbuch

Nikolai Wassiljewitsch Gogol: Der Mantel und andere Erzählungen. Aus dem Russischen übersetzt von Ruth Fritze-Hanschmann. Mit Illustrationen von András Karakas. Mit einem Nachwort von Eugen Häusler und Frank Häusler. it 241

– Die Nacht vor Weihnachten. Mit Illustrationen von Monika Wurmdobler. it 584

– Die toten Seelen. Erzählung. Aus dem Russischen von Hermann Röhl. it 987

Iwan Gontscharow: Oblomow. Mit Illustrationen von Theodor Eberle. Revidierte Übersetzung aus dem Russischen von Reinhold v. Walter. it 472

Nikolai Leskow: Weihnachtsgeschichten. Herausgegeben von Angela Martini-Wonde. it 1128

Russische Liebesgeschichten. Liebesgeschichten aus Rußland. Ausgewählt von Angela Martini-Wonde. it 1344

Leo N. Tolstoj: Anna Karenina. 2 Bde. Nach der Moskauer Akademie-Ausgabe aus dem Russischen übersetzt von Gisela Drohla. Mit Illustrationen von Theodor Eberle. it 308

– Auferstehung. Roman. Aus dem Russischen von Adolf Hess. Mit Illustrationen von Theodor Eberle. it 791

– Familienglück. Mit Illustrationen von Theodor Eberle. Übertragung von Hermann Röhl, bearbeitet von Gisela Drohla. it 902

– Die großen Erzählungen. Mit einem Nachwort von Thomas Mann. Aus dem Russischen übersetzt von Arthur Luther und Rudolf Kassner. it 18

– Kindheit. Aus dem Russischen von Hermann Röhl. Revidiert und herausgegeben von Gisela Drohla. Großdruck. it 2327

– Kindheit. Knabenalter. Jünglingsjahre. Aus dem Russischen von Hermann Röhl. Revidiert und herausgegeben von Gisela Drohla. it 203

– Die Kosaken und andere Erzählungen. Herausgegeben von Gisela Drohla. it 1518

– Die Kreutzersonate. Erzählung. Aus dem Russischen von Arthur Luther. Mit Illustrationen von Hugo Steiner-Prag. it 763 und Großdruck. it 2303

– Krieg und Frieden. Ein Roman in vier Bänden. Aus dem Russischen von Hermann Röhl. Mit Illustrationen von Theodor Eberle. it 590

– Der Tod des Iwan Iljitsch. Aus dem Russischen von Gisela Drohla. Mit Illustrationen von Theodor Eberle. it 864

– Wieviel Erde braucht der Mensch? Erzählungen und Legenden. it 1198

154/2/12.96

Russische Literatur
im insel taschenbuch

Anton P. Tschechow: Die Dame mit dem Hündchen. Und andere Erzählungen. Mit Zeichnungen von András Karakas. Ausgewählt und mit einem Nachwort versehen von Werner Berthel. Aus dem Russischen von Reinhold Trautmann. it 174

Anton Tschechow: Der Kirschgarten. Komödie in vier Akten. Aus dem Russischen übertragen und bearbeitet von Thomas Brasch. it 1341

Iwan Turgenjew: Ein Adelsnest. Aus dem Russischen übertragen von Herbert Worte. it 1809

– Erste Liebe und andere Novellen. Aus dem Russischen von Ena von Baer und Ekkehard Jäkel. Mit einem Nachwort von Friedrich Schwarz. it 257 und Großdruck. it 2324

– Väter und Söhne. it 64

Der versiegelte Engel. Erzählungen zu Ikonen. Mit farbigen Abbildungen. Ausgewählt und mit einem Nachwort versehen von Angela Martini-Wonde. it 1132

154/3/12.96

Französische Literatur im insel taschenbuch

Alain: Im Haus des Menschen. Betrachtungen. Übersetzt und mit einem Nachwort herausgegeben von Franz Joseph Krebs. it 1922
– Sich beobachten heißt sich verändern. Betrachtungen. Auswahl, Übersetzung und Nachwort von Franz Josef Krebs. Neuübersetzung. it 1559

Honoré de Balzac: Die alte Jungfer. Aus dem Französischen von Hedwig Lachmann. it 1904
– Das Chagrinleder. Aus dem Französischen von Hedwig Lachmann. it 1918
– Die Chuoans - Rebellen des Königs. Aus dem Französischen von Johannes Schlaf. it 1917
– Eine dunkle Affaire. Aus dem Französischen von Felix Paul Greve. it 1920
– Eugénie Grandet. Aus dem Französischen von Gisela Etzel. Herausgegeben von Eberhard Wesemann. it 1127
– Eugénie Grandet. Vorwort zur menschlichen Komödie von Balzac. Einleitung von Hugo von Hoffmannsthal. it 1901
– Die Frau von dreißig Jahren. Aus dem Französischen von Hedwig Lachmann. it 1914
– Die Geschichte der Dreizehn. Aus dem Französischen von Ernst Hardt. it 1907
– Glanz und Elend der Kurtisanen. Aus dem Französischen von Felix Paul Greve. it 1908
– Gobseck. Das Haus zu ›Ballspielenden Katze‹. Aus dem Französischen von Johannes Schlaf. it 1913
– Ein Junggesellenheim. Aus dem Französischen von Felix Paul Greve. it 1903
– Der Landarzt. Aus dem Französischen von Felix Paul Greve. it 1915
– Die Lilie im Tal. Aus dem Französischen von René Schickele. it 1916
– Oberst Chabert. Aus dem Französischen von Felix Paul Greve. it 1912
– Pierrette. Aus dem Französischen von Christina Mansfeld. it 1905
– Tante Lisbeth. Aus dem Französischen von Arthur Schurig. it 1909
– Tolldreiste Geschichten. Aus dem Französischen von Benno Rüttenauer. Mit Illustrationen von Gustave Doré. it 911
– Ursule Mirouet. Aus dem Französischen von Johannes Schlaf. it 1902
– Vater Goriot. Aus dem Französischen von Gisela Etzel. it 1911
– Das verfluchte Kind. Aus dem Französischen von Erika Wesemann, Karla Büschel und Felix Paul Greve. it 1919
– Verlorene Illusionen. Aus dem Französischen von Hedwig Lachmann. it 1906

152/1/12.96

Französische Literatur im insel taschenbuch

Honoré de Balzac: Vetter Pons. Aus dem Französischen von Franz Franzius. it 1910

Charles Baudelaire: Die Blumen des Bösen. Übertragen von Carlo Schmid. it 120

Pierre Augustin Caron de Beaumarchais: Die Figaro-Trilogie. Der Barbier von Sevilla oder Die nutzlose Vorsicht. Der tolle Tag oder Figaros Hochzeit. Die Schuld der Mutter oder Ein zweiter Tartuffe. Deutsch von Gerda Scheffel. Nachwort von Norbert Miller. Mit zeitgenössischen Illustrationen. it 228

George Clémenceau: Claude Monet. Betrachtungen und Erinnerungen eines Freundes. Mit farbigen Abbildungen und einem Nachwort von Gottfried Boehm. it 1152

Alphonse Daudet: Briefe aus meiner Mühle. Aus dem Französischen von Alice Seiffert. it 446

– Tartarin von Tarascon. Die wunderbaren Abenteuer des Tartarin von Tarascon. Mit 45 Zeichnungen von Emil Preetorius. it 84

Denis Diderot: Die Nonne. Mit einem Nachwort von Robert Mauzi, die Übersetzung des Nachworts besorgte Margaret Carroux. it 31

Alexandre Dumas fils: Die Kameliendame. Aus dem Französischen von Walter Hoyer. Mit Illustrationen von Paul Gavarni. it 546

Alexandre Dumas père: Die drei Musketiere. Aus dem Französischen von Herbert Bräuning. it 1131

– Der Graf von Monte Christo. 2 Bde. Bearbeitung einer alten Übersetzung von Meinhard Hasenbein. Mit Illustrationen von Pavel Brom und Dagmar Bromova. it 266

Gustave Flaubert: Bouvard und Pécuchet. Aus dem Französischen übersetzt von Georg Goyert. Mit Illustrationen von András Karakas. Mit einem Vorwort von Victor Brombert und einem Nachwort von Uwe Japp. it 373

– Bouvard und Pécuchet. it 1861

– Drei Erzählungen. it 1862

– Lehrjahre des Gefühls. Geschichte eines jungen Mannes. Übertragen von Paul Wiegler. Mit einem Essay und einer Bibliographie von Erich Köhler. it 1863

– Madame Bovary. Aus dem Französischen von Maria Dessauer. it 1864

– November. Aus dem Französischen von Ernst Sander. Mit einem Nachwort von Monika Bosse. it 1765 und it 1865

– Reise in den Orient. Aus dem Französischen von Reinhold Werner und André Stoll. it 1866

152/2/12.96

Französische Literatur im insel taschenbuch

Gustave Flaubert: Salammbô. Herausgegeben und mit einem Nachwort versehen von Monika Bosse und André Stoll. Aus dem Französischen übersetzt von Georg Brustgi. it 342 und it 1867

– Ein schlichtes Herz und andere Erzählungen. Aus dem Französischen von Cora van Kleffens und André Stoll. Großdruck. it 2314

– Die Versuchung des heiligen Antonius. Aus dem Französischen von Barbara und Robert Picht. it 1868

Edmond und Jules de Goncourt: Tagebücher. Übertragen und herausgegeben von Justus Franz Wittkop. Mit zeitgenössischen Abbildungen. it 1834

Victor Hugo: Der Glöckner von Notre-Dame. Roman. Aus dem Französischen von Else von Schorn. Mit zeitgenössischen Illustrationen. it 1781

Choderlos de Laclos: Schlimme Liebschaften. Mit 14 Kupferstichen. Übertragen und eingeleitet von Heinrich Mann. it 12

Jean de La Fontaine: Die schönsten Fabeln. Aus dem Französischen von Thomas Keck. Mit farbigen Illustrationen von Rolf Köhler und einem Nachwort von Jürgen von Stackelberg. it 1451

Guy de Maupassant: Bel-Ami. Aus dem Französischen von Josef Halperin. Mit zeitgenössischen Illustrationen. it 280

Prosper Mérimée: Carmen. Mit Zeichnungen von Pablo Picasso. Aus dem Französischen übersetzt von Franz Schnabel. it 361

Honoré-Gabriel Mirabeau: Der gelüftete Vorhang oder Lauras Erziehung. Aus dem Französischen von Eva Moldenhauer. Nachbemerkung von Norbert Miller. it 32

Molière: Der eingebildete Kranke. Aus dem Französischen von Johanna Walser und Martin Walser. it 1014

– Der Menschenfeind. Nach dem Französischen des Molière von Hans Magnus Enzensberger. it 401

Michel de Montaigne: Essais. Herausgegeben und mit einem Nachwort versehen von Ralph-Rainer Wuthenow. Revidierte Fassung der Übertragung von Johann Joachim Bode. it 220

– Tagebuch einer Reise durch Italien. Aus dem Französischen von Otto Flake. it 1074

Blaise Pascal: Größe und Elend des Menschen. Aus den »Pensées«. Auswahl, Übersetzung und Nachwort von Wilhelm Weischedel. it 441

Renate Wiggershaus: Marcel Proust. Leben und Werk in Texten und Bildern. it 1348

152/3/12.96

Französische Literatur im insel taschenbuch

François Rabelais: Gargantua und Pantagruel. Mit Illustrationen von Gustave Doré. Herausgegeben von Horst und Edith Heintze. Erläutert von Horst Heintze und Rolf Müller. 2 Bände. Übersetzung auf Grund der maßgebenden französischen Ausgabe, unter Benutzung der deutschen Fassung von Ferdinand Adolf Gelbcke. it 77

Arthur Rimbaud: Sämtliche Werke. Französisch und deutsch. Übertragen von Sigmar Löffler und Dieter Tauchmann. Mit Erläuterungen zum Werk und einer Chronologie zum Leben Arthur Rimbauds, neu durchgesehen von Thomas Keck. it 1398

Jean-Jacques Rousseau: Bekenntnisse. Aus dem Französischen von Ernst Hardt. Mit einer Einführung von Werner Krauss. it 823

Marquis de Sade: Justine oder Die Leiden der Tugend. Mit einem Essay von Albert Camus. Aus dem Französischen von Raoul Haller. it 1257

– Verbrechen der Liebe. Heroische und tragische Novellen. Aus dem Französischen von Christian Barth. it 1448

George Sand: Geschichte meines Lebens. Aus ihrem autobiographischen Werk ausgewählt und mit einer Einleitung versehen von Renate Wiggershaus. it 313

– Indiana. Aus dem Französischen von A. Seubert. Mit einem Essay von Annegret Stopczyk. it 711

– Lélia. Aus dem Französischen von Anna Wheill. Mit einem Essay von Nike Wagner. it 737

– Lucrezia Floriani. Roman. Aus dem Französischen von Anna Wheill. it 858

Misia Sert: Pariser Erinnerungen. Aus dem Französischen von Hedwig Andertann. Mit einem Bildteil. it 1180

Madame de Sévigné: Briefe. Herausgegeben und übersetzt von Theodora von der Mühl. Mit zeitgenössischen Kupferstichen. it 395

Anne Germaine Madame de Staël: Über Deutschland. Vollständige und neu durchgesehene Fassung der deutschen Erstausgabe von 1814 in der Gemeinschaftsübersetzung von Friedrich Buchholz, Samuel Heinrich Catel und Julius Eduard Hitzig. Herausgegeben und mit einem Nachwort versehen von Monika Bosse. Mit einem Register, Anmerkungen und einer Bilddokumentation. it 623

Stendhal: Die Kartause von Parma. Vollständige Ausgabe. Aus dem Französischen von Arthur Schurig. it 1222

– Rot und Schwarz. Vollständige Ausgabe. Aus dem Französischen von Arthur Schurig. Mit einem Nachwort von Uwe Japp. it 1210 und it 1642

– Über die Liebe. Vollständige Ausgabe. Aus dem Französischen und mit einer Einführung von Walter Hoyer. it 124

152/4/12.96